U0904576

家住淄河沿

刘玉林 著

山东大学出版社

图书在版编目(CIP)数据

家住淄河沿/刘玉林著．—济南：山东大学出版社，2019.4

ISBN 978-7-5607-6328-6

Ⅰ.①家…　Ⅱ.①刘…　Ⅲ.①散文集－中国－当代　Ⅳ.①I267

中国版本图书馆 CIP 数据核字(2019)第 079372 号

责任编辑：陈佳意

封面设计：张　荔

出版发行：山东大学出版社

社　址　山东省济南市山大南路 20 号

邮　编　250100

电　话　市场部(0531)88363008

经　销：新华书店

印　刷：济南华林彩印有限公司

规　格：720 毫米×1000 毫米　1/16

16 印张　260 千字

版　次：2019 年 4 月第 1 版

印　次：2019 年 4 月第 1 次印刷

定　价：47.00 元

自序

感谢您的开启。

在您打开这本书的一刻，笔者的心情是喜悦的，也是忐忑的。您即将进入一方有着悠久历史和浓郁风情的地域，那里有笔者的成长，也有他粗涩的过往。在他的内心，那里是故乡，同时也是他最感性的世界。他的酸甜苦辣，他的喜怒哀乐，他的奋斗与挣扎以及理想与觉醒竟然都从这里开始。一同展现在您面前的，还有一个文学人二十余年的写作之路，这里面不乏闪亮的语句，更不缺少幼稚的表达。

文学与地理向来息息相关。鲁迅先生的绍兴，沈从文笔下的湘西，莫言的高密，这些固有的地域特色是作者的乡愁属性，又是文化认知上的坐标。

这本书在很多地方提到了一个地名——广饶，还有一条叫“淄”的小河。纵使它们在中国版图上是那样难以寻找，但丝毫不会妨碍这里有着彪炳千古的辉煌和厚重苍茫的历史积淀。一条河在历史上的承载竟然那样波澜壮阔，姜尚、孙武、蒲松龄都在河沿上留下了清晰的历史足迹。

笔者生于上个世纪的七十年代。在一个伟大的变革时期，跟许多地域一样，淄河沿上那些个小村庄经历了由困顿到发展的变迁。作为见证者与亲历者，笔者的怀旧与抒发来自于自身的感受，更来自于内心的自豪。蜿蜒流去的并不只是那条小河，还有笔者的岁月韶华。

那是一条浓缩了笔者人生的河。英国作家王尔德说过，文学不是复制人生，而是铸就人生。这本书在更多时候是讲述，但在笔者的潜意识里，这却是走出那座乡野的另外一种抵达。

书是作家的作品，也是极其重要的产品。在当下，出书成为了许多成功人士的著述与立传，而对于笔者来说，这本书只是一个段落，是对诸多投稿与发表的总结。有的作品或许差强人意，但那毕竟是一行行歪歪扭扭的脚印。对于这本书，笔者认为寻找往昔的原汁原味，更重要于写作水平的卖弄，所以许多旧时的文章未再做润色与修改。

然而一本书的完成并非一个人的努力，它往往凝结了许多人的心血，还有多次的审定与校正以及大量的支持与资助。自然，《家住淄河沿》不完美的地方有许多，敬请各方人士批评指正，同时也期望大家以包涵的态度看待这本书，毕竟，这只是笔者的第一本书。笔者将坚定于自己的文学事业，继续义无反顾地泅渡于文涛书海。感谢山东大学出版社的领导与编辑人员，最后特别感谢山东广饶县委宣传部的大力扶持！

刘玉林

2019 年 4 月

目录

◎梦想之城

◎家住淄河沿

◎投稿的男孩

梦想之城

◎梦想之城

父亲最美好的年华在那座县城。

我们竟然很少提及那座县城的名字——广饶，而在更多的时候叫它“西关”，或者干脆就喊它“城里”。县城是离我们最近的一座城，但与我们乡下的界限又是那么清晰。

1

与许多人不同，父亲那时去西关是上学。作为“老三届”的高中生，父亲有太多理由骄傲与自豪着，他将很快离开这片乡土，到大城市去栖身，而那些人将继续在这里面朝黄土背朝天。他去西关背的是书包，而很多人是推着小推车，挑着担子，载一些无关紧要却又不得不来回贩卖的货物，譬如地瓜，譬如土豆。拥有半袋子小米和黄豆在20世纪的60年代该是多么富足。那时上学的父亲很少穿鞋子，赤着脚行走在往返西关的大路上，就是打篮球，也是经常赤着脚在土操场上奔来跑去。他是那样爱惜鞋子，时常脱下来放进书包里，一双大脚板被路面磨满了老茧，又用足迹丈量了多少路程。

那时父亲他们上学必经的那条淄河上还没有桥，我能想象出他们把书包顶在脑袋上涉水过河，然后踏上一条通往殿堂的梦想之路。

关于那座县城，已经越来越少的人知道它为什么叫“西关”。听父亲说，当年那座县城无非像一个大点的村子。城关里许多村落连在一起。每逢农历“三”或“八”的日子，都会赶起熙熙攘攘的大集。一条歪歪扭扭的沟沿里流动着脏兮兮的废水，沟沿上流动着的是络绎不绝的人群。一些摊位毗邻连接，小商贩们交易着那个年代能够流通的一些简易商品，一些泥盆与铁锅被敲来敲去，向人炫耀着成色与火候。马踏湖的草席、北洼里的芦苇以及草编的盖簟与箅子，在这里都有销路和市场。羊角沟的虾酱咸鱼总不算紧俏，还有临沂山区的干蘑与软枣也不算昂贵，那些东西黑乎乎甚至像牲畜的粪便，城里人肯定看不上，但谁让县城里的过客又多是乡下人呢？

一座石桥连着一条幽深的巷子，那里面似乎集聚着一座城的多少荣华与污垢，积淀着的还有多少过往与历史。人来人往，那种谈吐陈旧得有点老态龙钟，只有路南那座百货商店泛着新时代的色彩，清一色的砖瓦到顶，代表着国营企业的尊严与气派。只有那里面才有搪瓷脸盆与大城市里的洋布，这儿就是准确意义上的"西关"。而沟沿上那些只是"西关集"，在国营与民营之间，泾渭分明，高下立判。虽然那儿在许多年后会有一个漂亮的名字——"月河路"，难以掩盖的却是一座城的半世沧桑。

想象不出那年月西关集上有什么可以交易的商品。听父亲说过，一只胡萝卜掺和菜叶和麦糠蒸制的窝头曾经卖到过 3 块钱，那是 20 世纪 60 年代初的一只窝头和 3 块钱。那时沟沿东侧的县委大院还是一片矮趴趴的平房，一些直属机关的院落用青砖确立着自己的地位与不同凡响。一扇扇铁栅栏门是那样冰冷，顶上都林立着锋利的枪尖。在国内最困难的那段"自然灾害"期间，沟沿上那些面孔肯定多是营养不良的枯黄色，看见地摊上那些昂贵的食物，两眼肯定发出幽幽的绿光，然后恶狠狠地向腹腔咽一口浓浓的唾液。

2

那时的父亲是幸运的，他的学校坐落在西关里边，那时的省级名校广饶一中历史不算太长，但他已经是"八级"的一名学生。

不知为什么，父亲却没有感觉到那段岁月有多苦。虽然饿肚子是常事，但在最好的年华里，连磨难都在闪光。父亲说，曾经食堂一天只配给三个窝头，一个只有半个拳头大，一个饭量大的家伙一顿就全搞掉了，以至于他到了傍晚看块砖头都像干粮。那时校园里晃荡的多是些有气无力的身影，一个个绵软得像孤魂野鬼。小篮球场上很少有人再有力气去打篮球。

上课了，学生们一个个病恹恹，肚皮都快瘪到脊梁上，老师也是脖子挺不住脑袋。放下课本，老师就说了："古有望梅止渴、画饼充饥，我先给你们讲一下北京城和天津有啥好吃的，你们努把力去那儿上大学吧。”说到全聚德的烤鸭没多少人有感觉，但讲到天津的狗不理包子，“吭哧”咬一口后，那个油都流到手上了……于是学生们腹腔里那几只饿坏了的“蛤蟆”被唤醒了，在讲台下一片“咕咕”乱叫，教室活像一座池塘。

上西关去，那是一个县的中心。如果说农民心中有什么庙宇的话，那肯定就是一座县城。推起小推车，挑起担儿往西走，能买起啥呢？钱在乡下本来就稀罕，还得有粮票、布票。这大西关里总有许多东西是乡下所没有的，却满足不了太多贫穷与渴望，西关是县城，又有多少无奈与失望，充满苍凉。

人的期望有多大，梦想就有多大。父亲不止一次强调过，当年的他是足够优秀的，以他的学习成绩绝对不是一座县城可以满足前途的，当年的他竟然连南开这样的大学都瞧不上，他的目标首选是北大与清华、同济与复旦。他一直坚信他的未来在大城市，北京或上海，广州或天津。他在说到大城市的时候我们直咋舌，还有比县城更大的城市吗？父亲的理想是那样伟大，但一场席卷全国的运动却让学校停了课，他们以“串联”的方式去了北京，而不是金榜高中的方式。短暂接触理想里的首都以后，回到广饶老家，他还是一个彻头彻尾的农民，跟他祖祖辈辈的使命一样，那就是修理地球。

3

恢复高考的那年是 1977 年。当时父亲正在为生产队生产麻袋。他本来是有可能生产导弹的，但生产导弹与生产麻袋都是为了国家，他们那一代从不怨天尤人。我的父亲压根都想不到大冬天里会举行高考，他的功课都没来得及复习。他在一中跟着那个校医学过画画，他要去考浙江美院。另外，他还央求生产队长借了他一头驴，赶起地排车往惠民的北镇（现在的滨州）赶去。那时候拥有一辆自行车还很奢侈，哪怕是“大金鹿”。

等待父亲的是早已关门大吉的考场，还有凌乱的学习资料与试卷在寒风里像纸钱飘来荡去。这同时也宣告，他的大学梦彻底破灭，无论是输给了时代还是命运，一件真正的农民外衣永远披在了他身上，就像他的父亲我的爷爷一样。所以他老人家这辈子一直沉浸在遗憾与不平当中。如果提前知道几天，他的命运会不一样，他或许会是一个领导干部或大学教授，因为他许多参加了考试的同学成了领导干部或大学教授，据说恢复高考的第一年里录取率非常高。说起他们，父亲一脸不服气——想当年他们学习都不如我！

那段岁月是父亲最辉煌的岁月，一座县城还很原始，那竟然是他一生中最自豪的年月。虽然梦想的翅膀折断了，但他一直认为自己是最优秀的。

4

属于我的县城却是从 20 世纪的 80 年代开始。在梦里我无数次梦到过一家电影院。听人说，那家电影院的银幕很大很大，比树梢都高。那家电影院在西关城的一条东西街上，有两排长了多年的笨槐树掩映着，树影里很幽静。我在梦里掐算过，电影院的对面是什么呢？是城关镇的人民商场，往西是广播局，再往西是邮局，再往西是百货大楼，再往西呢……

再往西就回到了老西关。

我是那样向往县城，县城是一个农村孩子能够接触到的最近的城市。父亲是高中生，而我只是初中毕业，这让老家伙时常愤愤不平，一个劲地摇头叹气。我在学校时是让老师非常头疼的一个家伙，老师们也时常让我很不自在。我曾经为终于逃离学校的束缚而短暂欢呼过，因为我终于可以近距离接触到县城，甚至尝试过融入它的怀抱。只不过，我是一个卖笤帚的小摊贩，就像老西关集上那些戴破毡帽穿破棉袄的老家伙一样。

县城在那时已经有了城市的模样，虽然那些楼房仍然是那么低矮。一幢二层的百货商店在街角已经存在了多年，大街的西侧对面就是电影院。在卖掉我的笤帚以后，我往往先来到电影院，我没有多余的钱去看一场电影，或者说是没有多余的时间。我能做的只是站在影院的橱窗前浏览电影海报，看一看影片的故事梗概。我能去的地方还有书摊，在电影院的北侧有一大片书摊连接在一起，卖一些时尚的杂志与一些有内幕标题的"野史"刊物。在背面的墙或树枝上还挂了些"小虎队"的贺年卡片，一片花花绿绿，上面几个男孩样子很阳光，他们跟卖笤帚的这个家伙年龄差不多，他们已经在"天堂"里，而我只是在为"天堂"生产笤帚。

我可以在书摊前站上好久，看几页免费的书。但是有时候得看书摊老板娘的脸色，书摊生意好了，她可能顾不上你，我便可以多看几页。否则，书摊老板娘的那张脸拉得比丝瓜还长，问一句：你到底买不买？一把就把书夺了去，扔在书堆里。

书摊上那本《湘江之战》我快看完的时候，被老板娘一把夺了过去，当年那是畅销书。它的作者黎汝清在小时候肯定也经常来这座县城，他的老家离这里不远，从县城往西博兴的地界内。他还写过一部更著名的小说《万山红遍》。我曾经无数次问过自己，如果像他一样搞搞文学写写小说，能否改变一场卖笤帚的命运？

从书摊往西，有几家录像厅，录像厅的大音箱摆在门外，传出武打片的拟音。我完全可以花上几角钱走进去，但我家离这里还有20多华里，我需要蹬着我的大金鹿向东走一个多小时，如果是逆风，我还要慢一些。如外，我还需要做好多个笤帚。

5

我曾经把我的一车笤帚卖给了广饶一中——我父亲的母校。一位老师带领我三拐两拐进了广饶一中，那座校门曾经一直存在于我的梦想里。在一处破败的平房内，我把笤帚卸了下来。那一刻我有过疑问，这是不是当年我父亲的教室？那位老师给我写了个纸条让我到财务领钱，忽然我跟他说：“钱我不要了，你把我安排回来上学吧？”那位老师笑了，一拨楞我的脑袋：“想啥呢臭小子，这学校现在可不是想进就进的，这是省级重点中学。”

与我们的父辈不同，我们的时代是“三大件”普及的时代。我们去县城不用步行，我骑着自行车走在去往县城的大路上，县城已不再遥远，我们拥抱县城容易得多，那座县城也在日益用好看的腰身来迎接我们。

县城里已经越来越阔气，楼房越来越多，也越来越高。我们乡下孩子进了那豪华的商场就像刘姥姥进了大观园，我们忽然明白了“致富”的重要性：你富了，就可以在这里把自己打扮成城里人了。县城是离外面的世界最近的地方，也是时尚的前沿，把县城里的时尚带回乡下，很多身影都不那么土气了。年轻的男女骑一辆自行车去一趟县城，这应该就是传说中的谈恋爱了，乡下不流行谈恋爱，就是定了亲拉拉手也是伤风败俗。公路上那些乘一辆自行车的年轻男女，男的坐在前面蹬，女的在后面搂着他的腰。我看见后心里怪怪的，那时我的车座后面只有笤帚。

和我去县城逛商场看电影的那个人在哪？我无数次想象过她的模样。我的母亲说那个人在我们家的猪圈里，一头、两头、三四头……再养多少头猪，媳妇就会进我们的家门了？母亲算不过来，但她认为猪喂得越多，儿媳妇来得就越快。同时，我认为那个人还在我的笤帚疙瘩里，我卖的笤帚越多，她离我就越近。等我卖上很多很多笤帚后，我胯下的这辆“大金鹿”就能换成摩托车，那时我就会挑个好看的姑娘坐在我的后面，但我的笤帚放哪呢？我曾为这个问题伤过无数次脑筋。

6

在县城的东北角有一座酒厂，我的同村发小黑妞就在里边上班。那座酒厂每天升腾着热气，它的厂区后边是几只硕大的酒糟池子。准确地说，那更像几只大粪池子。酒厂排污的大铁管子每天咕嘟咕嘟地往里排泄，沆瀣横流，乌黑的浆液不时咕嘟着沼气的气泡。那种刺鼻的臭味弥散在空中飘荡出老远，每当公路上的我逆风蹬着自行车闻到这股气味，就知道县城近了。

但那些臭烘烘的浆体在村人眼里却是好东西，那些东西猪特别喜欢吃，而且吃后像喝醉了一样，变得不爱动老是睡觉，于是长膘就特别快。酒糟池子那个大院子里总是挤满了人，那些人不觉得臭，也没觉着这个臭气熏天的大院子本身就是一座猪圈。每当那根粗大的铁管冒着热气往外喷涌出臭烘烘的浆体，那些人甚至会扑通扑通跳进池子里，挥舞起水桶，把一只只化肥编织袋子灌满递上来，排掉一部分水分，剩余黏稠的那些就是喂猪的好饲料。

为了她的老母猪，母亲经常勒令我们去捞酒糟。踩着满地的烂泥，我与父亲还有弟弟站在酒糟池子的沿上。父亲让我下池子，我不下，我梗着脖子说你怎么不下？父亲说他是文化人，他那时已经在县城开起了裱画店，还给人书写牌匾。最后他一瞪眼，一脚把我踹进了酒糟池子，于是我浑身浸泡在一片臭烘烘的液体当中。我一开始还捏着鼻子，到后来反而不觉得臭了，因为我觉着自己就是一头猪。我把一条条化肥编织袋灌满递上去，父亲在笑，好像是在说：“臭小子，使劲干吧，为了你妈的老母猪，为了你的媳妇。”

边上的人也都在笑，还有的说我父亲心狠，父亲说：“这有啥？就他们这些人不吃点苦，哪知道这锅是铁打的。”

我在臭烘烘的酒糟池子里挥舞着编织袋与水桶，周围是一片臭烘烘的汪洋，我生怕会淹死在里面，那一刻我感觉整座县城都是臭烘烘的，还有我的整个世界，它们连同我的人生与理想已经沉没溶解在酒糟池子里。而更让我感觉难堪的是，我生怕在这里上班的黑妞和我的许多同学看到我这副倒霉相。

7

那一天我卖完笤帚，黑妞在书摊前看到了我。为了显示我也算是一个“老板”，虽然是卖笤帚的，我给她买了只冰棍，是奶油的，我自己买了只豆沙的。黑妞告诉我，在酒厂刷酒瓶子的有好几个同学，我不禁欣慰地笑出声来，刷酒瓶子的比绑笤帚的高级不了多少。黑妞说不对，她说她们是工人阶级。我说绑笤帚的也算工人阶级。黑妞也很大方，她买了三个肉包子，5 分钱一个，我吃了俩，她吃一个。我们坐在电影院的台阶上边聊边吃。黑妞一个劲地说我们同学中谁谁谁定亲了，谁谁谁去哪上学了，满眼的艳羡，听得我心里直别扭。别人都还走在梦想的路上，而我的梦想里只有笤帚疙瘩，黑妞的梦想里只有刷不完的酒瓶子。她说刷酒瓶子怎么了？非城里人我不嫁！我说你能在城里嫁个退了休的老瘸腿？黑妞急了，把手里的半块包子扔在我头上：那也比你强……

那天没放电影，电影院的台阶前空空荡荡的。黑妞问，你去过比县城更大的城吗？我说没有，她说她去过济南，她在空中比划出一个很大的圆圈，说济南城好大好大，楼好高好高。我说济南有啥了不起的，大爷我很快就去北京看天安门。她说你去北京卖笤帚吗？我说北京人也需要笤帚。她说你上进点学点技术吧，指望你娘的老母猪不靠谱，媳妇这玩意儿一天一个价。我说猪肉也一天一个价。她说你跟你爸裱画学写字画画就很好。我才不干，我说我要去东营，那座城比广饶大很多，这里只是县，那里是市。

我在电影院的台阶上站了起来，像电影里的列宁那样拽来晃去，我说：面包会有的，一切都会有的，我会买录音机，买大彩电，买摩托车，我有了摩托车，啥样的媳妇由我选由我挑，我用摩托车驮个城里媳妇回来给你们看看。

黑妞咯咯咯不停地笑，问还有呢？我说我高兴了会请你下馆子，吃肉包子，喝豆浆，油条麻花随便吃。我抬头看了一眼这家电影院，说：对了，我还会请你来这里看场电影……

8

我从没请她去那家电影院看过电影，直到她成为我的老婆。后来那家电影院改成了保龄球馆，又改成了超市。人就这样，难熬的总是生活，而流水的总是金钱与日子。许多时光像在昨天，光阴荏苒，感觉只是一晃，我与黑妞的儿子已经长大了。这家伙有个毛病很像我，我去的是旧书摊，但他去的是书店，如果找不到他，肯定是去书店看免费的书去了。把人家的书翻得乱七八糟，舍不得买，自己找个角落蹲下来静静地看。除非是《哈利·波特》，他才舍得动用自己买变形金刚和军舰模型的零钱。我心里很气，遗传点什么不好，现在早不是买不起书的日子。

根据儿子的学习成绩，我决定让他报考广饶一中。儿子死活不干，他说考不上市一中就去油田二中。他从小在东营出生，在东营长大，不想回到乡下。我一声惊呼：我们的县城什么时候成了乡下了？那在你老爸我眼中可一直是城里！

现在我的梦想早已不是摩托车，也不是大彩电，我现在的梦想是让家里出个大学生。我开着小轿车连哄带骗把小胖墩儿子哄到县城参加广饶一中的考试，并安排了县城最好的宾馆和儿子住下。去东营市区务工经商多年，我甚至很难把自己与当年那个在县城卖笤帚的男孩联系在一起。我一个劲地跟儿子说广饶一中多厉害，历史上出过哪些名人，还有很重要的一点我一直在重复：能够考上广饶一中，你和你爷爷就是校友了。

"我才不想与他做校友！"儿子一撇嘴，"你没看见这里多穷吗？学校门口接送孩子的都是面包车，连破普桑都那么少！"我顿时火冒三丈——"你知道什么是穷吗？老子今天给你讲讲什么是穷！"

还有穷过我们的吗？竟然连面包车都成了穷，这进步的时代……

吃罢晚饭，为给儿子减缓中考压力，我带儿子出来散步。县城早已今非昔比，处处整洁漂亮，现在我的老家广饶已经摆脱农耕变成了彻头彻尾的工业新城。它的身躯又往东扩展出了太多，高楼林立，大厦耸峙，看着街边绿树成荫花团锦簇，儿子一个劲地说："没想到你们广饶真的不错！"我说："什么我们的广饶，也是你的广饶！"我与儿子溜达到了月河路，那里早已是一座公园，孙武祠广场更是华灯闪烁夜色撩人，儿子玩得意犹未尽。坐在公园的假山石上我陷入了沉思，这里是父亲的那处老西关吗？他的母校还在原址，只不过成为了其中的一个校区之一，它早已改头换面被现代化的教学设施所取代。

那条街上两行古老的笨槐树还在，多少流年似水，现在业已更加古朴与茂密。电影院也还在，只是不再放电影，而变成了保龄球馆，消失的是我的书摊，也没了录像厅放出嘈杂的拟音。其中一座水泥橱窗还在，我往里看了看，很想找到点昔日的痕迹，但玻璃上映出的那个影子却又如此陌生。

9

回到宾馆，儿子失眠了。这让我很为他明天的考试所担心。儿子说，他还是想回东营上高中。我安慰他，好好好，再说你未必能考上。儿子说，那万一考上了呢？“放心吧，你考不上。”于是儿子安心地睡了。

但儿子还是考上了，收到了广饶一中的录取通知书，顺利地成为了他爷爷的校友。我父亲是八级，他是五十四级。于是这家伙哇哇大哭，他说他早就听说过了，那听起来是所学校，管理很严，更像监狱，封闭式管理，平时不让出校门，他一个学长在里面待了三天就跳墙跑回来了。

我儿子那个小胖墩在广饶一中待了半个月就变成了一根细麻秆，把我乐坏了。儿子回家时说，早上 5 点就得起来跑操，晚自习要上到 10 点半，吃不消，弄得他闭上眼也是满眼的作业本。我哼了一声，心里说这点苦算啥，你捞过酒糟吗？

儿子在广饶一中度过了三年生活。那所学校坐落在老县城的城东，大门巍峨气派，很漂亮。与这所学校优良的传统相得益彰的是，这里现代化的教学设施齐备完善，师资力量也更加雄厚。但儿子的成绩一直不理想，以至于他的高考成绩是那样尴尬，没有像样的学校可投。考虑再三后我告诉他：准备复读，再来一年。他立即像触了电一样跳起来，他不干。他说高中生活就像炼狱，再来一年等于是回鬼门关走了一遭，不要说夜以继日的复习与攻读，光是压力就能让一个人崩溃。我说不行，你必须得是一名正儿八经的大学生。他干号着说大学生很重要吗？你是大学生吗？我爷爷是大学生吗？我急眼了，我说正因为我们不是，所以你才必须是。

“苍天啊大地啊，天理何在啊？我原来是为了你们上大学！”“90 后”儿子躲进自己的房间哭成了泪人。

10

“脱胎换骨，连我都不认识了！”开车送儿子返校复读，看着车窗外广饶县城满眼的高楼洋房拔地而起，我由衷地感慨。又带儿子在县城里转了一圈，县城的身躯现在变得很庞大，已经日益具备了大城市的影子。于是我对他说:“你说咱是该认输还是认命?你爷爷在这里没飞起来,我也没有。有话说事不过三,这关云长走麦城不过一回,祖孙爷仨都在这里歇了菜,我们配得上这座县城吗?”儿子无语。费尽脑筋,我终于做通了他的工作,在广饶一中的校门口我又跟他说,“咱真不行吗?不可能。知道什么是希望吗?希望就是不服输,就是不认败。要是都认输都认命,这里不会有这么多高楼洋房,咱广饶人大本事没有,但都踏实能干,拿吃苦就像啃干粮,要不小县城哪会有这番天地?玩命吧,大学是不重要,但你能证明三代人不是‘熊包’很重要,你能证明我们无愧于这座城很重要!刘伯承元帅那句话记住没有?”

“狭路相逢勇者胜!”儿子俩眼瞪得溜圆,甚至攥起了拳头,他信誓旦旦地说,“听老爹的话,拿不回大学通知书我跳孙武湖!”

儿子拖着行李走进校门的那一刻,回头给我一张笑脸。在绚烂的阳光底下,从那张脸上我看到了很多,其中有我也有我父亲的一些影子。

儿子学的是美术专业,为了专业成绩提高,复读的那一年,我把他送进了济南南部山区的山沟沟里接受集训。他在电话里跟我说,大冬天他们那里停电了,连热水都喝不上,只能喝凉冰冰的瓶装矿泉水,方便面只能干嚼,不停画画的手上裂了一层层口子……过年回来,老婆看到他的样子心疼得落泪了。但大年初三,我又把他送回了那个山沟沟。偌大的学校里,只有他孤零零的一人,没有电,没有暖气,我把一箱瓶装矿泉水一箱方便面放在了他的脚下,驱车就往回走。回头望一眼儿子那干巴巴的眼神,虽然有点辛酸,但我总算看到了坚强。

11

这家伙最终没让我们失望,他顶住了压力,一年复读文化课提了几十分,当收到四川师范大学的录取通知书的时候,儿子没当回事,但我的老父亲惊喜坏了,拿着翻来翻去看了整整大半天,最后竟然当成了他的宝贝,拿着进了自己的卧室,放在床头……

儿子去成都之前,让我带他回了趟广饶一中,跟老师们一一作别。最后他在学校门口拍照留念,那是他奋斗过的地方,从广饶一中,他的梦想成功起飞。

儿子又让我拉着他在广饶县城转了一圈,他变得很喜欢他的老家广饶,尤其是孙武湖。满目的高楼与花园洋房让这个县城完全具备了亮丽的都市色彩。儿子突然问我，广饶这么好，当初你为什么一定要去东营？

我说它会越来越好。我们的梦想总是很遥远，但鲜花却总在我们身后的脚窝里盛开。我们的城市都会长大，却不会像我们一样老去，因为它向来不缺憧憬与希望。

◎稻粱上的街市

从名字上听，小镇是富足的。“稻庄”，得是多少稻粱米粟攒成的庄子，一座庄子躺在淄河沿上，临水而居，应该透着丰足，溢着富饶。一圈土围子把它围起来像座城堡，又像一座米囤，盛了满满的吉祥与富贵才对。我曾无数次爬上土围子，爬上一棵棵榆树，爬上一棵棵笨槐。姥姥的头上有多少白发，土围子上似乎就有多少棵树。土围子春天绿了，秋天又黄了，冬天枝杈子像网，网里有多少麻雀与喜鹊，就喧嚣着多少鸟语。我趴在树梢上能够清楚地找出姥姥家那几条屋脊。姥姥找不到了我，会拐着小脚走出胡同口，扯起嗓子喊——“刘孩，回家吃饭嘞……”

1

一圈土围子，像一个蛋壳；一条街从南到北，像把刀把土围子切开来，于是就看到了庄子的五脏六腑，参差不齐的房屋，凌乱的街巷。最高大的是供销社那几间，门口上方用水泥雕出硕大的红五星，油漆淡了，会有人陆续涂上去，有了红五星，不是集体的就是国营的，得让大家知道。有红五星的地方，总是要高大一些、巍峨一些。在那个年代，只有这里面是富足的，透着威严，也裹着干净，那些寒酸的身影总是要鼓足勇气才能踏进这门。

供销社里面更是如此，货架上摆满了琳琅满目的商品，多少人只有多看几眼的份，连摸上一把都是梦想。大件的有收音机、大上海的洋布，小的有彩色漂亮的块糖。有这些商品做底气，那些售货员的脸色都那么高傲，一条冰冷的水泥柜台把他们和别人隔成了两个世界，外面那些人总是卑微的，顶多只买几把糖块，连酱油和醋都舍不得装满瓶子；里面的人就那样面无表情地用草纸把商品包起，再用纸绳熟练地缠好，只有他们的手没有老茧，也只有他们能玩出这么熟练的花活。柜台里几口大缸中的颜色总是那么沉郁，甚至有点肮脏，这口是酱油，那口是醋，还有更腥的虾酱，高大的房屋里溢满了酱缸的沉郁，但这在那个贫瘠的年代是种诱人的味道。

那条街除了供销社外，再没有几家铺面，有少数的几家门口摆了农具与废铁皮卷成的烟囱，这已经很工业了。有家铺面倒是存在了很久很久，一对年轻夫妇从年轻到暮年，都在做一种三角形的烧饼，烧饼里面一层又一层，裹满了五香面，就像是裹满了许多心思。我一直不明白他们为什么要把烧饼做成三角形。一对夫妇守着一口灶台，四周堆满了柴火，粘满白面的案板靠墙而立，墙面上会有脱落的细土落下来，墙缝里还会有些虫子爬来爬去。

从北往南，那条街市一眼就看穿了，一览无余。逢农历“四”或“九”的日子会迎来大集，是最喧嚣的日子，像节日一样隆重。我很小就会自己溜到集市上，在大人们的腿之间穿梭，跟着卖糖葫芦的人的步伐。那人扛在肩上的杠子上绑满了蒲草，糖葫芦插在上面，裹着冰，还挂了霜。我所希望的是，会有一支掉下来，哪怕被人踩上几脚也不要紧。引诱我的还有那些七彩的气球，它们在那年月是那么好看，我们都叫它“洋茄子”，会有吹破的气球被扔在地上，我捡起来，却是怎么也吹不起来的。很盼望当老师的姥爷会在，我会抱着他的大腿，央求他掏钱，不然我就在地上打滚。认识一个镇子是从一条摩肩接踵的集市开始的，我的人生在诱惑中也踏上了起点。

一圈土围子让庄子像座城，一条街市会隔三岔五像过年。这已经让我母亲很自豪了，她感觉自己即便不是城里人，也是那条街上来的，尤其面对刻薄的姑姑们的时候，她觉得自己是有理由抬起头来的。她总是在说她的那个庄子是多么多么的好，跟你们这儿不一样，人和人都很亲，家家都会做鞭炮，而你们村，只会绑笤帚。是的，从小到大，我从没有花钱买过一粒炮仗，单是舅舅们送的就放不完了。

我的姑姑们总是抢白她：你们稻庄街那么好，为什么出了个“傻子”叫建国？母亲会低下头，嗫嚅着说：他本来并不傻，他是太喜欢那个闺女了。姑姑们说，天底下有的是闺女，他太小心眼了吧。母亲很着急，说你们不懂，你们知道什么是喜欢吗？

喜欢一个人有错吗？母亲似乎一直在琢磨这个问题。

那个叫建国的人总是光着身子坐在姥娘家庄子里，或者在墙根，或者在家庙前，晒着太阳。那时候我时常站在他面前望着他，满脸的不解，我很奇怪他为什么不穿衣服。他蓬头垢面，身上的污痕像河流，又像连绵的山峦。

我的母亲是少有的不嫌弃建国的人，挎着篮子走进村口时，她会劝他——建国，回家穿衣服去！我问母亲：他为什么总是不穿衣服？母亲一声叹息，摇头不语。

2

那座街市在80年代的某个清晨醒来了，淡淡的雾霭里，一些人影像在记忆中一样模糊，但摊贩们已经沿街摆满了农产品，时令的蔬菜、各色的谷米，半条街的成衣和布匹更是五彩缤纷。经济开始繁荣，沿街的商铺也多了起来，那几间供销社变得无足轻重。一些纸张和旧书被凌乱地摆放着，在风里呼啦啦翻卷，那是鞭炮之乡在交易中的紧俏商品，它们会被裁齐切碎，变成一堆堆空心的炮仗筒子。如外，还有大块大块的硫黄与成桶的镁铝粉被摆放在一起，这跟以前的装药已经不同，以前的鞭炮装药是用硝石和木炭，需要加硫黄在铁锅里翻炒。现在的不是，那些银色火药的成分是氯酸钾和硫黄以及铝粉，曾有人按以往的方法在铁锅里搅拌它们，但轰的一声，自家院子连同邻居的十几间房屋都变成了平地，土围子都塌下一块。

这个富足的庄子几乎家家都有产业。到了年底，家家都堆满了鞭炮，一盘盘，一堆堆，把药捻儿一根根塞进装了炸药的纸筒里，再编成一挂挂，最后把炮仗发走。这世上到底有多少喜庆需要小镇的产品？这吉祥的庄子更是盈满了稻粱丰收。

那家烧饼铺子一直存在，三角形的烧饼似乎是小镇独有的特色。那对夫妇也在老去，就跟那间破败的铺面一样已经越来越沧桑，他们的烧饼已逐渐不再是奢侈品，越来越多的人能够消费得起，包括我们这些学生娃。中午遇上雨雪天，干脆就不回家了，一角烧饼足够，回到教室边做作业边啃。

街市的南头是高中，街市的北头是初中，几乎所有的老师与家长都希望我们的教室能从北头转移到南头。北头那座硕大的院子里两排整齐的房子砖瓦到顶，在那时的农村已经很气派了。为了让我上这所中学，母亲曾经费尽周折。当时几乎所有人都认为我天生就长了一副农民的骨头和身板，能读到小学毕业就已经不错了，但我却偏偏考上了那所中学，只是入学杂费需要 10 元钱。

我们家没钱，那时 10 元钱在我家是天文数字。那座稻粱攒成的庄子只是我姥娘家。母亲认定我像她的老爹，是个有才分的家伙，无论如何都要让我上中学。姥爷只为我贡献了 2 元钱，爷爷也是 2 元，剩下的不知母亲怎样筹到的。那时我是个不懂事的孩子，我认为我最需要的不是去上学，而是一双白色的球鞋，我们叫它“水鸭”鞋，似乎穿了那种鞋我就成了可爱的水鸭子。

去上学的时候，我书包里金属声叮当乱响，母亲为我筹集到半书包钢镚儿，而且多是“壹分”和“贰分”。“哗啦”一声，我把钢镚儿倒在老师桌子上的时候引来一阵哄笑与哄抢，这么多钢镚儿，不知母亲拉下了多少脸皮去哀求，但这却是最伤我自尊的一次。从那一刻，我习惯了把头低下去，而不是抬起来。

在这个学校，我习惯了不被人喜欢，一个瘦小的男孩浑身脏兮兮，没有一件完整像样的衣服，连自己都找不到被人喜欢的理由。在学校上了两年半，却养成了口吃的毛病。似乎没有同学注意我，更是从没跟一个女同学说过话。我可能走进了自己的世界，另外一个完整的温暖的地方。我总是在作业本上不停地画，画三国里的武将，画少林寺牧羊的姑娘，就连课本的边角处都不放过，画上了刀枪剑戟、飞机坦克。我那时是被老师罚站最多的人。有一次在老师办公室门口罚站，正好被校外赶集的母亲看见。

我在她娘家的门口给她丢了脸，这是很严重的事情。更让她难堪的是，我的老师们很多是她的发小，还有一些是我姥爷的学生。“你知道你上的这学有多不容易吗?”她揪着我的耳朵拽来拽去。我可怜的耳朵，在学校被老师揪，回到家还得被她揪。

我的女物理老师是母亲自小的伙伴，她跟母亲一个腔调——你不好好学习对得起谁？你可怜的娘，还有你的家庭，你跟建国有什么两样？

我不知道我跟建国的世界有什么两样，反正我感觉自己的世界似乎一直跟别人不一样。凭什么我上学是为了拯救那么多，包括别人的世界？

母亲曾说，建国本来是一个很好的孩子，学习好，长得也好，是高中生，能写会唱，还打得一手好算盘。那他为什么会疯？我继续问，母亲却不再说了，只是说：你要好好学习，一些事情到时你自然会懂得。

好好学习好好学习，从小我们的老师和家长就不厌其烦地在叮嘱：一定要好好学习。好像只有好好学习我们才对得起所有，不然就是这个世界的罪人。父母和老师总是说，只有好好学习才有出息，才能当工人当城里人。满街市的人来人往，到底有几个城里人，他们都是不好好学习的吗？我们的教育总是硬邦邦的，缺少温暖与变通。我曾看到过舅舅和表哥搓炮仗筒子，各色内容的书籍被他们抹了糨糊搓成一模一样，笔直而空心。

在80年代的那个乡村中学，我们被一群文化水平略高于我们的民办教师率领着，做着一个共同的美梦，那就是跳出农门白衣入仕。在那种硬件设施与师资水平下，我的农民老师告诉我们："不好好学习，你们的将来在哪里？"那时我想过一个问题——我们好好学习了，是不是最好的将来是和你们一个样？我们躺在一个吉祥的镇子里，骑着一头梦想的老牛，向一个更美好的世界走去。

那条街市被一条柏油路延长了很多，两排高大的白杨树把路夹成了窄窄的甬道。冬日里，我们的头顶是枝杈织成的缜密的网，脚下是一团团凌乱的树影，田野里一垄垄地畦的尽头，一轮硕大的蛋黄破壳而出，像没烙熟的玉米饼子，那轮朝阳连光芒都那么生涩，像裹了剔透的冰碴子铺满大地，光秃秃的白杨树在风中瑟瑟发抖，同样发抖的还有我们。那年月，很少有人能拥有一条围脖，塞住我们正在散热的袄领。我们的双耳都被冻成了紫黑色。冬天，老师是很少揪我们的耳朵的，害怕一揪会脱落一层皮。背着书包的我们都把双手插进袖筒，往小镇走去，向着我们像白云一样缥缈的梦想，奔向同一目的地的还有许多自行车。我没有自行车，石子路面经常把我的鞋子磨穿，会有沙子与石子漏进来，把脚板磨得生疼。我只能奢望有哪个同学看时间已经不早，会在我面前把自行车停下来，让我坐上他的后座。这种情况很稀罕，他们大都嫌我身上太脏，女同学更是不用指望，除了一个女生——我们村的黑妞，她爹曾经是我的语文老师，可能她知道我的作文写得好，可以借给她抄；或者，她早已习惯了我的脏。

3

那时，建国总是被他哥和嫂子锁在家里，但他还是会跑出来。在冬天里，他往往只穿一件破棉袄，露着凌乱的棉絮。他奔跑在白杨树下，身材颀长而伟岸，像株白杨树一样透着挺拔。他看见马车就追，那些上学、放学的女生经常被惊吓得不知所措，尖叫着狼狈逃窜。男生们会停下来，拿砖头瓦块扔他。他无处躲藏，只能向沟沿的深处跑，找个地方蹲下来，然后痛苦地摩挲自己的伤痛。那些人走远了，他仍然不敢出来。

我曾经站在路基下面静静的和他对视了好久，他满头的柴火，头发上裹满了泥土和草屑。他可能觉得我有些面熟，这也许是他一直在端详我的原因。我能做的只是把书包里半块玉米面窝头掏出来给他，他狼吞虎咽，吃得满嘴焦黄的粉末，连下巴上也沾满了。

母亲到最后终于告诉我，建国本来并不傻，是一个很出色的男孩，有不少女孩子都喜欢他。有一个姑娘和他一样出色，两人青梅竹马，是天造地设的一双。建国曾经是离幸福最近的人。但自从他没有成为大学生，命运就不再眷顾他。他的父亲早逝，母亲向来跟哥嫂不合，只能去了内蒙古的姑娘家。

有人说，那个和建国青梅竹马的姑娘在一个夜晚给他送去了很多衣服，单的、棉的都有，鞋子、裤子甚至有袜子。姑娘看着他把每件都试过，都是那样合身，姑娘很欣慰，跟他说："以后啊，还会有更好的人给你做新衣服，针脚绝对比俺的密，也绝对比俺的可身。"那一晚，姑娘跟他喝了很多很多酒，姑娘对他说，喝醉了就好好睡，到明天中午醒了就好了。

第二天，下雪了，雪很大很大，庄子和土围子都像裹进棉花堆里。那个姑娘被人娶走了，漫天白花花的雪野里穿着火红的嫁衣裳，听说泪花花在雪地上砸出了一个个的坑儿。她有啥法子呢？好儿个哥哥都讨不上老婆，她只能用自己去换一个。稻庄稻庄，听起来那么富足，满满的一囤子稻米谷香，但总有太多无奈。

建国惊醒了，他冲出土围子，在雪地上顺着车辙追出了老远，把雪地踩得"咯吱咯吱"直响。他似乎望见了一盏通红的火苗在马车上闪烁，他想追回原本属于自己的美好，那是他世界里最后一缕希望。但他最终精疲力竭地摔倒了，然后就哭，就喊姑娘的名字，哭得撕心裂肺，把树梢上的雪片都扑簌簌喊了下来。最后，他把身上的新衣裳都扯下来，光着身子在雪窝里滚成一团，直到不省人事被人抬进土围子。于是，土围子里多了一个死活不肯穿衣服的人，被人摁住穿上，但最终还是脱个精光。还有，他见不得马车，看见了就追起来没完。

那时，我们对爱情的理解只是停留在电影里那些男女的亲昵上。什么是爱情？爱情对一场人生意味着什么？我们一无所知。爱情与感情之间究竟有什么区别？一场爱情竟然会击倒一个男人，它到底是毒药还是蜜酒？我们长大后到底会有什么样的爱情在等我们？一切都不得而知。

4

放学了，回家去，又走在了白杨树底下，没毕业就已经看到了结果，以我的成绩绝对去不了街南那所学校，更考不上市里的中专。连老师都对我们这样的学生失去了动力，对我们说，过完年，你们就不用再来了，但老师一定会为你们搞到毕业证——一个能证明我们不是文盲的红本本。

如果母亲知道了这样的结果，会怎样地伤心和暴怒？一切听天由命吧。走着走着，忽然听到姥娘的庄子里“轰”的一声，一团烟雾升腾，一座房屋的檩条飞上了高空，感觉就像火柴杆那么大。我急急忙忙踅回去，往庄子里跑。

那本来是几间整齐的瓦房，庄子里有鞭炮产业作支撑，已经越来越富裕，几乎家家都住上了瓦房。但此刻那几间有一半却变成了废墟，一个男孩趴在砖头瓦块里，早已面目全非。人群里一片哭声，他的父亲被突然的打击震住，一句话都说不出来。事发时，男孩一人在拌药，父亲在厕所，所以有幸没有遇难。

男孩是黑妞班里的同学小照，之前因为调皮被老师一顿收拾，干脆辍学回家，帮父亲做起了鞭炮，任凭老师再怎么请，就是不回去上学。回到家我告诉母亲，姥娘村出事了。母亲神色慌张，连头发都没有拾掇就回了娘家，去劝舅舅和表哥们不要再做鞭炮。晚上回来，她在院子里摆了香炉，烧了很多纸，口中念念有词。

我的上学生涯很快就在那所学校结束了。我去学校取回了自己的所有东西，临走时没有跟任何一个同学说过一句话。走在白杨树下，望望头顶的树杈子，十几岁的我忽然止不住眼泪，抽泣起来。我没有未来，离开那所学校，我就是彻头彻尾一个农民，我不知道自己的命运会不会像小照一样。

不知什么时候黑妞骑着车赶了上来，在我的前面停下来，等我坐上她的后座。我没理会。眼下，我已经跟她不是一路人，她是学生，我是农民。我径直从公路下了沟沿，把她一个人留在公路上。

回到家，母亲看到我带回来的书和作业本上满是幼稚而乱糟糟的图画，伤心地哭了。前几天，母亲在拔棉花柴的时候把手指弄破感染了，手掌肿得像馒头一样，疼得直转圈，后来就发高烧了。她用包扎着的手不停地抹去鼻涕和眼泪，我低着头呆呆地站立在她面前，知道她已经没了力气教训我。

从学生到农民，似乎不需任何转换。几亩地的棉花柴，我两天就打完了，一双手套在我手上变得那样破碎，手上布满了血泡。我知道，用不了多久，手掌上面会生出老茧，用刀割都不疼。一小推车的土家肥，在两只篓子上培出了尖，我能推起就走，而且大步流星。我甚至骑辆“大金鹿”自行车，走街串巷，收高粱穗子，在母亲的指导下加工起了笤帚——这是我们村几乎人人都会的手艺，然后自己去赶集一把把地卖掉。贫穷就像一种病毒，会让你病入膏肓，但好在它并非无药可医，爷爷说，穷最怕的是吃苦与勤快。只有深切理解这种病痛的人，才会想尽一切办法驱赶它。

我在一个早上顺着长满白杨树的柏油路又来到集市上，离那所学校隔着几条街巷。不久之前，我还是一名学生，而现在只是一个小摊贩。我找了一处角落把笤帚摊开来，用围脖围住半边脸，以免我那些还在学校的同学认出我来。

街市在年根儿是那样繁荣和拥挤，一进腊月，许多人都开始置办起了年货，到处飘摇着五彩的布匹与好看的成衣，生猪被屠夫们悬挂了起来，殷红的内膛朝外，是那样喜人。日子渐渐地好起来，商品和货物也都充足了。

一条街巷里摆满了废旧书籍与制作鞭炮装药的材料，大块的硫黄与成桶的铝粉，还有大捆大捆的火药芯子在马车上摆放着。这条街巷与我曾经的学校一墙之隔，墙的那边，就是学校的小操场。

笤帚是生活当中的必需品，但笤帚的用量是那样少得可怜，我的摊前少有人光顾。我仔细地翻看自己那双手，上面已经布满了老茧，在我的梦想当中，这双手应该在稿纸上写出许多漂亮的文字，或者画出多少五彩斑斓的画，但现在那是小摊贩的一双手。集市上偶尔有人翻拣我的笤帚，是那样苛刻，当他们抬头看到摊主是一个稚气未脱的男孩时，或许会有一丝奇怪。

已是临近中午，笤帚却没卖掉多少，这座街市的繁荣与否似乎与我无关。就在这时，街市上人头攒动中一阵波涛涌动，紧接着一阵凶猛的火焰与烟雾翻卷升腾，是卖鞭炮材料的街巷处，伴随着的还有一声声惨叫。有人在喊：鞭炮市失火了！

人群中忽然就闪开了一条峡谷，几个“火人”从街巷里冲了出来，有人摁住他们帮忙扯脱身上着火的衣服，却是连皮带肉血淋淋地撕下一片。有一个人浑身青烟往镇上卫生院的方向跑，赤着脚在路面上留下一只只血红的脚印。于是许多人抄起水桶和扫把往街巷里扑，一阵阵哭嚎与惨叫……

我呆坐在自己的笤帚后面，被这种从未见过的场面惊吓得魂飞天外，自己到底哭没哭都忘记了。

不知过了多久，公安出动了，烟雾散尽，半条街市被绳子封住，满地的狼藉。人们安静了下来，却是不肯散去，一个个呆若木鸡。饥肠辘辘、两腿酸软的我在人群中寻找着能够回家的路。透过人缝，我往那条曾经充满火药能量的街巷望了一眼……只觉腹内一阵恶心，低头哇哇地呕吐了起来，一屁股瘫软在地上。那种场面可能是我这一生永远的噩梦，梦魇里无法驱赶，挥之不去。在那天之后，我很久不愿意说话。

隐隐约约的，我听到了母亲的哭喊，喊着我的名字。她哭叫着——我的儿……声音凄厉而颤抖。我终于喊出来——娘，我在这里！母亲看到背着笤帚的我喜极而泣，从我的背后抽出笤帚想抽打，又舍不得，一把搂过去号啕大哭——老天爷，你总算有眼……她把我浑身上下前后左右看了又看，老泪和鼻涕在脸上沟壑里四处横飞，就像从火堆里捡了个儿子。

从此，母亲开始变得不喜欢那条街市，死活不再让我去那条街。我们娘俩似乎从来没有这么统一过，那就是笤帚疙瘩与鞭炮里都没有未来。只有小学文化水平的母亲经常有惊人之语，她说：“什么是生活？就是生下来你就得活。”

5

那夜风很大，天空里那些光溜溜的树杈子似乎都复活了，像一条条蟒蛇翻卷吐着芯子，呼呼作响，天籁里各种奇怪的声音此起彼伏。

外面狂风呼啸，娘仨早就上炕躺进被窝里，房顶有绵绵的细土落下来。油灯的火苗在飘摇中闪烁，像只蛾子在跳跃闪动。不知从哪个墙缝里吹进来冰凉的风，苟延残喘中，那盏豆粒大的火苗终于熄灭了。

黑暗中，母亲问：你听外面是不是建国在叫？我听了听，外面的确有种声音像人的哭喊，但我觉得那不是，跟母亲说你多心了，不是建国。母亲说可怜的建国，这样的天，要在外面可记得找个柴火垛钻进去。

那一夜，母亲辗转反侧，似乎一夜没睡。

第二天开门很费劲，大雪把门拥上了。外面已是一片白茫茫的雪野，阳光底下泛着刺眼的白光。我又踏上了那条连接姥娘家庄子的柏油路，路面已是被各种车辙压得如镜面一样。我慢跑两步，在上面滑出去老远，一不小心摔倒在雪窝里，路上行人笑了，我也笑了。

那一刻我忽然明白，马上就要18岁了，一切对我来说，只是刚开始。

似乎从那一天开始，我再也没有见到建国，也没有听到过他的叫喊，因为在不久后我就背起行囊往北去了一个城市。很多人会对一个“傻子”的存在与否毫不在意——他只是一个傻子，而我们在这个世界这么累。我总觉得，我们应该辩证地看待苦难。一个没经历过苦难的人，骨子里肯定缺少钢铁的元素。

多年后母亲说，你找到了适合自己的路数，女怕嫁错郎，男怕入错行，你以自己热爱的方式在打拼，而且买了车买了房，成了广告公司与画廊的老板，弄这样，谁都想不到。你们兄弟俩都行，可能也得益于你们吃过苦。

母亲没享了几天清福，她56岁那年就查出了肿瘤，那些东西也可能是太多苦难在她身体里集聚成的。到最后，母亲知道自己时日无多，注射完杜冷丁，在弥留之际隐隐约约在喊“土围子”。我说土围子早就没了，舅舅家很快就要拆迁了。母亲说，你和黑妞替我再走最后一趟娘家。

黑妞已是我的妻子。

母亲恨不得让我把别人看望她的礼品全部捎回她的娘家，装了满满的一车。我和妻子驱车踏上那条柏油路的时候，一切早已物是人非，忽然感觉这座庄子是如此陌生，与记忆里的毫不相干，没了土围子的影子，也寻不见了那家做三角烧饼的铺面。那条街市也变得整齐与繁华，只是庄子里很多老年人还认识我，依旧叫着我的乳名，他们还在问——你妈身体怎样?

忽然两行热泪就淌成河流落在脚下，我说我妈很好，她会好起来的。我在心底说：还有她的庄子，也会越来越好，因为它是用稻粱攒成的。

◎蒜香季节

作为一个地名，“花官”足够小，但有了大蒜，它的名片会响亮得多。一枚枚蒜瓣像一张张邮票，想象能有多远，就能从这里走出多远，把这里的乡土气味蔓延到世界的每一个角落。小小的蒜瓣儿漂洋过海，这片黄土地里的营养会弥漫在不同民族的那些人的味蕾上。可能他们并不了解那是花官的味道，也不一定知道这个属于广饶的小地名是多么普通，他们不知道的还有一片长满生命绿色的原野……

老农是一座丰碑

一抹鱼肚白还在吃力地顶开沉沉的夜幕，蒜乡就在薄薄的雾霭里醒来了。老农又来到了地头，看到他心爱的蒜田在晨辉里恢复了葱茏。老人的神情舒缓了很多，就跟看到自己的许多子孙一样。他已数不清这是他一生中的多少季庄稼，是他缔造的多少批次农产品。

老农很老了。老人斑像土壤沉淀在他的面颊上，其实他整个人更像这片土地的颜色，烈日是火，雪霜是淬，他早已一身的铁褐。他的腰背一直是驼的，头发像稀疏的杂草，在灰白间枯萎。现在的他只能依靠一辆电动三轮车才能来到心爱的田野。从车上下来，他的步履变得有些艰难。

一位老农就是一部农业的教科书。二十四节气在他脑海里装着，各种农谚背得滚瓜烂熟。“谷雨前后，点瓜种豆”，用手指一掐算，他就知道哪种蔬菜该下种了，哪种瓜果该开花了。他这一生只有一个舞台，那就是脚下这片黄土地。春天他把它犁开，冬天霜冻把它封上，他用绿色铺满，又用收获把日子填实。那一季季庄稼里有他一把把汗水，也有他所有的智慧与洞明。他这一生最多的路程无非是从那个村庄走到这片农田，再从农田回到那个村庄，像头老牛，那是一条他只凭嗅觉就能摸回去的老路。

一位老农又是一座纪念碑。他这一生的每一个日子加起来，就成了蒜乡的变迁史，他的每一段年华都是一段记载。民国哪一年他出生，哪年发过大水，哪年又发生过大旱，沧海桑田几十年，这漫坡里多少荒场被改造成了良田，为了改变这片盐碱地，又经历了几代他这样的农民。为了黄河水，他们这一代人挑了多少沟，又挖了多少渠，现在已经越来越少有人知道。那些被标在地图上的干流沟渠，都是他们用铁锨和小推车挖出来的。

一位老农还是一部村庄的苦难史。农民之所以是农民，是因为一群怕挨饿的人在搏命，但挨饿在农民的历史里却是不绝于缕。过了小清河往北，盐碱地开始多起来，而且饱受洪涝灾害。那时包围乡村的多是荒场，而不是农田。打那么点粮食根本不够吃，于是从花官往北，就有了要饭的人群。他们把包袱布袋搭在肩头，一路往南走，走街串巷，端着破碗，拄着打狗棒儿，把所有的尊严都扔掉，挨家挨户把乞讨的嘴张开。那一条条黄狗是那样凶恶，一个劲地咬，一个劲地吠。那时的老人还只是个孩子，一条同样饥饿的黄狗一口就咬住了他的小腿，连皮带肉，血淋淋地撕下一块……

那块疤瘌现在还残存在老人的腿上。老人弯腰抚摸了一下，一声叹息，又抚平了许多往事。

对他这样的农民来说，最大的幸福莫过于拥有一块肥沃的农田。许多灾难与病痛杀死一个老农会很难，但只要把土地从他的生命中剥离，那就足够让他失去生命的意义。他是最典型最纯粹意义上的农民，这不光是因为他在土坷垃里摸爬滚打了一生，还因为作为一个蒜农，他一直在用最原始的劳作方式耕种，不需要任何机械化。

不远处那个村庄有他的家，但是他最多的时光却是在这片田野里。田野里有他的白天，村庄里只有他的黑夜。从庄稼地的这头走向那头，他用足迹一遍遍丈量的还有他的人生，一趟趟里布满了他多少年华，从初生牛犊变成老气横秋，黄土地的颜色是不变的，但他的身板却像一把老犁变得扭曲与佝偻。

朝霞像炉火慢慢地就爬满了东天，当那轮朝阳一个鬼脸露出地平线，这片田野倏地就浸泡在一片五彩漫卷里，遍野的光彩和绿的波涛。晨风中一阵刷拉拉作响，起伏的蒜苗仪仗都在颔首迎接他的主人。老人笑了，又一次看到他的田野与朝阳，代表他又迎来了一次胜利。

在蒜田里走了几遭，他很是小心，蒜薹已经蘖出，他生怕会碰断那些娇嫩而金贵的身躯。看见有新的杂草长出来，老人会弯腰拔去。眼下的蒜田其实没有多少活计，他完全可以不用起这么早。但这已是老人大半生的习惯，他的生物钟早已让他的身体精确到仪表化，如果赖在床上不起，那对他更是一种煎熬。

在地头还有一片空地，不足一托宽。老农民是见不得空地的，就像炕头就应该叠有被窝。老人从三轮车上把镢头拿下来，开始清理上边的杂草，种点什么呢？一垄棉花还是一畦花生？老人没想好，但他还是把镢头抡起来。他很纳闷，有许多人会在早上健身跑步到田野，老人感觉应该给他们每人一把镢头或锄头。就像他，在土坷垃里劳作竟能把生命延长到快80岁，挥舞农具的动作就是最好的广播体操。

唉，现在像他这样真正意义上的农民越来越少，那些后辈，竟然能够眼睁睁地看着空地上长草。

“作为农民，我们才过上几天好日子……”老农不住地在叹气。想起以前那番逃荒要饭，这心里就泛起了凄凉，他仍然感觉身后还有黄狗在追，那是怎样一番仓皇？种蒜无非是因为粮食产量低，而大蒜经济效益好。但什么庄稼能比得上种蒜艰辛呢？如果不是这样，这蒜苗蒜薹又怎会这般金贵？

镢头只抡了一会，老头喘气就变粗了，毕竟是一把老骨头。要想把这一溜地成功种上，他还得费很多劲，指望子孙们是不行的。那些人多数已经去工厂上班，都看不上这点地了。老头拄着镢头直直腰，迎着如火的朝阳，黄土地里拖了一条长长的身影，他更像一尊泛着金属质地的雕塑。他在想，在这片黄土地里他还有多少劳作的日子？还能看到几个蒜香季节？那个尽头肯定是他没有任何气力躺在床上的时候，一个老农的生命就是黄土地赋予他的使命。

拖拉机手是新型农民

他是拖拉机手，这在农民的行列中无疑是明星一样的地位。他驾驭的已经不是牛马那样的牲畜，而是装有内燃机的机械化工具。作为农民，他已经算是新生代，也代表了更先进的生产力，跟他的父辈不一样，那些老人一生中把太多能量化成汗水洒进泥土里。而他只需掌握着方向盘在田野里纵横驰骋，无可阻挡。他的一天，会是无数个老式农民的工作日。

这种小型的拖拉机在蒜乡已经比比皆是。养活这种拖拉机竟然比一头牲畜成本还要低廉，虽然它的功率只有12马力，但已经足够把大地犁出遍野的花纹。

他开着小拖拉机奔走在田野里，后边的车斗里装满了农具、农药与化肥。拖拉机是牛，但拖拉机又是抽水机，他把水泵连在柴油发动机上，把塑料“水袖子”一卷卷伸开铺到蒜田里，水沟里的水就源源不断抽上来。蒜薹正在抽发，需要喝足水分才能新鲜娇嫩，必须来一次灌溉。他的小铁牛在水沟边欢快的腾腾吼叫，那些喝饱了水分的蒜棵娇媚地向他舞动起腰身。他扛着铁锨走在蒜垄中间，赤着的脚和身上都溅满了泥巴。那一刻他是一个十足的农民，或者说是一个农民的儿子。不同的是他们大都受过教育，有一定的文化。但他们又曾经是躁动的一代，对农民的身份是那样恐惧，一片看不到边的黄土里曾充满了他们的绝望。他们的理想无非是逃离土地，把祖祖辈辈留下的这身皮给脱下来扔掉，踏上干净的柏油路，过上城里人的生活。但被改变命运的总是少数，无论是寒窗苦读还是行伍入仕，跳出农门的总是凤毛麟角。

这一季的大蒜将让他的存折上又跳动不少数码。现在的他感到这片黄土地是那么实惠，于是对这片土地又有了感情，就像生养自己的父母一样。他最初的理想离自己还有多远？不用急，一季季的大蒜种出来，一堆堆蒜薹蒜头拉到街口蒜商的磅秤前，该有的都会有的。

兜里的手机响了，他在沟渠边蹲下去洗了洗满是泥泞的手，不紧不慢摸出手机，面对着满目葱茏的蒜田，大声地对话。

那些蒜田很快就浸泡在汪洋里。他开始收拾农具，把塑料水袋卷成硕大的一卷绑齐，连同水泵与铁锨都扔到拖拉机上。在沟渠边的水沟里粗略一涮脚，把满是泥巴的鞋子蹬上。他驾驶着小拖拉机离开蒜田向那个村庄驶去……

红瓦粉墙的村庄坐落在大平原上，一直绚若桃花，火似红霞。老村落的身躯早已残破不全，像许多沧桑被废弃在历史的空间里。新的村庄样子已经越来越整齐，越来越富丽，阔大的瓦房顶上太阳能热水器正闪耀着阳光，高耸的门楼一定要高、要宽，大铁门“呼啦”一开，小拖拉机毫不费劲就开了进去。

没多久，那个拖拉机手从门里出来已是洗涮一新，一身高档的运动休闲品牌。拖拉机手从自家大门里走出来，钻进一辆停靠在街边的小汽车，汽车的方向盘要比拖拉机轻快许多，在他轻盈的把控下，汽车驶出他的村庄，向他上班的工厂奔去。而在同时，许多在工厂下了班的新型农民也驾着汽车回到村里，他们会按下车窗互相致意。

在农业与工业之间，界限竟然如此模糊。工人与农民，一个人身上竟然集聚了两种截然不同的标签。他们还是农民吗？这片土地还将发展出什么让人不可思议的姿态？大蒜之乡里很多都是未知。

打蒜客没有纤纤细手

田野在五月的阳光底下明澈而又清晰，地平线像被刀切出来的一样，湛蓝的天、碧绿的野被分割得泾渭分明。五月的蒜乡色彩清新而又明快，蒜田与麦田相间在一起，像一匹匹绸缎在起伏飘摆。这让远处那些葱郁的树影显得静而肃穆。一片原野在五月里不再沉睡，那些昂贵的蔬菜蒜薹已经长足了身量，像娇羞的少女弯曲盘旋着身体，依偎在蒜叶之间。

它们的鲜嫩会如同昙花一现，稍纵即逝。它们会在蒜棵中间老去，变得生硬而辛辣，会错过大好的上市时机。提蒜薹的日子是蒜乡最忙碌的时刻，被蒜农雇佣提蒜薹的那些人以中老年妇女为主。权且称她们为“打蒜客”吧。乡村里已经越来越少青壮年农民，城市的召唤如同飞翔，无奈的厮守只属于对土地忠诚的暮年，这让她们的工酬异常昂贵。

像城里的女人流行把发髻染上颜色一样，蒜乡的婆娘们总是用一块方头巾裹住脑袋，这看起来是那样土气。然而她们却感觉自己已经像城里的“白领”，因为她们一天的工资达 300 多元。平时那一张张没人愿意看的老脸，在打蒜薹的日子里忽然就高贵得像新媳妇。会有蒜农嫌她们工资高，她们会嗤之以鼻，姑奶奶我们还有几把能打蒜薹的日子？各种颜色的方头巾像绿浪里盛开出了花朵。蒜乡里的风总是肆无忌惮，在头上扎一块方头巾，发髻就不会被风吹乱，也不会有尘土与草屑飞进来，方头巾几乎是蒜乡婆娘们的标配。她们像士兵排成阵列，又像一把梳子在蒜田里梳过来再梳回去，蒜薹就一把把提在了手里。伴随着阵阵嬉笑，把家长里短、锅台炕沿那些段子讲得绘声绘色，让蒜田荡漾起一波波的声浪。那一根根浑圆纤长的蒜薹被从蒜棵中提离，都带一下微微的声响如同呻吟，那是一种植物最动人的嗟叹，像生命剥离一种沉甸甸的背负。

一群人在蒜田里弯腰收获蒜薹，天没亮就到田野里，日头落下去就收工。“打蒜客”都没有纤纤细手，蒜汁会让她们的手上一层层蜕皮，一双双苍老得像生姜一样的手把钞票接过来，连触觉都是大蒜的辛辣。岁数大，工厂不乐意用，去城里又有老有小，幸好有一处蒜乡叫“花官”，春天去那里打蒜薹吧，几天里就能收获一头猪的钱，一辆辆摩托车、三轮车蜂拥到蒜乡，停在地头在等待蒜农的召唤。

跟蒜乡里其他妇女一样，那个女人的头上也扎一块方头巾。她是那样普通，跟其他来到蒜乡的“打蒜客”一样，脸庞都被晒成了古铜的色调，这样的面容实在谈不上姣好，但面容对她已经不重要，她早已不是花容月貌的年华。除了是妻子，她的身份还是母亲。跟其余的人不一样的是，她一直把腰弯在蒜田里，很少歇息。而与她同行的那些人则不住地在蒜田里直起腰身，会不住地仰望日头是否接近正午，那些人会在地头歇息好久，等待吃饭的时间。她经常受到别的婆娘们的嘲笑——那么实在，死心眼！蒜农是按天发工资，又不是按蒜薹的数量。

但那些人可能忘了，她本来就属于蒜乡。蒜乡里有她的血统和爱情故事，这里曾经有她一把水灵灵的岁月，她最好的日子就是蒜田里弯腰收获。蒜香的味道让那时的她很是迷醉，她臂弯里揽满了绿油油的蒜薹，就像把春光揽了满怀。阳光底下她婷婷的身躯充满了母性的温润，像一尊圣洁的雕像。蒜田里多少毛头小伙想追上她的身影，喊着她的名字，想与她套着近乎，但不可能，打蒜薹的日子里她的腰身永远轻灵，留给人的一直是一个窈窕的背影。很自然，她在蒜乡里也期待收获爱情，跟某一个在她身后呼唤她名字的小伙，就像把蒜瓣儿摁进泥土，等待希望发芽与抽穗。无疑那是一个矫健英俊的身影，能够用一双大手和她共同罗织美好的生活。

但她最终还是远嫁他乡。蒜乡那时很穷，竟连满足她一辆自行车都那么困难。她的爱情里肯定掺杂了太多苦涩与无奈，丝毫撑不起理想里的向往。她离开蒜乡，把一场破裂的感情留在了黄土里，把一场肝肠寸断的失恋留给了蒜乡里的一位后生，但一些回忆却像一根根蒜芽永久生长在生命里。她在异乡生儿育女了，把许多憧憬寄予蒜乡之外的天空下。

但蒜乡没有从她的生命里离开，蒜乡有她的娘家，蒜乡里有她美好与青涩的回忆。每年五月打蒜薹的日子，她会重新融入这片土地，找回属于她的时光，甚至会邀请许多人成群结队来蒜乡打一场短工。只有回到蒜乡，她才感觉又回到了往昔与青春。许多七彩的记忆会从盒子里飞出来，她会全然忘记此时自己已间杂了许多白发。

蒜乡富了，昔日里那个他肯定也是儿孙满堂。他跟她一样，也是在一片土地上匍匐了大半生，同样为儿女操劳白了头。她应该见过他的身影，但他未必会留意她的到来，“打蒜客”纷纷攘攘来得太多了。她会有负罪感吗？会在发展后的蒜乡里来一次忏悔？完全不会，一段感情就像一朵微小的浪花，早已被淹没在蒜田的起伏浩荡里，她要让别人知道她所做的无愧于蒜乡，无愧于这片深情的土地。她知道终于有一天她将打不了蒜薹，她的蒜乡会离她越来越远，最终她会埋葬在蒜乡之外的泥土里。

每当她把腰弯成一张弓在蒜田里奔走，耳畔偶尔也会响起一种声音，似乎是一种久违的呼唤。但她知道那只不过是一种记忆里的幻象化成安慰罢了。她会直起腰身来揉一揉早已发酸的腰椎，两腿已是一片酸麻与肿胀，她逐渐地感觉已是力不从心，在热爱的蒜乡她终将是一名过客，而在远处那个家里，自己才是一位永远的母亲。

一轮硕大的夕阳开始亲吻蒜田，田野里就像铺满了金子。她把蒜薹一堆堆码放在地头，等待领取工资。解开头巾抽打一下身上的泥土，微风里她的发梢像许多纷乱的思绪。打蒜薹是她们最富足的日子，可惜的是只有短短几天，就如同她们剩余的韶华越来越金贵。无论来往多少次，蒜乡里从来留不下“打蒜客”的姓名。而她在期待下一个蒜香季节，那是在春光明媚的日子里，一场年华与大地的约定。

蒜商先生的财富之旅

又一次来到蒜乡，他是焦虑的。那个消息对蒜农来说是福音，对他来说，几乎是灭顶之灾。

今年政府将对蒜农进行补贴，以保证今年的蒜薹每斤将不低于2元6角。这样一来，沉得住气的成了蒜农，而不是做大蒜生意的他们。

那些蒜农有了足够与他们谈判的资本，他的采购成本将会大大增加，在高涨的资金压力下，他将面临更大的风险。

对于蒜乡花官，他太熟悉了。临近蒜薹上市，他会来到蒜乡花官，去田野里转一转，看一看，许多蒜农都认识他。他曾一度是蒜农的救星，他的财富也是在蒜农身上积累起来的。他的密码箱里有满满的现金，跟蒜农打交道，还是现金最好，“啪啪”拍出来，有足够的气场。他喜欢看蒜农们把现金一张张摸了又摸，又对着阳光仔细查看真伪，他喜欢看农民的样子，实际上在蒜农眼里，他从来不是什么大老板，只不过是一个“蒜贩子”。

实际上，他的往昔无非也是一个地地道道的农民，但他过早地完成了财富的积累。他是那样怀念一段日子，大腹便便的他傲慢地坐在街口的磅秤后面，面对前来送蒜薹的蒜农爱答不理，价格是他说了算，爱卖不卖，他知道再好的蒜薹也留不住新鲜。那天他腆着篮球一样的大肚子从豪华的小汽车里吃力地钻出来，颐指气使地在蒜乡的地头一站，那些蒜农就像看到神灵一样一哄而上把他簇拥在中间，他高傲地提着密码箱就像一位国王。

有些人是知道他的历史的。他最初的身影只是某地农贸市场的一个小摊贩。他与蒜农最大的不同却是，当那些人在坚守土地时，他却走向了市场。耕种靠的是真诚与付出，而市场里需要钻营与投机。

是的，他也是农民，但他早就背叛了土地，在农产品中盘剥利润要比“面朝黄土背朝天”自在得多，他富了。他从蒜农的血汗当中看到了商机，他把他们的农产品大蒜卖到了很远的地方。甚至，他们的力量会控制市场，干扰农产品的价格。他是为蒜乡的繁荣做过贡献的，他一直这么认为，那些蒜农该把他看作衣食父母。

在他最初的梦想里，他肯定不会想到自己竟然这么富，大腹便便地站在蒜乡的田野里。他有意无意地会跟蒜农唠几句嗑，故意地放低姿态，或者他会把自己高档的烟卷递给他们，也会似懂非懂跟他们白活一通什么“市场”“经济”“投资”之类的术语，惊得那些蒜农大眼瞪小眼地看着他。那一刻他知道，他们已经不是一个等级，这些人将在土地上趴一辈子，而他只需要动动资本的力量，在交易中日进斗金，大口吞噬着农产品的价值。

“有人天生就是当老板的命，有人活该就啃一辈子土坷垃。”他一直这样认为。

他是个富翁，富到他的财富连自己都不清楚有多少。虽然他起家的资本只不过是大蒜，但如果有人敢在背后称呼他是个“蒜贩子”，他八成会用大把钞票把那人砸个半死，钱对他来说已经只是一个数字。当年的“蒜你狠”时期，他很快就得到了讯息，于是赶紧囤积大蒜，而且不再往市场抛售，又从各地大量购进，他在许多“庄家”的指挥下把大蒜价格抬到一个从来没有过的高度。他认为，当他们把价格“炒”到最高点的时候，再把手头囤积的卖出去，那该是怎样一番财源滚滚？

大蒜本来就具有开胃功能，大蒜刺激了蒜商先生的胃口，同样受到刺激的还有蒜农的动力。蒜农们可能做梦都想不到，祖祖辈辈种养的蒜头会像鱼肉一样金贵，于是种植面积也跟着大大增加。这位蒜商先生可能什么都能计算得很准，但就是对蒜农的一项能力没有认识到位，那就是他们的丰收能力。当蒜乡迎来新一轮的大丰收后，他都哭不出声了。

泡沫被挤掉后，大蒜还是大蒜。这位蒜商先生似乎也回到了从前，他的财富迅速缩水了。他高价购进的大蒜把库房堆得满满的，还没售出，蒜乡的新蒜就已经上市了，那些所谓的庄家早已大捞一把后从资本市场退出。

他只得看着自己多年积累的财富蒸发了，没有蒸发的只有他多年集聚起的一身脂肪。有人说商场如战场，商人就是在刀尖上过日子，有一夜暴富就会有一夜倾家荡产。他刚刚尝到垄断与资本的甜头，就被大蒜的辛辣呛出了眼泪。他粗略计算过，就他囤积的那些大蒜，需要他们全家吃一百年，还得搭上后八辈子。

他需要重新再来，痛定思痛后他看清了自己。他忽然觉得自己要是一位蒜农的话没什么不好，起码跌的不会这么疼。他又来到了蒜乡花官，他就是从这里开始的。这一方水土待他不薄，这些蒜农们也厚道得多。虽然政府的补贴让他变得很敏感，在政府的扶持下蒜农们与他叫价的底气会更足。但他知道，无论结局怎样，这里的蒜薹和大蒜终将会被他们装上卡车运走，就像那些蒜农，无论收成怎样，都将会把大蒜种下去。

这位蒜商先生忽然很想回到从前。首先他不需要这身脂肪，在一个早晨他从蒜乡的宾馆里出来，跑着步就冲上了蒜乡的田野，那些瘦削的蒜农看到他浑身上下软肉乱颤，都笑出声来……

蒜农是子孙的银行

秋夜，靛蓝的天空像天鹅绒钉满了闪亮的玻璃扣儿，那是一簇簇星星眨着惺忪的眼睛，它们不能睡去。睡去了，那些种蒜的人儿就会寂寞，就会孤单。在夜空华丽的穹顶底下，大地变成沉重的铁铅延伸得浩荡缥缈。远处几剪黢黑的树影静默成绵延的山峦。已是九月，露水正像绵密的银针洒下来，能穿透棉袄直达那些人的肌肤，冰凉彻骨。地上也是闪耀着许多星星。那是种蒜人的帽灯在闪烁，晃来晃去照亮脚下铁褐色的泥土，把蒜种摁进去。

蒜乡通过种蒜走向了腾飞，但尚没有一种机械能够替代劳力。小小的蒜瓣在泥土里扶正了才能茁壮地成长。依靠人工，白天是种不了多少蒜田的。要是再晚有了霜冻，这娇贵的蒜宝宝就不易成活了。两只帽灯闪烁里传来阵阵私语，那是一对蒜农夫妇在秉烛夜种。

“你回家吧，小心你的关节炎。”

“没事，套着布棉套呢，你也好不了哪里去，你的老突腰。”

“要不咱们也雇人种吧，已经白天连黑夜在坡里十多天了。”

“贵着呢，帮儿子买上汽车和房子，咱就少种点儿。”

“你说这生活是好了，但这娶个媳妇更贵了，要楼房，要汽车，当年我们结婚还没花了一头牛的钱。”

“你别急嘛，汽车已经差不多够了，咱今年赶上明年行市好，房子的首付也够了。”

已是六月时节。芒种一过，蒜乡就迎来了最忙碌的季节。大蒜该刨了，麦子也要收割了。

在城里务工的小伙子对他的小恋人说咱们回家帮着收蒜吧。姑娘拍着手说好啊好啊，我还没见过呢，正好一块去野外踏青。

蒜农的儿子开着父母刚给买的小汽车拉着还没过门的媳妇往老家赶去。

老家的院子里堆满了刚刚收获的大蒜，都连着蒜棵。屋里冷锅凉灶，茶儿上只有残羹剩饭，碗筷都没来得及刷。

许久后，蒜农老爹拉着一车蒜进门了。当娘的在后边推，一身的疲惫。看未来儿媳妇来了，才记得自己的脸都没顾得上洗，上面满是尘土，忙把脸盆放到水龙头上。当爹的一脸愠色，冲儿子发火："你回来干啥？啥都不会干，不是玩手机就是打游戏。"那当娘的洗把脸赶紧骑了电动三轮车去买菜了。

乡下的饭不好吃，条件也不够卫生。姑娘象征性地吃了一点，说我们是跟你们回来收庄稼的。未来的婆婆看了看姑娘的高跟鞋和崭新素雅的连衣裙，笑了笑不语。

小伙和姑娘还是来到了田野。田野里四处是收蒜的人群，拖拉机拉了犁耙在前面耕，白花花的大蒜就从泥土里翻出来。蒜农老爹和老妈在泥土里就一个劲地拽，还一个劲地摔，泥土四处飞，头发上是，脸上也是。姑娘的高跟鞋陷进泥土里了，忽然又惊慌地尖叫——有蛇！实际上她看到的只是蚯蚓。

姑娘只能站在地头，看地边有各种颜色的小花，一把把采起来，她站在蒜乡的原野里，就像一只凤凰落下了树梢。小伙吃力地在泥土里扒拉着蒜，不一会儿就气喘吁吁，眼镜都滑落到鼻梁上，不得不坐在蒜堆上，大口地喘着粗气。姑娘拿出手机把他的窘样拍下来，乐得咯咯直笑。小伙也拿出手机，扒拉个不停，拍拍这个拍拍那个，刚准备发朋友圈，老爹一个巴掌扇过来：你回来是添麻烦的？小伙只得爬起身，又撅腚弯腰把大蒜从泥土里扒拉出来。野外竟然有许多小虫子飞来飞去，姑娘怎么赶都赶不尽，更甚的是她在地头看到一堆堆黑黢黢的东西散发着恶臭，那是农家肥围满了苍蝇，不觉一阵呕吐，于是就躲到汽车里，隔着车窗拍来拍去。

蒜农老爹与老娘一趟趟把大蒜背出地头，顾不上躺在蒜田里玩手机的儿子。老爹不住地捶腰眼，老妈拖着病腿一瘸一拐，天气不好，天边一片乌云眼看就飘过来，得赶紧，另一块责任田里的麦子也熟了。

晚上回到家，当娘的拖着病腿下厨房又是一通忙活，满满一桌子饭菜又端上来，然后拿了马扎坐在桌边，身体蔫蔫的，软软的，都快坐不稳了。

吃完饭当爹的说："正农忙，家里太脏太乱，你们还是回城里吧。"当娘的一瘸一拐，赶紧就进了里屋，拿了一张存折出来，跟姑娘说，还不太够，大蒜晒干卖掉首付就差不多了。姑娘不要，一个劲地躲，她知道了那张卡片纸的重量，那是一对蒜农多少季蒜田里堆成山的血汗与辛劳。当娘的追着一个劲地往口袋里塞，姑娘最后哭了：“不要，我们不要，你们留着养老，再也不要种蒜了。”

当娘的笑了，把姑娘的手一把攥过来把存折拍进去：“傻孩子，蒜该怎么种还怎么种，日子该怎么过还怎么过，汽车、洋房都在等着咱们哩。”

一溜烟，汽车已是驶出老远，只留下两个疲惫的身影，像两棵老树伫立在夜色里。姑娘在汽车里叹了口气问：“蒜乡真是咱们的银行。只是他们老了，还有蒜农种蒜吗？”

“蒜乡里即使没了蒜农，也是蒜乡，还有蒜农的后代……”小伙一脚油门，汽车在宽阔的公路上驶出去老远。来回穿梭的车灯流光溢彩里已经看不见星星，但一弯月牙却已爬上了树梢。

◎时代发屋和它的女人

听女人这么一说，我似乎对那家店面有过印象。

那家发屋似乎是有，又似乎没有。谁又能记得在这么多年里去过多少理发馆呢？理发馆的规模与样式都差不多，不大的门脸儿，墙上贴几面镜子，镜子里发屋的空间似乎大了许多。一两把沉重的转椅，满地头发的碎屑，弥漫着肥皂水的气味有点温馨，又让空气显得有些粘腻。总有一条长长的沙发坐了三两人，等待得漫不经心，目光最留意的却是镜子里主人那张姣好的脸……

女人说，她的理发馆一度是红火的。在曾经的那条繁华的街上，她不亚于一位明星，她的发屋里总是人满为患，络绎不绝。“真不知道那些男人是来理发，还是……”女人说到这里，笑声把这间不大的屋子都堆满了，“有个男人让我给他理发，把我难为坏了，我数了数他的头发，要是碰掉几根，我就没什么可干了。”

她的发屋现在依然还叫“时代”。在“时代发屋”曾经的那个时代，理发馆似乎总是充满风情的地方，理发馆的女主人们也更摩登一些。一家营业理发的店面，似乎总与交际有关。以理发的名义近距离地接触一位女性，那些男人把自己的脑袋让她们随意地拨弄，不咸不淡地唠几句嗑，目光却盯着镜子里一张细腻的面容，像两盏幽幽的鬼火。

“你不记得了吗？那时候你经常带你儿子去我那里理发，你们家小孩很好玩，那条街上那么多理发馆，只有我给他理发他不哭。”

似乎是真有这么回事。儿子小时候很怕进理发馆，听到剪子在自己的头皮上响起，就哭得昏天黑地，好像遇到了谋杀。是有那么一家理发馆，主人是一位很漂亮的年轻阿姨，儿子一看见她就笑，老老实实地坐在椅子上，任凭阿姨拨弄他的小脑袋。

但是很难把那个漂亮的阿姨与这个体态臃肿的中年大姐联系在一起。这位大姐靠的是理发的手艺吃饭，所以她身上更接近潮流的只有她的头发，一种棕色带着好看的弯曲下面，间或的白色在根部齐刷刷地泛起。她似乎费尽了办法在拯救那只脸蛋，但它仍然像脱水的水果在干瘪下去。这里缺了，那里却又厚了，松松垮垮，嘴角与两颊正不可阻挡地垂向地面。于是她的面部有了峡谷，又出现了丘陵……

“剪头10元”，门口立着这样牌子的“时代发屋”现在坐落在一条巷子的深处。那条巷子逼仄而幽深，有许多模糊的东西在里边参差而错乱。正对着发屋门口的是市政几只硕大的垃圾桶，像几头怪兽虎视眈眈，会有腌臜的气味弥漫开来，可能这也是理发店门可罗雀的原因。在巷子的外面几家规模气派的“发廊”门脸富丽而堂皇着，而且名字也是那么新潮与雅致：某某发艺、某某造型……虽然它们的营业与这间发屋别无二至——无非是把头发剪来剪去，不同的是，那里边充满了休闲的气氛，会免费向等待的顾客提供水果与茶水，会有电脑让他们浏览网页，会有硕大的电视播放着收视率最高的频道。一些时尚的俊男靓女总能在这里找到自己喜欢的色泽与式样，而不惜掷下重金成为这里的“贵宾”客户。不同的还有，那些拿了剪刀在顾客头上咔咔作响的是一些青年男子，留着各种各样奇怪的发型。似乎是，唯有头发能够彰显他们的个性与作品。

“男孩子年轻轻的干什么不好！”说到这里，时代发屋女老板手里的剪刀在我的头顶叫得更快更响了，镜子里的那张脸上许多肌肉都横了起来，“跟老娘较劲，抢哪门子生意……”似乎是，把她逼到巷子深处不是因为她的手艺不好，而是那些奶腥气的男孩子靠卖弄别的把好生意都抢走了，比如给女人烫头。而她，只能躲在昏暗的巷子里——剪头只能10元。

“哼，那些毛孩子一天剪不了几个头。”女老板恨恨地说，“我 10 分钟就能剪一个。”我也只能随声附和：“对，我就受不了他们在头顶那个磨磨蹭蹭。”她说你不懂，他们很多是空剪子，你光听得见响，实际没碰着头发，这样才显得他们费了很多事，才好跟你要好几倍的钱。

我抬头盯了一下镜子里她那张脸，竟然愤愤不平得有点穷凶极恶。我的头发像风卷残云一样纷纷落在她的脚下，甚至凌乱地落在她阔大宽松的长衫上，那件隔离衣已经不再洁白，而是在太多的浆洗中泛起了时间的灰色。

“唉……”在叹了一声气以后，她还是絮叨起了刚才的话题。她的时代发屋以前是风光过的，曾经在一条很繁华的街上，有许多很舍得花钱的顾客。我不禁问她：“那你是怎么搬到这里来的呢？”

她手里的剪刀慢到似乎停了下来。

那时她应该很年轻，像很多理发馆里漂亮的女孩子一样，裙裾飘飘，风光无限。会有很多客人光顾她的发屋，而且从不跟她计价，甚至还会送上鲜花甚至约请她去吃饭或跳交谊舞。那时她们的人生一定与她们的年纪一样绚烂，理发只是一种职业，会有许多理发馆因为爱情与婚姻而关上门脸。但经营爱情与婚姻跟经营理发馆又不一样，前者需要如一，而后者则需要更多的样式。

这位女老板剪头的手艺的确是了得，三下五除二，我的头颅就变得精神齐整起来。的确，那些毛头小伙子剪来剪去，你屁股都坐得生疼了，头顶上还是一片参差不齐。

女老板说，理发业竞争也很厉害，后来不知从哪里来了那么多“洗头妹”，都开起了理发馆。她更加恨恨不平地说，有一个南方的洗头妹竟然在她的时代发屋对面开了家洗头房叫“超时代”！于是她只能搬家，不停地搬，房子越来越小，地段越来越偏僻。

我不由得哑然失笑了。头发理完，她用海绵利索地把我脖颈里的头发茬扫了出来，又小心翼翼地问——“你焗油吗？白头发露出很多了。”我问多少钱，于是她急忙从货架子上拿出许多花花绿绿的瓶子，说这个 30 块，那个 40 块，纯植物的有多么多么好，不伤头皮又没有副作用。我说就 40 的吧。她似乎很兴奋，不知是否会感觉运气不错，除了剪头，她揽了一单比较大的生意。

她给我换了件旧的蒙布围在身上，自己也换了一件，脏兮兮的上面布满了染发的污渍，我都不忍直视。她把染发剂在我的头发上细心地涂来涂去，一缕缕翻过来，又翻过去，就像一个细心地农民在来回犁着地。有顾客推门，看她忙着，问需要等多久，她急急地说很快就好，马上。但人家吸了吸鼻子闻了闻屋子里的气味，说还是换一家吧，抽身走了。她张着脏兮兮的两手把脑袋挤出门外——“喂，等一会儿嘛！这位马上就好了。”

我都有点后悔给她耽误了一单生意。她一声叹息——这年头啥都不好干。又在我的头发上涂了起来，许久后她停了下来，说晾一会就好了。

无事可干，我开始打量她这间小屋。没有暖气，一只笨重的小煤炉铁锈斑斑，火舌在里面钻来钻去，有一氧化碳的味道缕缕飘荡开来，看到一节节烟筒别别扭扭地连接在一起，甚至有脏兮兮的污油淌成一条条，我不禁皱了皱眉。心说这不像个男人干的活计，只要把烟囱连接的方向反一下，就不会有污油淌出来。炉子上蹲着一只锅子，被烟熏火燎看不出是哪种金属的质地，热气蒸腾，里面正有不太好的食物气味泛出来。在一只破旧的长条沙发上，没有一个正在等待的顾客，上方几张招贴画，一些好看女人的发型却是20世纪90年代流行过的。

沙发上几本破旧的杂志讲的多是一些情感故事和成功人士的励志故事，不知被人翻了多少遍。无事可做，等待中我拿出手机，问她有没有WiFi，竟然说没有。她掀开锅盖用勺子在锅中搅了几下，里屋中忽然传出一阵老人的咳嗽，她一掀布门帘走了进去：你是不是又偷着抽烟了爹，你已经脑血栓几次了？紧接着，她又在里屋骂起了一个孩子：我以为是在屋里写作业，原来是在这里玩手机……

许久她出来，在炉边坐下，表情呆滞，又起身拿起梳子在我脑袋上梳了几下说还得等一会，又坐了回去。她不光表情呆滞，腹上厚重的衣襟也不由自主地隆起，让她的体态更显肥胖与臃肿。过了一会儿她问我，你会画画是吧？你对象我在菜市场上经常碰到。我说会画一点儿。她问我，你们家生意怎么样？我说也不算好，能维持而已。她又长吁了一声——啥都不好干。那样子她很像是一个财经专家，世事洞明，能够预测经济崩溃就是三两天的事儿。

我本来想跟她说，理发观念也要变，一是环境，二是服务要跟上。不知为什么话到嘴边，又咽了回去。我想我最不该问的还有一件事——你老公呢？很明显，这间房子里透露出的气息更像是一个单身女人在操持这一切。

果不其然，我在问起她孩子的学习的时候，她一个劲地叹气，说老师经常叫她去谈话，孩子在学校非常不好，不光成绩不好，还光给她惹事。照这样子下去，别说重点高中，就是普通高中都没得上。她似乎对老师们很不满，说我一个女人又得挣钱又得照顾老人，哪顾得上？孩子在学校，就是你们老师的事！

他爹来城市里住院了，该出院的时候老家两个哥哥没有一个人来接，她只能把住院费结完接到自己这里，说是花了她很多积蓄。

头发晾干了。她这家理发店洗头竟然不是躺下仰洗，我只能坐在一个破凳子上，使劲把头低进瓷盆里，她带了橡胶手套，把肥皂水不停地在我头顶上揉搓，咯吱咯吱，力气很大。我在想，是什么让一个女人变得如此生硬毫无温柔？竟然不用好一点的洗发水，转念一想，来这里我无非图的是便宜。

洗好头，收拾停当，镜子里的我竟然倍儿精神，我夸了句手艺不错，付了钱。她竟然问我可不可以在她这里办一张贵宾卡，看我未置可否，只得把零钱找了回来。

我出门的时候说了句谢谢，她说以后再来，还可以给我便宜。我知道一个呆滞的表情又会坐在门口，对门外充满了期待。

我抬头望了一下她的门脸——时代发屋，那几个大字在阳光的照射下已经斑驳陆离，“时代”两字是那么陈旧与古董。冬日里我裹紧棉衣顺着墙根向巷子的外面走去，少了很多东西的头顶在寒风里多了些许凉意，以至于让我感觉，自己也输给了一个叫“时代”的东西。

◎红毛衣　绿毛衣

1

那应该是一个自行车洪流的年代，一到下班时间，各个厂区里自行车蜂拥而出，叮铃啷当，一片片自行车铃声塞满了大街小巷。那时的天很蓝，没有雾霾，那时的交通也不会堵塞，路上也没有太多汽车。再就是，充斥你视野的，也没有那么多斑斓五彩的广告牌。街角路边，最亮丽的颜色是那些穿在身上的棒针衫，有着各种纹路与图案，红的绿的，青的紫的，间或咖啡或浅灰，五彩缤纷。那些好看的身影来自一双双纤纤玉手的打扮，来自于用饱满的感情织就的青春。

破旧的公交车像一只笨拙的爬虫气喘吁吁地行驶在路面上。每到一处站点，总是一片嘈杂的拥挤，男的女的，胸脯贴着胸脯，屁股挤压着屁股。车厢内塞得满满的，像一只没有开启的咸鱼罐头。即便空间如此逼仄狭小，座椅上仍有女性在用手指挽着毛线。我曾仔细地观察过，那些娇嫩得像芦笋一样的手指抚弄着锃亮的铁针，间或彩色的毛线，不停地舞动伸展。即便没有伴奏，都像是那曲芭蕾舞《天鹅湖》在空气中翩翩起舞，曼妙而婀娜。

2

我国历来讲究男耕女织，除了相貌，针线女红是女子征服男人的利器。与我们的母亲们不同，她们在堂前屋后大树底下“哧啦哧啦”拽着麻线纳着鞋底，叽叽喳喳家长里短，毫无美感可言。但打着毛衣的女子要安静得多，所处的是截然不同的两个时代，一个需要结实与耐用，一个需要柔软与美观。那些纳着鞋底的婆娘们满手老茧，恨不得把自己的皮肉纳进鞋底里，而那些打毛衣的女子动作轻巧与柔和，想的却是把心思织进绵密的温暖。

慢慢的，纳鞋底与打毛衣都会消失，科技与工业的发达让人们的衣食住行不再依赖手工。现在的女子一较高下，拼的是电脑键盘上的熟练程度，而不是针线簸箩里的精致与缜密。老婆老婆，多年的媳妇才能熬成婆，如同那些纳鞋底的女人会消失一样，那些会织毛衣的女子也在逐渐老去。已经步入中年的她们是焦虑的。被人冠以“中年”对她们来说有点悲惨，在她们心头泛起的肯定是一种无奈。这表示了她们对年轻女性的一种臣服。同时，是否陷入一种滑入老年的恐慌是不得而知的。她们是如此留恋年轻的尾巴，是那样希望自己保持苗条的身材和瓷器一样的脸蛋，一个个茶余饭后纷纷涌到广场上跳起健身舞，甚至往自己的身体里注射着各种能挽留芳华的针剂。

我家的“中年女性”眼下对地球引力是如此痛恨，她曾不止一次问儿子，地球为什么会有引力？是否有一天会让她脸上或身上的皮肉松弛下来，像个鼓鼓囊囊的方便袋？儿子没好气地说：“地球没有引力会是地球吗？那是气球。”

她们是输给了岁月还是生活更多一些？作为同样中年的男性，我们是否对她们有过足够的关怀？或者，我们本身也是沧桑的，世事横陈，满地鸡毛与蒜皮。只弄得我们一个个也是未老先衰，秃眉谢顶，不是腰眼酸，就是膝盖肿。

3

记得马克·吐温好像有句话：如果我们生下来就 80 岁，而慢慢退到 18 岁的话，我们的人生将其乐无穷。

这位美国老先生真是天真到骨子里了。我们总有回不去的过去，总有找不到的18岁，即便有，在我们的记忆里也是越来越模糊。我在18岁的时候梦想是拥有一只能放各种流行歌曲的录音机，最好是能放两盒磁带的那一种。再遥远一点，我希望自己能够拥有一辆带排气筒的摩托车，开起来屁股后面一溜青烟，这样才显得够威风。如外，我最迫切的梦想里还有一件别人为我织的毛线衣。

18岁前后的我竟然没穿过手工织就的毛衣。我们家没有女孩，我的母亲只会纳鞋底。我要求我的老妈给我织一件毛衣的时候，她伸出自己的十根手指头看了看，哪根都像胡萝卜，继而她摇摇头说：办不了儿子，尽早讨老婆给你织吧。

我的老婆那时每天也在织着毛衣。在那个年代，她同样年轻，她把自己最好看的那些光阴全挽在了毛线的扣儿里。跟她一样，那些好看的倩影无处不在，班上的闲暇，会上的聆听，甚至公园的长椅上，那些女子无时无刻不在往铁针上缠绕着毛线，那些毛茸茸的毛线又细又长，不知是毛线更长，还是她们好看的年华更长。

同龄的青年男子们陆陆续续都拥有了自己的毛衣。漂亮的花纹让那些身板挺拔伟岸了许多。一个青年男子拥有一件葱葱玉手织就的棒针衫，代表他们进入了另一条车道，或者是成熟了，或者是，他们恋爱了。一件毛衣穿在身上，一个女子就装在了心里。我的同龄男人们都陆续拥有了一件手工织就的毛衣，他们穿在身上，似乎同时已经发出俘获爱情的宣言，而我在看到那群人连外套都不穿，襟前的拉锁都不拉，而露出满肚子的花纹的时候，是那样嫉妒而艳羡。即使内心是多么失落，我仍旧会说一句——斑马也是浑身花纹！

4

我们家的“中年女性”那时还年轻。在那个“毛衣时代”里，我若无其事地向她提出：你能不能为我织一件毛衣？

清楚地记得，那时她的手指与手中的毛线突然停了下来，连同整个人都怔在了那儿。于是周围的工友一阵哄笑，有的甚至吹起了尖厉的口哨。那样一句话，竟然在那个时代里被人看成一种最赤裸的表白，她气急败坏地把手中的毛活一扔，捧着灼热的脸庞夺门而出。

那句话到底是一种求爱的示好还是对一件毛衣的迫切？多年后忘了那

时的想法,或者是兼而有之。这就像一个高明的战术指挥官占领了有利的地形,进可攻,退可守。

——喂,你别想多了,不让你白织,给你钱……我在后面冲她喊。

5

钱在任何时候都是好东西,这并不是因为在那时候我们更缺钱。那时我们竟然还意识不到,我们两人所在的两处工厂在不久以后都不复存在。而我对她的居高临下竟然是:我来自一家国营企业,而她,只不过是属于一家“大集体”。她竟然同意了为我织一件毛衣的请求。或许她同意了一种由毛衣而开始的恋爱。但是那年头恋爱很贵,我的工资每月只不过 120 元,连同奖金等其他乱七八糟时,全年能领到 2000 余元。而她不一样,她所在的那所工厂,效益不好,她每月能拿到的只不过干巴巴的 90 元,而且,她每月都要往老家汇去 70 元,以供自己的弟弟和妹妹上学。

为了毛衣大计,我请她下了一顿馆子。我极少下饭馆吃饭,我的家境也不太好,父母命令我每月必须往家交 100 元。那个口头上肯为我织毛衣的家伙一开始死活不进餐馆,坚持说在小摊上吃碗凉皮就够了。但我认为那对我是无比重要的一天,因为我要踏入一个崭新的时期,坚持把她让进了饭馆。没想到让她点菜,她却是毫不客气,什么水煮肉片、宫保鸡丁,她竟然一口气点了几个荤菜,最后毫不客气的又点了一份大虾。我懂,这是试探我的诚意,虽然那时我每月的零花钱只有 30 元,但必须打掉牙往肚子里吞。我才刚吃到一半,她就不吃了。然后我去结账,竟然花费了我 18 元。等回来想坐下继续吃,发现她早已把盘子里的饭菜都打扫进自己随身携带的饭盒里。她说那天是她弟弟的生日。我心里说,幸亏是她弟弟的生日,要是她母亲的大寿,我就不是吃半饱的问题了,是花了 18 元却要饿瘪肚子的问题。

6

请她看了多少次电影,我记不清了。同时记不清的还有她从我这里又揩去了多少零钱与粮票。我给她截过一块布料,又赞助过她几条牛仔裤与鞋子。这些我都一一记在小本子上,虽然这已经算是恋爱,但我必须记清楚,如果以后两人分道扬镳准备翻脸,我会把小本子拿出来念上一遍,包括时间与地点。比如某年某月某日看电影,影院里太热,我给了她 5 毛钱让她出去买冰棍，结果她只给我买了一支1毛钱的小雪人，剩下的钱她没给我。比如某年某月某日请她吃拉面，我特意多给她买了一只茶叶蛋……

那年月的恋爱好像不只我是这样。我的同事大强，谈了一场恋爱就回到了参加工作前。更要命的是，她所有的花费都有去无回。那个女的最后一屁股坐到了另一个男人后面，那个男人骑的是一辆摩托车，就是带排气管子的那一种，不是跟螃蟹腿一样的“嘉陵”。

最后我的毛衣终于落到了实处，我用自行车驮着她去买的毛线，一种颜色很好看的毛线，大厂子出的，半毛半腈纶的。她一口气称了3斤，竟然花了我90元。那时我摸不清一件毛衣要用多少毛线，更不清楚那些毛线足够织两件毛衣，我心疼得只嘬牙花。这要是让我老妈知道了，非背过气去不可，因为我的母亲被父亲囫囵着娶进家门的时候，只用了半批子猪肉。

7

一天，我终于听到车间主任喊我接电话，得到的好消息是我的毛衣织好了。我多年梦想里的毛衣就这么成了现实，当然最喜人的收获并非毛衣本身。我称了几斤水果，买了几只罐头用网兜提了，坐上公交车往她厂子里赶去。

但是，等看到毛衣，准确地说，那完全不叫一件毛衣！我气急败坏，3斤毛线织出了一个没袖子的东西，而且上面净是镂空的窟窿。她说，你不懂，这种织法叫“美国大花园”。

我的3斤毛线呢？就织了这么个玩意？说是毛坎肩，一件捞鱼也网不住小鲜鱼的玩意？她和她的室友都笑了，她说没想到她弟弟长得太快，个头太大，用毛线那么多……我气不打一处来，我说你这不是谈恋爱，你这是给你们家搞副业呢。

没想到她的嘴巴也开起了机关枪：谁跟你谈恋爱了，谁跟你谈恋爱了，你谈得起恋爱吗？一开始你说的只是织毛衣。

我不谈了，我不谈了！给我的水果给我的罐头我要走！抬头一看，她宿舍里的女友已经扔了满地橘子皮，正拿着刀子与钳子对我的罐头使劲。我气急败坏地一把抓起那件网兜一样的毛坎肩，我说你等着：我给你挂篮筐上去。

回来后我和大强那几个哥们说，恋爱好贵，也太寒心，不想谈了，还是回农村让媒人找明码标价的去吧。那帮人一阵大笑。没办法,我干号似地哭了两声,手里摆弄着那件我准备挂上篮筐的东西。穿上一试,室友们说竟然也不难看。可我心里仍是愤恨不平:这真是打猎的让鹰啄了眼,等着瞧,跟你没完……

8

有一天,在车间主任办公室那里,我又接到了她的电话。她说天马上要冷了,你想要毛衣就赶快跟我去买毛线。我说都是老中医,你别再给我来偏方,毛衣我不要了,我也没钱买毛线,我就穿着你篮筐上那玩意过冬了。

那年里秋风一吹,满地的落叶就打起了旋儿,树杈子上突然就变得赤条条的,让人看一眼就一个冷战。回想起自己的毛衣,和一场夹生饭一样的恋爱,凉意开始在工作服里面缭绕与蔓延,都这时候了,那个狡猾的人才想起打毛衣,即便能打好,想必冬天也都过完了。

入冬了,暖气也来了。其实有无毛衣并不重要,让人暖和的其实并不是毛衣。一天下班回到宿舍,竟然看到那个为我打毛坎肩的人静静地坐在我的床沿上。

不可思议的是,离上次她打电话要毛线,不过十来天时间,一件毛衣却被她织好了,她从贴身的布兜里取出来,一件暗红色的毛衣上凸起着漂亮的花纹。我感觉那美好得不是像神话,就是可爱得像童话。看来她熬了不少夜,两眼一圈一圈乌黑乌黑,看上去像只大熊猫,还有就是她的手上,满是冻疮。她们宿舍没有暖气,在有暖气的屋子里很痒,她一个劲地两手互挠。看我穿上了毛衣,她得意地欣赏了一下自己的作品,满脸微笑看起来有点迷人,说毛线不太好,不含毛,腈纶的,到明年我就有钱了。说到钱,她却忽然收起微笑伸出手掌——给钱!

我说我哪有什么钱,你是不是一对铜钱打一副眼镜,掉钱眼里了?

她顿时把两眼瞪成一对核桃,你说什么呢?我哪有钱买毛线,我这个月还没给家里钱呢。

我说我刚给了家里钱,所以没钱。

她说没钱你给我脱下来,我卖给街上拾破烂的。

我说你还欠我一个好的呢,半毛的。

她上来就扯我的毛衣:你给我脱下来!

我顺手把外套的拉锁“刺啦”一下就拉上了，说你别耍赖，你要跟我算账咋的，咱俩谁欠谁的我给你念念听听。

她的两个眼白像乒乓球一样瞪着我：你要念什么给我听听？

我从枕边拿出小本，一五一十地给她念了起来……

她惊呆了，又气又急，胸脯像我们车间那个吹尘鼓风器一起一伏的：真是看错了你，我就没请过你吗？

我说你还好意思说，你请我吃了5个馄饨，你自己舍不得吃，我把剩下的全留给你了。

她说你还拉过我的手呢。

我说拉过你手，你就不是黄花大闺女了吗？

她说不管怎么说，你今天就得给我钱，我妈还等着买煤球呢。

我说你妈是养闺女还是卖闺女呀？

她恼羞成怒：“真没想到，有你这么谈恋爱的吗？你才花多少钱啊！我们厂杏花一见男朋友，人家就给她买了一件呢子大衣200多，再也不理你了！”她背起包，摔门扬长而去，临走还来了句——你跟电线杆子谈恋爱去吧，电线杆子不穿衣服不吃饭！

她已经承认这是谈恋爱了吗？我心中一惊又是一喜。

早躲在门外的室友们一个劲地替我拦，替我好说好劝，但一阵急促的高跟鞋声，她还是跑远了，一边跑还一边用衣袖在脸上擦着什么。

我问接下来该怎么办，室友们齐声说——追呀！

于是我赶上去一路尾随，像个特务在后面盯梢。她走着不停地往回看，我一会藏在树后面，一会猫在花池子下面。最后她在公交车站的长凳上坐了下来，乌黑的眼圈失神地盯着柏油路面，一会“嗷”的一声哭了出来，把脸埋在膝盖上哭了一会儿，忽然不哭了，提着我的名字恶狠狠地咒骂起来。那表情恨不得变成阎王殿里的牛头马面逼着我下油锅，多么恶毒的词都用上了。我不干了，从站牌后边绕了出来，我说你再骂一句！

我把袄一脱扔在地上，要脱毛衣。她赶紧从地上捡起来给我披上，说别闹，天冷。

她说没钱你先给我一半。我说一分钱都没有。她说你真是个铁公鸡。我说老子是不锈钢的，在车间用车床铣出来的。她笑了，无奈地说，你穿着吧，小心太暖和捂一身痱子。我说长一身脓疮你也管不着。他说你就穿着吧别脱,小心把你的皮带下来。于是我又要脱,她说行了,来人了,让人看见笑话!

一阵风过来,她把缠在脖子上的围巾包在脑袋上,那条她自己织的围脖应该好几年了,颜色都不再鲜艳,洗来洗去,也没了绒绒的毛毛。她裹紧了长长的棉衣,这让她的身材更窈窕起来,很撩人的样子。那件棉衣不是什么像样的料子,应该不太暖和,同样半旧不新。

许久,我说:我的意思是这样,要钱我是没有,但我可以给你买一件羽绒服。

那双乌黑眼圈里的两个眸子忽然就放出了光,她几乎高兴地跳起来,拍着手说:真的吗?好啊好啊,我早就在商厦看中一款180元的了。我说那超标了,我没那么多钱,我只有120。她说你出160,剩下的我自己添上。我说我只有150。她兴高采烈地和我一击掌:成交!拽起我就往商场赶。

走了几步,她说下雪了。我说哪有,快走吧。她说真下了,她停下把两手伸出来,顺便仰起脸望着灰蒙蒙的天空,果然一朵雪花就落在了她的手套上。那是她自己用毛线织的一双花纹漂亮的手套,只是一只的手心却已经有了窟窿,一朵雪花落在那儿,和落在手套上不一样,倏地就被体温融化没了。一个天天织毛活的家伙围着一条旧围巾,带着一双破手套,这个女的虽然有点财迷,但我仍然感觉自己的眼光比老家那些媒人贼得多。

她说,总会有不冷的日子在等着我们。站在雪地里,我们看起了雪花……

9

作为中年男性,我躺在我们家的沙发上拨拉微信,玩朋友圈。那个中年女性也在拨拉手机,寻找红包。我忽然想,如果没有网络和手机,她们会不会再织起毛衣?我问她,我那件毛衣还有没有?她说啥?你的羊毛衫都在橱子里。我说你以后能不能不再玩微信,再织件毛衣?

她忽然一声怒吼:你忘了我颈椎不好!

回忆中的小鲜肉这么快就变成了河东狮,看来记忆这东西永远不如生活靠谱。玩手机难道颈椎就好吗?其实,即便她们肯织起毛衣,也不一定回的到过去。我觉得,她早就找到了那个不再冷的日子,但她不一定还有看雪花的兴致,这就像她当年织过许多毛衣,当我们不再缺少毛衣,她对任何毛线都会失去兴趣。

但是我一直想弄明白：一件毛衣的毛线到底有多长？它能温暖我们的身体，到底该不该用它衡量我们的年华？

又一个“三八”节就要到了，好在它是在一个温暖的春天。

◎『70后』的村庄

我们的村庄坐落在淄河沿上，那些老村落在记忆里已经灰蒙蒙的，但我们的童年却一直在闪光。一些日子就像一枚枚图钉，结结实实地钉在广饶县的那些乡村里。那个年代足够贫瘠与闭塞，但生活越是简单，快乐反而更容易寻找。仔细翻捡一遍，我们的童年就像是小人书的许多页码连接起来的，不乏故事与精彩，于是就想起了货郎，他那个铁笼子里盛满了五颜六色的小玩具，同样盛满的还有一些色彩亮丽的小时光。

货　郎

货郎的拨浪鼓是不一样的，下面是鼓，上面是一面小锣，摇起来叮咚脆响。货郎摇着拨浪鼓走进了村子，这个村子就漾起了一波波的涟漪。村里的人们就知道货郎来了，正好缝衣服的小针不知掉在了哪个角落，还有线轱辘马上就用完，针线簸箩是婆娘们的地头。货郎来了，就把大集送到了门口。

货郎似乎没有不要的东西，旧衣服破鞋子，农药瓶子破锅烂铁，过年剩下的肉骨头在他那里也有用处。我们满是窟窿的旧鞋子臭气烘烘，他不会嫌弃，他会仔细地磕掉里面的泥土，称一下，或许能换一支铅笔，或者几粒糖豆。那些糖豆在一个玻璃瓶子里边，他拧开盖几粒几粒地往外倒，一粒、两粒、三五粒，生怕倒多了，倒多了他会用瓶子口一粒粒地收回去。他把七彩的糖豆放在期待的小手上，那些家伙的眼睛里就多了斑斓的色彩，红的蓝的绿的，原来世界可以这样丰富与绚丽。

货郎把小推车放下，把车顶那个铁笼子搬下来放到地上，然后憨笑着坐在笼子后边，两只大手不停地在腰间的厚围裙上搓来蹭去。他是男人，却在女人与孩子的世界里待得更多一些。那么粗壮的一双大手，竟能从锡纸包里捡出一枚细小的钢针，轻轻递过去，若不小心碰到那边女人的手，他甚至会木讷的脸红起来。他阔大的嘴巴总是张着，宽厚的嘴唇说不出花言巧语，笨拙地在一翕一合。在这个人身上，最困难的事情竟然是说话。

我们在玩石子，在搬着脚丫子撞膝盖，费尽九牛二虎之力总想把对方顶个四仰八叉。但拨浪鼓响了，我们就把货郎围在中间。那一刻，他不是货郎，他是统率我们一群毛孩子的国王。他从铁笼子里拿出一支纸花，“哗”地打开，一条漂亮的彩虹就展现在我们眼前。他把纸花磕上一磕，纸花又成了一朵盛开的牡丹花，再晃一晃，一只七彩的灯笼都快把我们的眼球耀出火来了。但他又飞快地把纸花叠好放进了笼子，像熟练地变了一次戏法，对我们的艳羡熟视无睹。他的意思很明显——想要吗？跟你们的爹娘要钱去，或者是拿东西来换。

那双大手布满了老茧，甚至有木材的质地。那些作品是来自于这双大手吗？一些泥巴被捏来捏去，就有了公鸡的形状，或者是老虎的形状，还有的像小猪，有的像鸭子。他一定还是个画家，否则就不会在上边涂上那么喜人的颜色。我们的童年都是灰蒙蒙的，除了蓝天更蓝，白云更白，满眼是灰色的咔叽布与土染的印花布，那些小妮子们的花袄早已经不再新鲜，补丁更是各种颜色的重叠错落。他的铁笼子里不是这样的，他的铁笼子里似乎才是一个精彩的世界，浓缩了我们所有的向往。

我们会去家里搜寻烂鞋子破衣服，看还有没有货郎可要的东西。但这件不行，那件也不行，“破家值万贯”，有些东西大人们总是能找到用处。于是我们就在街上打起了滚，干打雷不下雨地嚎起来，用哭喊要挟他们。或许大人们会赏你几个硬币，买一只“洋茄子”鼓鼓地吹起来，捆绑在上边的哨儿会发出好听的声响，那些好看的泥巴也有哨儿，放唇边吹上一吹，就像鸟儿啾啾唱起来。但这些必须在大人们心情好的情况下，若是他们心情不好，会用鞋底在你的屁股上狂扇一顿。

小妮子们要听话得多，她们总是在割草剜菜。她们会把树上的蝉蜕一只只用线串起来，老长老长，去献给货郎，货郎给不了她们太多，但一尺红头绳、几个橡皮筋还是可以的。她们扎在小辫上，破衣烂衫里总算有了一缕新鲜，倒也欢快地蹦蹦跳跳。

货郎让我们变得勤俭了，发现什么废铁丝、旧书本甚至烟卷盒，我们总是在想这些东西能在货郎的铁笼子里换到什么。

一只“孙悟空”大概是用木头雕刻出来的，涂了好看的颜色，还握了金箍棒，比电影里的形象更逼真。“孙悟空”被绑在一根细小的木棍上，货郎拿了在手里不停地摇，不停地晃。那只“孙悟空”就在顶上舞起了金箍棒，我们忽然就看到了立体的电影，被“孙悟空”的武功迷得如痴如醉。货郎最后还是把它放回了笼子。我们知道，那得是一大堆破鞋与破棉袄才能换到的。有人问“孙悟空”多少钱。贵得不得了，那时大人去地里干一天活一个工分顶多两毛钱。

为那个“孙悟空”，铁牛去水利站的垃圾里找了一堆废纸。他运气不错，还捡到了一只破铝盆。但他知道这些仍然不够，后来他看到一棵老槐树上有一只硕大的蜂窝，那东西货郎肯定喜欢。

他用长杆子把马蜂们的家毁了。作为马蜂当然是不好惹的，乌压压的那一群肯定轻饶不了他，追着他蛰了好几里。没办法了，他把脑袋一头扎进了柴火垛，但他忘了，他的裤子上有个大窟窿。那群马蜂围着他的屁股盘旋了好久才离去，眼看着他的屁股把裤子上的窟窿越撑越大，像烧红了的锅底，又隆成了富士山。

铁牛回到家，爹娘都快不认识他了。他的脑袋像被酵母发了一样，足有篮球那么大。他的眼睛和鼻子都不见了，眼睛变成了两条细细的缝，鼻子深深地陷进了隆起的腮帮子里，就连他的嘴唇上也留着许多马蜂的小尾巴，小小的年纪好像长出了胡须。

等拨浪鼓再次响起，这样的铁牛站在了货郎的面前，后面是铁牛怒不可遏的娘。当货郎得知怎么回事后，拿出“孙悟空”就递到铁牛手上，推起车子就跑。铁牛笑了，但铁牛他娘在后边追——你个货郎，今天老娘要让你花了脸……

货郎一溜烟窜出去老远，但在另一个村子的村口，拨浪鼓声又响起了。

爆米花的男人

“轰!”

与货郎不一样,那个爆米花的矮个子男人不用拨浪鼓,而是用一声炮响宣告他的到来。

如果说货郎是一位国王的话,那这个男人就是一位英雄。他一手拉了风箱,另一只手在小火炉上不停地摇他那个圆圆的铁疙瘩,等看一下那只小气压表后,就搬起来对准那只长长的布口袋,在打开密封盖的那一刻,“轰”的一声。我们会捂起耳朵,而他不会,热气升腾里无所畏惧,大义凛然。

他太厉害了,竟然能把玉米粒子变成花。原本粗糙的东西在他那里变得很好吃,我们把白花花的爆米花一把把填进嘴里,松软酥脆的口感,香甜好吃的味道,我们太佩服他化腐朽为神奇的力量了。

他是个跛子,走起路来却风风火火,虽然是一瘸一拐,但在我们眼里他一样有风度。谁让他能操纵一个铁家伙呢?那个铁家伙是一种工业的感觉,似乎他是需要“学大庆”的人,而我们村的那些男人只有“学大寨”的份儿,大庆和大寨是谁我们都不认识,但“工业学大庆”“农业学大寨”在我们村的墙上写着,我们都会念。

那个铁疙瘩在我们心目中不亚于一门“小钢炮”。在电影里我们看到八路军最多有挺机枪,而没有炮。但是他有,他的这门“小钢炮”可能不只会爆棒子花,如果有他在,鬼子来了也不用怕,他会把那个家伙对准鬼子的脑袋。

这就是他,是那么威武。不知他当过兵没有,我们很希望他的瘸腿是被敌人的炮弹炸伤的。我们之所以这样想,是因为他的脑袋上老是戴一顶雷锋那样的棉军帽,脏兮兮油腻腻的,他时常把帽翅卷上去,忽扇忽扇,像生产队里的毛驴支着两只耳朵。

他虽然个头不高,但很粗壮。如果他的母亲给他起小名的话,一定不叫“柱子”,而是叫“墩子”。另外,他的嗓门很大,不洪亮而是很嘶哑,像老木匠锉锯条一样的那种声响,所以我们都很怕他。他竟然能让我们这一帮捣蛋鬼那么守秩序,排起了整整齐齐的队伍——把队给我排好了!一个个地来。你到后边去,你爹是村支书咋的?我先给你爆?后边待着去……如果他不是个跛子,那他一定是村支书那样一个人物,说话没人敢不听;如果他是我们的校长,那我们那个小学校一定安静得多。

“你爹就是村支书我也不怕，我家是贫农。”说完他又在布口袋里“轰”的一声，好像在宣告，他谁都不怕，不管是村支书还是民兵连长，别看他不属于这个村子。

我们的母亲们都会赏我们半瓢玉米粒子，一听爆米花的来了，我们就疯跑过去，排起长长的队伍。那人是那样干练地摇着他的铁疙瘩，另一只手拉着风箱，忽然看见有好看的姑娘、媳妇走过，就会嚎几句吕剧：马大宝我喝醉了酒，忙把家还……

那些姐姐嫂子们有时会扭头看他一眼。他在想如果他不是一个跛子的话，在这个村庄一定会收获爱情故事，会有姑娘坐上他的小推车被推走。于是他搬着那个值钱的铁疙瘩一个亮相，就像王成握了爆破筒，于是那些女的忍俊不禁会哈哈一笑——你看神气成那个样，好像不是个爆棒子花的，而是城里的厂长。

“轰”一锅熟了，“轰”又一锅响了。他那只长长的布口袋不断地鼓起，又不断地瘪下去。虽然不是大年下，但有他在，这个小村子里却不停地响起花炮声。那些白花花的爆米花一堆堆被他从布口袋里倒出来，这日子也不那么粗陋了，街巷里也涌动着我们的欢声笑语。

他是哪里人呢，属于哪个村子？大人们可能问过。但这不重要，他一定去过无数个村子，为无数个村子添满了过年的花炮声，送去了无数的欢声与笑语。他一个村子一个村子地走下去，串过来。把生活过成了生涯，把人生变成了旅途。他一定很自豪，他不用下地，而且总能在一个村子吸引太多眼球，虽然人们转瞬就会把他遗忘。

一锅爆米花他只收几分钱，或者用多余的玉米换也行。他脚边的破搪瓷碗里硬币越来越多，一锅锅下来，他也累了。他会从一只布袋里摸出一个窝头，在炉火上烤一烤，村里人会递给他几棵葱，“吭哧”一口，他就咬掉了半截。

日头挂了西，村子里的街巷上就漾满了黄黄的余晖。那些被他的炮声惊走的鸟儿陆续地飞回来，惶惶地落在枝头。等待爆米花的队伍也越来越短了。

终于他把炉子的火熄了，把铁疙瘩与风箱装上了小推车，再用笤帚把地上的炉灰扫个干干净净。最后他推起车，踏着满地金黄的余晖一瘸一拐，向下一个村庄走去……

那些硬币被他装进了一只小布袋，挂在车辕上叮当乱响。那种响声或许会抵消他漂泊中的凄凉，于是他又哼起了那几句唱词：

马大宝我喝醉了酒
忙把家还
只觉着那个天也转来地也转
……

露天电影

乡村里最大的节日莫过于放电影的一天。

露天电影是属于乡村的，乡村里没有电影院，露天电影只能在乡村的夜晚放映，它让乡村漆黑无聊的夜变得有声有色，忽然就漾起了情调。确定今晚有电影要放，在村子里是需要奔走相告的。我们甚至会跑到邻村的亲戚家告诉他们，让他们也来分享一下我们村的节日。

接下来，电影在哪放是最重要的问题，是在小学校还是在生产队的场院里呢？这个确定了，我们就忙活起来。我们会在场院的地上用瓦块划出属于自己的地盘，然后在里边摆上砖头，以表示这个地方有了主人，到了晚上我们就会和家里人一起搬了凳子坐在一起。当然，有领土需求就有纠纷，小伙伴们是互不相让的，每每吵得面红耳赤，互相摔个跟头在场院里滚成土驴也是常见的。

这看电影的位置是不一样的。放电影的机器是中心，越靠近那儿位置越好，但是通常靠近那儿的位置不好占，因为村支书和他老婆铁定坐在那里，村支书的老婆不用下地干活，养得胖胖的，她是有重下颌的。如外，她两颊的肉像两只面口袋一个劲地往下耷拉，如果有鹅蛋脸或瓜子脸的话，那她的脸就是一只窝窝头脸，因为那形色像玉米面做的，上尖下宽。

听大人们说，村里的小媳妇大姑娘有一半是来看电影的，另有一半是来看放映员小石的，不知是真是假。日头还没落，放映员小石就赶来了，拿了铁锨在生产队的场院里刨坑，他一刨坑我们往往会慌了神，我们占的地脚原来都不合适，与银幕的方向不对，于是又一通乱七八糟划地盘搬凳子。等一切停当，小石同志已经把杆子埋好，把那块镶了黑边的四方白布扯起来，又把黑色的大喇叭用绳子吊上去。

那时候农村的电还不那么方便，放映员的小发电机是烧汽油的，一根绳子一拽，“腾腾腾”就响起来。他摆放映机的桌子上灯泡就亮了，于是那黑色的大喇叭里也飘出了歌声：

边疆的泉水，清又纯
边疆的歌儿
暖人心
……

好听的歌声一飘，人流就从大街小巷涌过来，扛着长凳子，搬着马扎子。邻村的那些人也早早吃了晚饭，顺着村外的田埂和沟沿络绎不绝地往这里走，于是人群就汇集到偌大的场院里。前边的坐着，后边的站着，最后边的怕看不到，干脆站在凳子上，还有的爬到草垛顶上，甚至是树杈子上，这样那块四方布就一览无余了。那些来得晚没地方的，干脆就在银幕的反面席地蹲下来，把脚上的鞋子脱下来一垫，或是从场院的草垛里抽把麦穰。等夜色沉沉地垂下来，月亮就像一把小镰刀镶在靛蓝的穹庐上，星星也清晰起来。放映员小石把缠满胶片的圆盘挂上放映机，瞬间一道光柱就像闪电划开了夜幕，那块四方布上就有了晃动的人影。

那些黑白电影的情节和人物，我们都背得滚瓜烂熟了，我们的父辈们无非也是在看这些电影，《地雷战》《地道战》《小兵张嘎》《南征北战》，还有《渡江侦察记》……这些电影对我们最大的教育就是让我们有了英雄情结。那是个天真的年月，但又是个无聊的年月，除了看那些黑白电影，没有更好玩的。于是我们就把生产队里的柴火垛当成了鬼子的山头，把烧火棍当成了“三八大盖”，我们动不动会来句“不见鬼子不挂弦”，也会把树上的柳条折下来，编一个草帽子套在脑袋上。但我们不是解放军，我们是一群让生产队长头疼的“害虫”。我们最喜欢的是《大闹天宫》，尤其不喜欢《野火春风斗古城》和《永不消逝的电波》，太沉闷了，也太压抑。我们的英雄是不死的，我们更不想看到他们受尽酷刑和牺牲。黑白电影是黑和白的光影，在我们的意识里只有好人与坏蛋。

但电影银幕上突然就多起了色彩，《小街》是那样让哥哥姐姐们神迷，《小花》里的插曲更是人人都在传唱。当生产队的场院里放起《月亮湾的笑声》，冒富和庆亮的洋相让场院里笑起一波又一波的声浪。当《黑三角》里那个卖冰棍的女特务于黄氏一出现，我们就看看村支书他老婆那张脸，对比一下，有点像，又不太像。人家演员当然要好看一些，而村长他老婆的脸蛋活像一只烤红薯。

当银幕上最终出现那个字“完”或者是“再见”时，乡村里最快乐的节日就宣告结束了。人们意犹未尽，但仍是搬起凳子四散而去，放映员小石开始收拾东西。村外那些人顺着田埂走远，好听的小曲儿还是被人哼了起来：

妹妹找哥泪花流
不见哥哥心忧愁
望穿双眼盼亲人
花开花落几春秋
……

乡村的夜空是那样剔透，伴着手电筒的光柱摇晃，喧闹后四野里很快就一片静谧。清凉的露水里只有蛐蛐儿的叫声，漫天的星星在眨着眼睛，那把“小镰刀”已经坠了西，更亮，也更清晰了。那些个村子在夜色里变得黑黢黢的，没有了轮廓，就像在我们的记忆里变得模糊一样。

但这有什么关系呢？岁月就像那条淄河，一路流淌成了我们的历史。在枯水的季节，淄河滩上总是铺满了白花花的细沙，柔软爽滑得就像缎子一样。那里边有大大小小的各种贝壳，我们总会捡起几个好看一些的，就如同我们会在往事里挑出已经消逝的货郎与爆米花，重温一下我们看露天电影的日子。

◎从芦苇开始

芦苇是一种荒芜。

只有荒芜的地方才有它，好的地界它是生长不起的，那些地方是农田和鲜花的田园。它生长在滩涂上，间或红柳和其他什么杂草，那这里就是不毛之地，甚至缺少人烟。尽管它们同样是那么茂盛，葳蕤成一片葱郁的原野。

芦苇是怕人的，就像他们能驱退海水，人类能够驱退连绵的芦苇荡。所以城市是不允许芦苇过多存在的，因为它们属于荒原。我每天奔跑在河边，河边是一排排用金钱造就的绿化带，那些冬青与草坪每天被人修来剪去，这时常也会让我感到幸福。毕竟是城市生活，彰显的是一种富足与秩序，但芦苇这种东西，是很不讲秩序的，它们喜欢一簇簇疯狂地生长。城市的管理者为了剿除它们一定是费了不少力气。人们似乎已经忘记，它们才是这座城市的原居民，这里本来是它们的领地。

奔跑能够到达许多地方，或者是实现许多目的，比如健身与减肥。只是不知是否能够到达从前，比如肥胖的我，是否能够通过奔跑回到以前的瘦小？或者是找回那些单纯的时光？

在一处偏远的河边，我每天又能见到许多芦苇，环卫工人似乎对这里疏于管理。芦苇一簇簇从河边的大理石边缘钻出来，似乎压抑了很久，在尽情地沐浴久违了的空气与阳光，迅速地用茂盛吞噬着河边的滩涂。

我认识这座城市是从芦苇开始的，那时这里遍地芦苇。春夏这里是一片茂密的草滩。秋天，四处摇曳着芦苇的枯黄，那一朵朵芦花像天上的白云被扯碎落下来，又像一朵朵棉絮，让你感到一袭袭毛茸茸的暖。

我来到这个城市的时候是1988年，一个农村少年在那年月初中毕业就算成人了。瘦小得跟只猴子似的我动不动就跟人说我要进城当工人，那些大人们只是置之一笑，他们说你就在庄稼地里窝一辈子吧。我说不会，等待我的会有“楼上楼下电灯电话”的生活，不信你们走着瞧。我真的在一个夜晚卷了铺盖坐在一辆装满沙子的拖拉机上，颠簸中往一个叫“东营”的地方赶。离得老远，我就看到这个地方一片灯火通明，芦苇草丛中许许多多灯火在绵延闪烁，多年后我写过一篇叫《落满星星的地方》的小说，启示应该是来自那个夜晚。

拖拉机把我拉到目的地的时候我差点哭了，因为我发现所栖身的地方四周是一片茂密的芦苇荡，风吹过来拂过去，一片“沙拉拉”地响，像一群骗子在痴痴地笑。真正骗我来这个地方的应该是邻村那个包工头，他瞪了我一眼，难道你个庄户崽子还想蹲办公室趴大桌？他顺手把一张铁锨递给我，我还得把拖拉机上的沙子全部卸下来，累得腰酸背疼，天也就亮了。这时我才看清能够让自己住的不过是一排排简陋的板房，板房顶上铺的是一种油毡纸或石棉瓦，而且还打满了斑驳的补丁。这里不像城市，甚至不如我的老家。如果说我进城是为了当工人的话，倒是没错，我们的车间就是不远处那几座脚手架，我能做的是建筑工人，那种工人我在农村老家就有得做。

我来到的第一天夜里，就卸了一夜沙子。卸一方沙子包工头会给我3毛钱，石子是7毛，我记得卸水泥一吨是3块，最贵的是楼板，一车楼板卸完，我们每个人最多可以分到10块钱。但记得有个小伙伴不小心，腿被楼板挤断了。

每天天没亮，包工头的哨子就响了。大家去伙房打饭，饭只是馒头，菜是各种水煮的蔬菜，大锅一掀，热气蒸腾，屋顶的苍蝇耐不住熏蒸纷纷跌落到锅里。伙房的师傅说这也算是肉，他把两勺焦黄的豆油浇在煮沸的锅里，这就是他最好的手艺了，我们吃得倒也特别香。我们的消耗太大了，爬上脚手架的时候天没亮，推起小车往回走，头顶的是星星和月光，还有就是蚊子。这地方的蚊子每一只都有我们老家的马蜂大，一团团“嗡嗡”地围着你转，两只巴掌随便一对，至少有四五只拍烂在你手掌上。更要命的是，即便是隔着衬衫，它们也能把你啃得满身红疙瘩，奇痒难忍，用手去挠直到红肿一片，有黄黄的清水渗出来。

那些板房里处处阴暗潮湿，一到下雨阴天，地上都能汪出水来——这里本来就是一片盐碱地。你的鞋子放在床底几天不穿，都会长出长长的绿毛。被褥也是。但这又能怎样，从工地回来，整个人都是软的，顾不得洗漱，倒头便睡。那个穷凶极恶的包工头还会半夜把你喊起来，不是来石子就是来水泥了，要你卸车。

我和三个小伙伴一夜曾经卸过 24 吨水泥。一袋水泥是 100 斤，这样算起来，足足有 480 袋水泥。我们一次抱一袋，换个姿势还能把一袋水泥倒背在身后。这样一夜下来，我发现我们彼此都像水泥做成的雕塑，只有眼睛和嘴唇是皮肉的颜色。

那时我的梦想是让自己尽快成为三级瓦工，而不是只会推小车的壮工，这样我就不会半夜起来卸车了，而且每天赚到的钱也多。为此，我为自己准备了瓦刀和灰板。

我还记得冰雹，1989 那年，城南总机械厂这里下了一场大冰雹。当时我们正坐在板房的床沿上吃午饭，外面突然就下起了冰雹，一开始鸽子蛋大，到最后鸡蛋大，忽然冰雹就落在了我们的脑袋上，砸得我们浑身生疼，抬头一看，原来我们的房顶没了，油毡和石棉瓦纷纷碎在了我们的脚下。于是宿舍里那些家伙纷纷把自己的脸盆扣在脑袋上，一片叮咚乱响，我的脸盆不知被哪个家伙摸走了，只能把被窝与枕头包在头上。

不一会儿，太阳出来了。冰雹还在下，四野里竟然像雪一样白。那片茂密的芦苇被冰雹碾成了平地。这样，我们终于看到了远处这个城市的轮廓，一堆堆矮趴趴的水泥疙瘩散落在荒原上……

冰雹过后，附近居民楼上许多玻璃都碎了。于是我们工地上所有的工友开始加班加点在住宅楼和公寓楼上换玻璃。那时的居民楼似乎都特别矮，我们一只手托了玻璃镶在钢窗里，然后把弹簧卡子固定好，再在边缝抹上油泥。最别扭的是，玻璃都是从外面镶，你还得一只手把着钢窗，手上被玻璃划了一道道口子。

我在为一户人家换玻璃的时候，终于看到了什么才是城里人的生活——整齐的沙发和家具，还有彩电、冰箱，更要命的是他们家彩电里正在放《霍元甲》。我在老家只看过几集黑白电视里的霍元甲，带颜色的头一次看，这让我很是走神分心。于是乎，我在往钢窗上镶玻璃的时候，一不小心，从三楼他们家的窗户上掉了下去……我在坠落的时候，被二楼一扇开着的窗扇挡了一下，然后双脚接触到了地面，竟然什么事也没有，只是肚皮被钢窗划了红红的一道，火辣辣的疼。这可能是我的体重只有90斤的缘故，而且柔韧性特别好。这很让那家的男主人奇怪，甚至感觉到好玩。

第二天，那个男主人提了一网兜花花绿绿的瓶子来到我们没有房顶的板房里看望我，一个劲地感到惊奇，围着我转了好几圈，或许是我那样一个瘦小的男孩哪里打动了他。他在走进来的时候一个劲地吸溜鼻子，显然我们的“圈”或“窝”里的气味让他很不习惯。最后他皱着眉头，仰头看了看我们没有房顶的屋子，问我：“有个活计一天5块钱你干不干？”

那时我感觉站在我面前的这个大肚子汉像个外星人，我一直在纳闷他衣服下面为啥捂着个篮球，以至于他的衬衫下摆翘得老高。他的脸上一道褶皱都没有，全让明晃晃的大油给撑开了，这让他很像年画里的灶王爷。我光着膀子，瘦骨嶙峋的身上还布满了水泥的粉末，我在期盼着他快点走，然后好好地研究一下他提来的那些罐头，那些东西对我来说很神秘。我曾在城里的小卖部发现一种叫“方便面”的东西，花花绿绿的袋子很好看，上面印了鸡腿或者大虾，而且价格也并非让我不能忍受。但当我打开的时候，却发现里面什么也没有，只有一块像烫过的头发一样的面饼，我气急败坏地去找小卖部那个女孩算账，结果被那个女孩一口一个“土包子”骂了个狗血喷头。

他再次问我“干不干”，我的表情没有反应，我知道好活计摊不到我头上，只是我的嘴巴已经被他带来的饼干填满，我正满嘴香甜的粉末，于是木讷地点了点头。然后他问了问我的名字，老家是哪里，就走了。他钻进了一辆白色的“小鳖车”，准确地说，应该是叫“小轿车”，但在那一刻我想不起该叫什么。而且后来我还知道，那辆“小鳖车”当时很贵，比“伏尔加”都高级，叫“波罗乃茨”，是波兰制造的。

没想到第二天，我坐上了那辆“波罗乃茨”，那个大肚子派他的司机来接我。我把我的铺盖卷成卷，用绳子一勒，于是里面有水滴了出来，都是那场冰雹闹的。我想把这卷铺盖装上那辆小汽车，可它连同我的两双“军臭”，都被那个司机捏着鼻子扔到芦苇丛里了。疼得我差点哭出声来，那基本是我全部的家当。

上了车，司机死活不让我把身子倚到靠背上，说要倚上就揍我。我就这样呆坐在小汽车里，离开了工地和我的工友们，我还冲窗外的他们摆摆手，那群光着膀子的家伙一脸不解木木地看着我，那样子似乎是忽然明白了什么才是“上天堂”。

于是，我成了那家单位的临时工，临时工也算是工人，我是很满足的。再说那个大肚子很喜欢我，他姓陈，胶南人，当过兵。下了车我向那家伙报到的时候，那个大肚子汉看到我的第一眼，就指着他的脸盆说，先洗把脸。我洗了，脸盆里的水变得跟水泥灌浆差不多。他吓了一跳，把他的毛巾扔给我，说卫生间在楼道头上，再去洗一遍。我总算把脸洗干净了，回到办公室，那个大肚子又扔给我 5 块钱，说上街去理个发，再洗个澡，供销楼对面有家国营的。

我坐在理发馆里的时候，一个把头发烫得跟卷毛羊似的老太婆把我的脑袋恶狠狠摁在洗脸盆里一个劲地搓，一个劲地冲水。她似乎越搓越生气，越生气就越用力，只弄得我龇牙咧嘴的。她一边搓还一边嚷嚷：“哎哟，沙子！哎哟，还有石子！哎哟哟，你的头发里竟然有铁丝，小子你不会是个机器人吧……”

从这天起，我的打工经历进入了另外一个阶段。我的宿舍虽然在顶楼，但满是洁白的墙壁。大肚子给我安排的床铺铺了雪白的床单，还有蚊帐，我竟然不知道怎样把灯关上，别人看到我竟然不知道墙上那个扁盒子是开关的时候笑得前仰后合。晚上我看到玻璃窗外面爬了一层蚊子却拿我没有办法，我很开心。我在那家油田单位做了临时工，是在后勤。那家单位里有冷库，有食堂。大肚子老陈对我时常很凶，他说他是带兵的，说我这样的要是给他当通讯员会被他枪毙。他有时会揪我的耳朵踢我的屁股，有时也会诱惑我，让我好好干，帮我弄份“合同工”。我跟着他们的车到处乱跑，帮着装车卸车，打扫垃圾，还得侍弄大院里的花花草草，那些芦苇动不动就从花池子里冒出来，对付它们，我费了老鼻子劲，到最后我干脆就用铁锨刨，把地下那些长长的根系扔的一堆堆的。有个慈祥的老头似乎对我很满意，还和我聊天，问我是哪里人，什么文化程度。我累得满身臭汗，懒得搭理他，有时冲他做鬼脸，他也不生气。有次被大肚子看到了，他上来就训我，结果那个老头虎着脸反而把他训了一顿。我才知道那个老头是总经理，我不知道总经理是什么，反正比大肚子官大。

那时，我对这个城市有了比较完整的认识。或者说，那时这里根本称不上城市，这里只有两条主要的街道，一条叫“济南路”，还有一条叫“五台山路”。那时这片地界最繁华的地方是一座车站，一圈平房围成了一座硕大的院子，有一些破旧的公交车出出进进，载回一些油渍斑斑的石油工人。那些汽车似乎不是从什么美丽的地方来，汽车轮胎上的泥巴甩得到处都是。在这个市中心最繁华的地段，路北边是一排排破败的红砖平房。平房的前面是一溜大棚，里面有各种各样的小吃，有刀削面，有兰州拉面，还有陕西的凉皮。一些桌椅和马扎子凌乱的露天摆放着，那些从公交车上下来的人一屁股就坐在路边，吃相很不文雅的大口吞咽起来，甚至伴随着嘴巴与舌头发出的声音。当然还是有一条商业街的，那些沿街的商铺高低错落、参差不齐地挤压在一起，街边摆满了货物，什么建材劳保用品，什么电缆胶管阀门。从街口望进去，俨然一座农村的大集，嘈杂着各种口音，有东北的，有江浙的，还有四川湖南的。到了晚饭时分，这条街便不再嘈杂，那些老板们把餐桌摆在街边，摇着蒲扇驱赶着蚊虫，再啜上几口烧酒，一副“天王老子都不怕”的逍遥。

那时流行几句歌谣：“东营几大怪，老板吃饭摆门外，三个蚊子一盘菜，电线杆子当树栽，市府建在东郊外……”

那条坑洼不平的五台山路两侧也是如此，只不过在一长溜商铺后面，有一条臭水沟，里面长满了芦苇。商铺的厕所都是与这条臭水沟相连的，臭水沟与北边一条同样臭的广利河相连。有许多人家干脆把自家的厕所建在这条沟上面，几根木棍插进沟里，再绑定几块木板，几张破烂的石棉瓦一围，就是一个厕所。

我虽在这座城市，但从来没有进城的感觉，坐着卡车往北走，是漫无边际的芦苇荡。往东走也是，从这里往东，路过一个叫“八分场”的地方，芦苇荡连绵起伏。再往东，就进入了退海的莱州湾，这里连芦苇荡都稀薄了很多，全是白花花的盐碱地。在芦苇荡的最深处，散落着许多冷库，还有养鸡场。我每天就是从这里拉走许多东西运回我们单位。第一次走进冷库的时候，我目瞪口呆，我感觉像是走进了天堂，起码这比王母娘娘的瑶池盛宴要丰盛很多。我见到了比筷子还长的对虾、吊挂着的一排排生猪，还有和我身高差不多的大鱼，一堆堆冰坨子里的鸡鸭鱼肉让我感觉城里人像皇室贵族。大热天，我穿着棉袄带着棉手套，在冷库里一遍遍整理摆放，登记数目。在我一不小心碰掉一块冰坨子的时候，那位宫师傅把那块破碎的冰坨子包好让我提回宿舍，那里面是满满的沙丁鱼。我和几个小伙伴用电炉子炖了一锅，又去买了啤酒，当听另外一个小伙伴说沙丁鱼只不过是养殖场用来喂虾子的饲料时，我不禁目瞪口呆。我们农村出来的小孩，竟然不如虾子吃得好，同时又忍不住在心里大骂那个姓宫的老头——那么多好吃的，只知道拿虾饲料来糊弄我。

有一天，我竟然收到了妈妈的信。我的妈妈只上到小学三年级，她的字写得歪歪扭扭。妈妈听说我在城里找到了好一点的活计，她很高兴，再三叮嘱我要节省，要注意攒钱，拿出老爷爷在冬天舍不得吃咸菜的劲头来，不要跟城里孩子学坏了。如外，要勤快，让别人都喜欢你。她说你挣的钱都给你攒着，一定要让咱家成为万元户。最后她在信里说等她再卖两头猪，就给我讨老婆。

我想我够节省的了，那时我的体重只有90多斤，工资多数都寄回老家。如外，我还四处找一些零活干，会去工地上卸沙子水泥，也会帮食堂清理下水道。有一天食堂让我出一块黑板报，我在上面写了很多字，还画上了鱼，画了鸭。到最后，我画了一座高高的钻塔，还画上了几枝芦苇，因为我认识这个地方就是从芦苇开始的。没想到这让文化站一个姓焦的老头盯上了。文化站下面有一座电影院，他找到我，问我愿不愿意写电影海报，钱不多，但是可以让我免费看电影。我最喜欢的就是看电影，曾经为了一张叫《黄河大侠》的电影票，我一个星期没舍得打菜。

从那之后，在很多时间里，我骑着自行车，夹着一卷纸，提着糨糊桶穿梭在大街小巷。我像一阵风，又像一道闪电。我把那些花花绿绿的纸贴得到处都是。如外，我看到其他电影院的海报就气不打一处来，不是他们的电影好，是他们的字写得比我好。于是我就飞快地在他们的电影海报上抹一层糨糊，贴上我手中的海报，不管是钻井院的还是设计院的，不管是泵公司的还是柴油机厂的……看到他们的电影海报，我就盖。终于有一天被一个家伙发现了，他气汹汹骂着："怪不得我们的电影院没人来看电影，原来是你小子搞的鬼。"那家伙骑着摩托车来追我，我想这下完了，因为我骑的是自行车，可没想到他的摩托车半路熄火了，他一个劲地踹，使劲踹，但就是踹不起来。

文化站姓焦的老头对我说，你不成为一个美工可惜了。竟然有"美工"？我只知道世界上有瓦工和木工，还有钳工和车工。于是他就教我写美术字，或者是刻字。他在白纸上用铅笔划一划，让我用刀刻出来，就是漂亮的宋体字，然后用大头针别在红布上，一条会标就诞生了。那些挺着大肚子的领导就在那红色的会标下面讲话。

这个老头是对我最好的一个，不像大肚子老陈，动不动就踹我，还一口一个“小瓦工”。老头经常会苦口婆心地教育我，没事别老“打够级”，年轻人要多读书，注意学文化，尤其是你，学文化有天赋。

我认为，我是按照我妈说的做的。那个大院里的人们都很喜欢我，都亲切地叫我“小瓦工”。谁家的房顶漏了，会喊我这个“小瓦工”；花池子里的花需要浇了，会喊我这个“小瓦工”；办公楼上图书馆进了一车书，领导在院里也喊起了“小瓦工”……我一手提一捆书一趟趟在楼梯上走得飞快，两手被捆书的尼龙绳勒出了血泡，我开玩笑地说：我终于明白了为什么书籍是人类进步的阶梯。办公室的阿姨给我报出了40多块钱，激动的我狠狠地在轻工楼面前吃了一顿羊肉串。她还跟我说，这些书，你可以随时来看。

在一个夏天里，我和几个农村来的小孩提着啤酒爬上了楼顶，食堂打杂的那小子偷来了半只猪耳朵，一只驴舌头，还有几把花生米。我们站在楼顶往下看，忽然感觉下面已经有了一座城的模样，只是还有许多连绵的芦苇。晚风习习，楼顶竟然一个蚊子也没有，我们啜着啤酒，不时地尖叫一声，隐约听到下面有人在纳闷：楼顶上闹猫子吗？

对着一座城，我们不可避免地谈到了自己的理想。

一个说：我的目标是回老家盖三间大瓦房……

另一个说：我的目标是帮我爹买一头驴……

我说：我的目标是帮我妈成为万元户……

我从一个体重90多斤的小男孩长到一个体重180斤的胖子用了30年。现在我的梦想早已不再是万元户，我觉得万数越多，这肚子越大。我现在最大的梦想是回到以前的90多斤，因为家族遗传心脑血管疾病史，我70多岁的父亲已经患三次脑血栓了，一个书法家变成了一个文盲，报纸都看不了。现在我每天晚上不吃晚饭奔跑在河边，这条河就是昔日连接那条臭水沟的广利河，只是早已不再臭，河里的水特别清，一派花团锦簇亭台轩榭，芦苇也没了，各种好看的观赏性花草装扮出一派园林景观。我们与我们的世界都在变，30年沧海桑田，谁也不会想到芦苇丛中会拔地而起一座现代化都市，我也不会想到，昔日的小瓦工浸没在文化圈舞文弄墨会乐此不疲。

从体重90斤到180斤，我一直不明白两个人的重量是怎样长到一个人身上的，该是多少似锦的年华被懒惰挥霍？我到底变了没有？与以前那个勤快的小瓦工到底还有什么区别?

在河边漂亮的大理石上不停奔跑的我,在一个夏日的夜晚好像又回到了从前,或许是河边又丛生出了芦苇的缘故,或许是那个傻乎乎的小瓦工压根就没从我身体里离开过。

在夏日跑个大汗淋漓,这样身体里的脂肪可能会挥发不少。累了,于是就在河边的大理石上坐下来,身后是芦苇茂盛,眼前是芦苇和着水草起伏。晚风吹过来,一阵沙拉拉的窃窃私语,河面上的月亮都把脸儿笑皱了。

看看四周没人,我把上衣脱了下来,又点上一支烟,望着河面上妖冶晃动的波光与远处的霓虹,忽然又来了一声尖叫。河对岸可能是有人被吓了一跳,回了声——“闹猫子呢!”我笑了。

我在起身离开的时候,身边满是芦苇的影子在婆娑摇动。我想等到秋天我就会穿行在一片芦花荡漾里,如棉似雪。人总有斩不断的过去和回不去的从前,但这又如何呢?就像芦苇,世界再怎么变,它总是要长出来。

◎梧桐花开

梧桐花又开了。张董看到梧桐花就会过敏，只是这种过敏是精神上的，让他既别扭又兴奋。张董感觉，梧桐花就像他梦中的一个女子，来得热情似火，去得风卷残云。乍看到梧桐花，他眉头会一阵舒展，梧桐花一落，他又感觉满目狼藉。梧桐花每年春天来陪张董一段日子，就离去了。隔一年再回来，还是素雅端庄的容颜。没有一种花开得这样汹涌磅礴，波澜壮阔，恨不得把整个天空填满。

张董的办公室很豪华，办公桌大得都能打乒乓球，张董没事就在皮椅子里摇。他的对面挂了一幅字，那是一位领导来厂里参观时给张董题的，写的是"梦想有多大，世界就有多大"。很多书法家都会来张董这里给他题字，但他就喜欢这一幅，让人挂在他对面的墙上，没事就摇着看。这时窗外如果有梧桐花，一身赘肉的张董表情也成了弥勒佛。

坐在办公楼上，窗外梧桐的树顶一览无余，一树的梧桐花堆成山岳在摇晃，像雪山堆玉，又像浪涛起伏。坐在老板桌后面，张董在真皮椅子里望着梧桐花，神态会安详很多。梧桐花摇来晃去，张董在笨拙的老板椅里也摇来晃去，他会陷入许多往事与沉思，有时会议都忘了开。这个叫"广饶"的地方不大，但到处都有梧桐树，就像这里不乏工厂与企业一样。张董的企业很大，每天的生活也是宝马香车锦衣玉食。他在厂区的绿化上投入过不少钱，有各种外地舶来的奇花异草和名贵树木，但最茂盛最高大的却总是梧桐树。一到阳春三月，那些紫色的花朵就像蓝天上的云朵。张董的鼻腔里一渗入梧桐花的清香，就有种异样在心头泛起。坐在豪华座驾里，看到车窗外掠过一片片紫的云彩，张董偶尔会一声嗟叹——梧桐花又开了。梧桐花开了有什么好奇怪的呢？这东西每年都开，每年都如雨似雪落个满地。没人知道张董在梧桐花里有什么心事，就像已经很少有人知道张董还有个名字叫“大壮”一样。

大壮那年一踏进那个村子，就感觉天上的云都是紫色的，那是梧桐的花朵挂了满树的铃铛。春天里有了满眼的梧桐花，大壮感觉自己这把青春也像满树的梧桐花一样绚烂，大壮在想，要是有个姑娘在等着他，他希望像梧桐花一样好看。

那年大壮还不满20岁。母亲对大壮说：“梧桐树一年年粗了，你也该说媳妇了。”大壮长得很像棵梧桐树，高高大大，身材直溜溜的，很挺拔。大壮问过母亲：“咱广饶为什么这么多梧桐树？”母亲说，梧桐树成材快，还能引来凤凰。大壮这才明白母亲为什么老是打量自家院子里的梧桐树，她在盼凤凰，凤凰肯定会变成儿媳妇落到自家院子里。栽种房前那两棵梧桐树的时候，大壮还小，大壮他娘说：你长大了，梧桐树也够粗了，正好给新媳妇做大橱，打大床。梧桐树长得快，大壮长得也快。大壮感觉自己就像棵梧桐树，春风一吹，梧桐树的枝干会像自己活动筋骨似的，“咯吱咯吱”作响。那天，媒婆六婶在前边领，大壮推着自行车在后边跟，就进了这个村子里的胡同。梧桐花一朵朵正落下来，落在大壮的脚下，在大壮的眼前划出一道道紫色的影。大壮舍不得踩它们。就像许多小故事，破坏了，碾碎了，心情就没这么好了。这是大壮第一次相亲。大壮感觉，那个姑娘即使不好看，也会像梧桐花一样有好闻的气息。

村里的乡亲们说，大壮是个好孩子，虽然有时喜欢吹牛。大壮之所以叫大壮，是因为他有用不完的力气。大壮没上过多少学，但很勤快。他每天都长在地里，大把的日头都晒在自家的责任田里，侍弄庄稼地就像侍弄自己的娘。那时候农村刚刚包产到户，责任田分下来还没多久，大壮的爹跟大壮说：有劲你就使吧，反正这玩意也攒不下，也不会便宜别人，你使劲越多，庄稼长得就越好，这日子也就越红火。大壮什么活计都拿得起放得下，什么扶耧下种，什么耕田犁地，什么除草施肥，每样都干得干净利落，有鼻子有眼。大壮听爹说日子是过起来的，“老婆是庄稼地里生出来的”。于是大壮总是想尽办法让自己的小天地更完美，一切都井井有条。他会串锅盖，会把一根根高粱莛秆串起来，再用菜刀比着印记一下下剁圆了，让爹拿到集上去卖。

他还是个出色的瓦工,很小的时候就会垒鸡窝了,而且他垒的鸡窝都是两层的,像城市里的楼房。垒锅台,盘锅灶,大壮还能用砖头砌猪栏。看得大娘婶子们都喜欢,都说大壮是个能过日子的家伙,能娶个好媳妇。那天媒婆六婶进了大壮家的门,一听要给大壮提亲,大壮的爹和娘脸上都乐开花了。他们让大壮洗了又洗,还找人给大壮理了发,又去西关集给大壮截了块布料,做了条新裤子,大壮平时卖力,再奖他一双崭新的"解放鞋",搭一双带花纹的尼龙袜子,大壮从来没有这么阔气过。他不知道该把裤脚挽起来,还是放下。挽起来,裤子上的裤线就不直了;放下呢,人家就看不到大壮的裤脚是用白线锁过边的,也看不到大壮的尼龙袜子了。

大壮为此很伤脑筋,但更让他伤脑筋的是头发。村里的民办教师文生手艺确实不怎么样,大壮好好的脑袋本来像草地,但文生给他弄得像个大萝卜,因为四周剃得溜光,头顶留的那些头发又很像萝卜缨子。大壮的娘用梳子蘸了水一个劲给他梳,一会儿像茶壶盖,一会儿又像个大蘑菇。娘踮着脚一通忙活,把大壮的头发倒向这边好呢,还是伏向那边好?从中间分开也不错,但是她娘感觉这样就跟自己的头顶一样了。他娘瞅了又瞅,把大壮的脑袋弄得湿漉漉的,就跟生产队里的骡子刚生出的小犊子一样。

大壮那辆自行车很旧了。大壮擦来擦去,紧紧这个螺丝,又用铁条绑绑那里,这样骑起来就不"哗啦哗啦"作响了。但还是旧,还是破,怎么办?大壮用红的蓝的塑料条往上缠,一遭又一遭,像个大花轿。还有件事让大壮犯愁,去相亲,他该带什么呢?

大壮他爹说,你去买几个山楂罐头就行。但用什么盛呢?总不能挎着他娘赶集用的菜篮子吧?大壮觉得最好有个皮包,但那年月一个村里没几个皮包。村支书有个皮包,虽然不过是人造革的,但大壮知道借不出来,村支书是经常出去开会的人,去镇上,去县城。他那包上印着字呢——广饶县第几届第几次农业大会,那是他身份的象征,谁借都不行。但大壮还是借到了一个皮包,那个皮包虽然破,可大壮擦了又擦,又找东西撑了撑,也就很像那么回事了,只是侧面的拉锁坏了。

大壮去了趟供销社,手心里那点纸票快被他攥出水来了。他看了看货架上那溜罐头,还有那些花花绿绿的饼干,直咋舌,他忽然明白看对象是件很昂贵的事情。这要看成了还没啥,要是看不成,这不是"肉包子打狗有去无回"吗?但他娘说:人家要是看不中你,是不会留你的东西的。最后,大壮只称了几把块糖，奶油的“大白兔”太贵，淄博的“高粱饴”也不便宜，大壮舍不得。大壮心里想，他得先看看那姑娘好看不好看。要是不好看，糖块他也舍不得拿出来；要是好看，他就抓一大把糖块往人家桌上一撒，不也很气派？至于山楂罐头，他没在供销社买，而是去邻村郑瘸子的小卖部里拿了几听，还买了一盒7毛3的“喜庆”烟。他和郑瘸子说好了，要是人家留下就留下了，要是人家不留，你再给俺退了。

就这样，大壮跟着六婶进了那家院子。很明显，那家院子也是刚刚扫过，但几棵粗大的梧桐树下，又有花朵落了下来。大概是为了大壮到来，鸡鸭都已经被圈起来，地上一摊鸡屎鸭粪都没有。那些家伙抻直了脖子一个劲地冲大壮看，还一个劲地乱叫。大壮还知道，这家的猪圈很臭，里面一定养了好几头老母猪，这家日子过得应该不错。大壮把自行车支好，就跟六婶进了屋。他忽然感觉许多目光像手电筒的光柱一样打在他身上。原来屋子里有一大堆人，他们在等大壮，大概是期待了好久。大壮感觉自己像被人一把推到了戏台子上，面对下面乌压压的观众，原先准备好的台词忘得一干二净。

更要命的是，屋子里围了一大堆姑娘，那些小妮子正表情诡异地打量着他，坏坏的，不可捉摸。到底哪个才是跟他相亲的姑娘呢？大壮感觉领哪个回家都是不错的选择。他懵了，站在那里任凭一群人打量来打量去。临来时娘嘱咐的那些话，他一句也想不起来了。他待在那里，像被人一下子拔掉了电源。

“坐吧。”一位年长的老汉指了指一把椅子。大壮这才明白过来，赶紧去自己的皮包里抓糖，但那个破皮包，他却死活拉不开拉锁了。大壮那个急，那个气，这个让他倒霉的破皮包！他把吃奶的力气都使出来了，额头上渗出了汗珠，一个劲地拉，一个劲地拽，那只铁扣儿就是不动，大壮的脸越憋越红，快跟猪肝一个色了。终于他一用力——“刺啦”，那只皮包被他扯开一个大口子，像一只大嘴巴在嘲笑他。那群小妮子再也忍不住，一阵“扑哧扑哧”地笑，像自行车胎突然被放了气。大壮那个窘，他终于把糖块掏了出来，点头哈腰挨个递给人家，却没有一个人接。大壮“哗啦”一下把糖块撒桌子上，没想到力气大了点，糖块滚得到处都是。没办法，他又掏出那盒烟卷，挨个向人敬，也没人接。大壮一阵讪笑，只好自己点上，他没抽过，吸了一口呛得直咳嗽。

六婶和几个长辈开始把那群小妮子往外撵，把她们轰出门外，但那些家伙却挤在窗户外，扒着窗棂，把鼻子和脸蛋贴在玻璃上往里看。大人们又一阵轰，才把她们撵到院子外边。屋里的长辈也都出来了，六婶临走时把门带上说：我们出去转转，你们俩好好拉拉。这时候大壮才看到屋里只剩下一个姑娘，大壮明白，她就是相亲对象了。但大壮没太看清她的模样，姑娘使劲低着头，不是摆弄自己的辫梢，就是不停地捏自己的衣角。大壮看到的是，她跟那个时代的很多女孩子一样，也把里边上衣的领子翻了出来，两只粗大的辫子垂在胸前。大壮还看到，她也穿了新裤子，裤线烙得笔直，浅口布鞋里也套着尼龙袜子。大壮这才想起来，赶紧跷起二郎腿，也露出自己的尼龙袜子，穿着解放鞋的脚还摆了摆，他感觉自己很阔气。

大壮不说话，那个姑娘也不说话，都猜不透对方的心思，就像两本没翻开的书。空气似乎都凝固了，滴答，滴答……只有墙上那只老挂钟的钟摆在无聊地晃来晃去。窗外梧桐树的树枝一阵"吱吱"作响，春风一阵吹拂，大壮感觉梧桐花的香气又飘了进来，却又像是姑娘身上散发出的。

"——当！"那只挂钟一声脆响，宣告时光已消耗了半个钟头，似乎在催促什么。大壮坐在那里很局促，浑身燥热，两只手不住地在膝盖上磨来磨去，他不明白为什么手心里老是湿漉漉的。

"——咳！"大壮只能一声干咳。姑娘一甩胸前的麻花辫，抬头看了大壮一眼。大壮的心口怦怦跳了起来，那一瞬间他感觉眼前像有一盏明月飘过，一张瓷盘一样白嫩的脸明眸皓齿。大壮不由就想起了满树的梧桐花，连绵遍野，绚丽得就像天际的云霞。

"——咳！"大壮又一声干咳。这次女孩没抬头，一个劲盯着自己的脚尖，像是那里爬动着许多纷乱的蚂蚁。

"一、二、三、四、五……"无所事事的大壮跷着二郎腿，手指却指着屋顶。姑娘一脸不解地抬起头来，盯着大壮。经常跟着建筑队盖房子的大壮木讷地说："你们家的房子只有九根檩条。"

"咯咯咯……"姑娘笑了，两腮却又爬满了红霞。房间里顿时像厚厚的坚冰刺啦啦裂开一条缝，姑娘把茶碗端过来说："喝水吧。"大壮说不渴，姑娘又坐回自己的凳子上，继续沉默。

"梧桐花真好看。"大壮没话找着话。姑娘抬起头来问，你们村没有吗？大壮说有，俺娘说了，梧桐树能引来凤凰。姑娘问你见过凤凰吗？大壮说没有，凤凰俺只在画上见过。姑娘说，能引来凤凰的，肯定是最高最大的一棵，肯定不在咱们乡下，在城里。

“兄弟几个呀?”姑娘还是低着头，玩弄自己的辫梢。一句话似乎酝酿了很久，带着微微的颤音，像一支嫩芽儿从地缝中羞羞地钻出来。大壮说还有一个弟弟一个妹妹。姑娘问你们家有牛吗？大壮说俺爹准备置一头驴，啥活都能干，还能赶脚。姑娘问你们家养了几头猪啊？大壮说，栏里有3头，俺娘还养了很多鸡和鸭，比你们家的多，能收很多蛋。姑娘问你们村开始规划了吗？大壮说开始了，给我们划了两块宅基地。姑娘又问你们家种了几亩地啊？大壮说有5亩麦子，3亩棉花。姑娘不吭声了。

忽然姑娘一甩辫子，一声干咳后仰起脸来说：“俺娘让俺别忘了问，你们家什么时候盖新房子?”大壮说：“俺爹说了，秋上卖了棉花，俺们家就先拉三万块砖，用门前那棵老槐树做房梁，房前屋后的榆树梧桐也够檩条了。”姑娘又问：“你们那里娶媳妇，彩礼一般都多少钱啊?”大壮说：“那俺不知道，但俺知道，铁蛋他爹为了娶儿媳妇，把驴都卖了。”姑娘说：“哦！娶媳妇就是要花很多钱，要满屋子的家具，还得要缝纫机、自行车、电视机。”大壮说：“那怕啥？俺有的是力气，俺还会串锅盖，还是泥瓦匠。开春种上地，俺就跟建筑队去城里，给城里人盖房子!”姑娘的眼睛亮了：“你会盖房子?”大壮说：“当然了，俺从小就会垒鸡窝，俺垒砖都可以不打线，俺的瓦刀都越磨越小了。”

沉吟了很久，姑娘又问了一个问题——“你娶了媳妇，让她干啥?”

这个问题让大壮措手不及，因为这个问题他娘没教过。对啊，娶个媳妇干啥呢？大壮心里想娶个媳妇当然是过日子。于是他说，娶个媳妇让她给俺家干活啊！姑娘的脸上突然就凝了一层冰霜。大壮忙改口说：光让她拾棉花！姑娘的脸上还是一层冰霜。

大壮接着说：“俺要是有个媳妇，俺就不让她干重活，顶多让她拾拾棉花，在家剥剥棒子。让她在家给俺做鞋子，做衣裳，打毛衣，没事俺带她去城里转转，去西关集上买衣裳……”姑娘的两眼熠熠放光，问：“还有呢?”大壮说：“俺会在城里找活干，带她去城里的工厂，把她打扮成城里人，穿裙子，穿皮鞋，给她买肉火烧吃，买油炸果子和麻花吃……”

“你看你能的……”姑娘笑出声来，“你就不怕她跟城里人跑了?”

大壮说：“不怕，城里人啥了不起？城里人没俺有力气。城里人还不是指望乡下人给他们盖房子？俺觉着，以后会不分乡下人城里人，乡下人也可以开工厂，城里人也可以到乡下打工，乡下人也会阔起来，解放鞋随便穿，大皮鞋也会擦得铮亮。”

“吹，使劲吹，牛都被你吹到天上了。”姑娘笑个不停，“乡下人会开工厂，不用晒日头，听着新鲜。”大壮越说越来劲：“绝对的，我娶个老婆就不用她晒日头。”姑娘说：“做梦吧你，你们家连头牛都没有，却以为自己是城里的厂长。”大壮说：“你怎么知道我成不了城里的厂长？我娶个老婆一定把她养得白白的、胖胖的，让她安心在家给我下崽……”

大壮忽然听到窗户外面一阵乱笑，正在偷听的那些妮子们的笑声快把房顶的瓦掀起来了。姑娘的脸突然一片猩红，像朵盛开的地瓜花，她捂起脸就跑了出去，低着头钻进隔壁自己的房间，闩上门，把火辣辣的脸埋进自己的被窝里。

院子里的那些闺女们依然在笑，笑得直不起腰来。树顶上的梧桐花都被她们惊落了。大壮目瞪口呆地坐在那里，刚才还在比划的手，呆呆地停在空中。

大娘婶子们陆续从外面回来了。六婶用手指戳着大壮的脑袋，气不打一处来——“吹，使劲吹，脸都让你给丢尽了！”大壮站在院子里不知所措，他忽然感到一阵晕眩，天空里许多紫色的云彩排山倒海向他压过来，压得他喘不过气。他感觉这次相亲就像在学校考试，肯定是不及格的，他搞砸了。

大壮要走了，他把罐头从破皮包里一只只拿出来，往桌上放。这时那个姑娘突然冲进来，把罐头往他破包里塞，大壮不要，一个劲地攥着皮包，姑娘就夺，大壮就躲。姑娘肯定是想让这个不着调的家伙赶快从自己世界里消失，就像从没出现过一样。夺来夺去，忽然“刺啦”一声，大壮的手里就只剩了皮包的两个提把，尴尬得差点哭出来，气急败坏的他把两个提把扔地上，一个劲地踩。

大壮推着自行车垂头丧气地往回走。第一次相亲，大壮感觉很美好，又感觉这么失败。一朵朵梧桐花悄无声息地落下来，在大壮的脚下像一张张小嘴巴在笑他的狼狈样。六婶过几天会告诉大壮这次的“考试成绩”。唉！大壮一声叹气，赔上了一个皮包，还有好几个罐头，他简直是血本无归。大壮在想，梧桐树的树影里，哪有什么凤凰，或许真像那个女孩说的，若是真有凤凰，也会落在城里的梧桐树上。

但没过多久，大壮又开心起来。大壮就这样，生气不过一会儿，伤心也是。大壮感觉这只不过是自己第一次相亲,还有大把的机会在等着他。他回头看了一眼那个淹没在紫色云霞里的村子,忽然明白了,梧桐花每年都会开,春风里每年都会摇出一片花海,你错过这一季,还有下一季等着你。大壮其实不爱吹牛,他梦想里的世界,想象中有多绚烂,就会有多绚烂。他突然唱起了歌:

漂亮的姑娘十呀十八九
小伙子二十刚呀刚出头
如金似玉的好年华呀
正赶上创业的好时候
……

大壮飞身翻上自行车,脚下一蹬,满地的梧桐花朵被溅起,飞在他的车辙里……

◎风云千年广之盐

那个人终于找到了这个叫“唐头营”的地方。他一直认为在这片遗址上能够看到汉唐雄风，能够找到闪耀着历史光芒的金戈铜簇，哪怕是遗留的蛛丝马迹也好。没有，于是他驱车一头扎进了一座盐场的怀抱，包裹他的是呼啦啦的海风，夹杂着一种腥而咸的味道。驱车继续东去，天地间更加寥廓肃杀，海风变得更有分量，满眼苍茫里像许多大手在他身上抚摸。

天逐渐高了，流云似乎都被风吹落到地上。白花花的盐碱一层层裸露在茅蒿之间。在这处盐场的胸怀里，没有什么不是渺小的。高大的楼房，硕大的机械，来回运盐的大卡车宛如一只只甲壳虫，林立的电线杆就像一根根火柴棍，一座座高耸入云的风力发电机恢弘地摇晃着巨人的手臂，似乎在宣示，大地是静止的，但历史的钟摆从未停止转动。就如这现代化的盐田，却总是泛着亘古的铁褐色。

一群海鸟“啾啾”啼鸣，像雁阵般划过天空。在遍野的盐池中间，他深切感受到天的辽远，地的广阔，他感觉自己像一只蚂蚁面对连绵的群山。没有树木阻挡他的视线，四野里虽然没有生机，但这里却是一方沃土。就如这片滩涂在他视线里一览无余，他却认为这里埋藏了许多故事。沟渠阡陌中间，一口口盐池挤压在一起，被塞满的大地像棋盘一直平铺到地平线那儿，阳光毫无遮挡地泼下来，天地间亮得刺眼，那是一池池荡漾的波光如银子般闪动。有三三两两的女工走过，害怕阳光曝晒，只能用头巾裹紧了面庞，却仍是掩不住的黝黑。他迫不及待地向她们抛过去许多问题，女工们“咯咯咯”笑了——“你说得真像神话，那该是多老年间的故事？这是国营盐场，生产都是机械化操作……”她们笑着走远了，但仍有一个留给他一句话：你瞧，那个老盐工，他可能知道你的故事。

在不远处，夏日底下一个老盐工的身影在伫立，在广阔的盐滩里大小宛若一根手指。他走上前去，逐渐看清那个古铜色的身躯，就像一个历经千年风霜锻打的雕塑，浑身干瘦而结实。于是他一声呼喊——“嗨！告诉我，你们有什么故事……”

1

盐是一种味道，同时还是一种结晶。一种苦涩的卤水被从大地下抽取上来，经过那些人的煎熬和曝晒，就变成了盐。没有珠圆玉润，却散发出幽幽的光。有个诗人说，盐是大地的泪珠，也有人说，盐是祖先洒进泥土的汗水。汗水把大地滋养了，大地又把汗水升华了。这片地是盐的味道，也是汗水的味道。是咸的，也是苦的，但它又是白的，也是亮的，因为集聚着多少人的荣光。他就是为此来到这片土地，他一直想找到这片大地的成分与味道，用来赞美或者讴歌。

他在一些历史书籍里品味这片土地，由衷感到了厚重与沧桑，一页页书就像一把把老娘土捧在眼前，他看到了许多久违的面孔和许多辛酸的眼神。每一把土里都有他们的挣扎，每块地上都布满了他们的足迹，以至于如此沉重而坚实。

这块土地最早叫什么呢？老盐工也说不清。他们两人在盐池边蹲下来，一人一根香烟，一块陷入了沉思。

史书上说，早在夏代人们就在此开始煮水为盐了。大禹治水天下平定后，这里休养生息，老百姓把海水添进瓦釜，用满地的芦苇茅蒿煮盐。这块地最初的名字应该为“广”，那时虽然人烟稀少，但足够广袤。（注：《尚书·禹贡》载：“海岱惟青州，嵎夷既略，潍淄其道，厥土白坟，海滨广潟，田上下，赋中上，厥贡盐絺。”）

那个姜子牙姜太公助武王伐纣建立周王朝后，被封于营丘，也就是现在的临淄，从而建立了齐国。那时候临淄往北还是滨海一片滩涂，遍地芦苇茅蒿，缺少人烟。姜子牙率领一干人马来到这块沼泽地，在满地的芦苇丛中，清理出一块地方安营扎寨。他看到遍地的盐碱厚厚一层，跟下了雪一样，用手指抿一点尝了尝：咸的，这不是盐吗？姜子牙乐了，于是决定发展盐业。（注：《汉书·地理志》记载，那时的齐地是“负海潟卤，少五谷，而人民寡”。）

一股股狼烟遍地升腾，却不见烽火厮杀；一缕缕炊烟袅袅缭绕，却不闻菜味饭香。那一口口釜盆里，熬制的只不过是一锅锅海水，一口口炉灶吞吐着火苗，却驱不走这荒原的寒冷。每到秋冬季节，这片退海之地就成了忙碌的集市，一片人影穿梭。满地的芦苇茅草被收割殆尽，填进灶膛，烟火升腾中，铜盆瓦釜里的卤水沸腾了，气泡“咕嘟咕嘟”——它们终将沉淀成雪白的盐粒。从这片封土被称为“齐地”，那些先民的身份便不再只是农民，不再只是耕种田地收获稻黍。等秋收完毕，秋霜降临田野，他们又成了“灶户”，拖家带口，扶老携幼，赶着车儿，牵着牛马，来到这里。他们风餐露宿，把家安在荒滩上，把锅灶支起来。一片片芦苇被伐倒了，使这片土地变得更加原始与荒凉。看着锅里热气升腾，看着盐粒在锅底沉淀成珠玉，一锅锅倒出来堆成白花花的小山。“靠山吃山，靠水吃水”，这大齐国地广人稀，却也是金山银山取之不尽用之不竭，一锅锅盐熬制出来，再一场场贸易转运，这齐国逐渐强了，富了。许多人都说：去齐国吧，那里有银山，有富饶的鱼盐享用不尽，有美满的日子填满生活。有什么是盐不能换来的呢？什么米粮，什么钱币，什么织物衣葛，什么车马戈剑……盐，养育的是生命，让生生世世的子孙体魄强壮，却也是最硬通的物资。许许多多的人来到齐国，把煎盐生涯当成淘金之旅，在这片广阔丰饶的土地上扎下营盘，落下户簿。这大齐国，越来越大，也越来越强。（注：《史记》载：“太公治国修政，因其俗而简其礼，通商工之业，便渔盐之利，而民多归齐。”）

一队仪仗走过，漫天黄尘遮天蔽日，阳光底下一队军士的甲胄与兵刃的光芒，都要刺破人的瞳孔。中间一辆马车停下，黄罗伞盖下，一个须发皆白的老者手搭凉棚望向车外那片广袤的滩涂，看到遍野炊烟袅袅飘浮，盐民负薪挑火四处奔忙，一堆堆白花花的盐如堆棉铺雪，老者手拈胡须笑了：这块不毛之地，果真“海滨广斥，饶有鱼盐”。老者很欣慰，但他和那些“灶户”不一样，他远去了，名字也会嵌在历史的车辙中，那个名字叫“姜尚”。而万千盐民的枯骨白冢将世世代代在这片土地上堆积、腐朽。

入夜，这片盐滩上仍旧烟火升腾，浓烟遮盖了漫天星光月华，地上却是火苗闪烁，浩浩荡荡如繁星绵延不绝，铺满原野，一片荒凉的滩涂在夜间宛如皇家一匹华丽的卷帘珠摇玉碎。灶烟弥漫的深处，似乎有一位少者与老者的对话穿过夜空：

——年年上滩，年年熬盐。这样的日子还有多少季在等着我们……

——这盐和日子都需要熬，不是多少季，大概多少辈，多少代，谁叫我们是灶户？

老者说得很对，这片土地的历史竟然就是一代代灶户的历史。直到两千多年以后，古济水（小清河）两岸仍有些人和村庄被称为“灶户”，比如“灶户李”“灶户王”。

因为有盐，大齐国的兴盛到齐桓公时已经达到了顶峰，成为春秋首霸，这其中盐的作用居功至伟。齐桓公的相国管仲实行了盐的专制，不准私营，依靠盐赋充实国库。齐桓公才可以厉兵秣马，东征西讨。齐国的国力日盛，也就是从那时起，“盐”，这种掌管命脉与经济的重要物质成了统治阶级专政的重要手段，也成了历朝历代充盈国库的重要财政来源。

翻阅春秋战国的历史，几个强国都出现在产盐区，西北有秦，北方有晋，东海有齐，南方有吴。而到了西汉武帝时期，理财大臣桑弘羊出任大农丞掌管盐事，为了充实国库增强国力，他开始大力修正盐法，为提高盐政收入不遗余力。就在这一时期，灶民在国家财经领域变得举足轻重，灶民灶户开始注册成官籍，相当于现在吃国家财政的“正式工”。国家发放煎盐器具——牢盆，拨给粮秣，相当于计划经济时代的“商品粮”。而且对每户每盆的煮盐斤两派放了指标与定额，实行按盆征收赋税的方法。于是盐业得到了振兴。也就是在这一时期，西汉王朝开始根据盐区大小和盐税收入划分郡县，齐地分千乘郡与齐郡，一个被民间认同与赞美了多年的地名就在这时出现，它就是——广饶。（注：据《汉书·地理志》记载，千乘郡领县十五，齐郡领县十二，其中就有广饶一县。）

2

西汉了是东汉，东汉又连着三国，三国终于归了两晋，两晋后是五胡乱华十六国，南北朝后终于迎来了隋唐盛世，大运河挖成了，东征高丽却又是连战连败。这天下大势分久必合合久必分，大乱必有大治，乱世必用重典。王朝更迭如走马灯，你方唱罢我登场，不变的是这灶户总是一把把的年华留在那荒原上。灶户不属于政治，灶户属于海滩。

天下再乱，谁也离不了盐。这广饶地界几易其主，城头多少次变幻大王旗，谁都说不清楚了，连这广饶的地名都改成了“乐安”。历经多少次田园被毁，又遭过多少次海潮侵袭，多少次塞外铁骑肆意践踏，又有多少战乱家破人亡！这海边的灶户盐丁都盼个好年景，都盼遇上国泰民安的日子，都盼赶上风调雨顺。这灶户把一盆盆的盐煎出来，煎熬中日子也是一天天的咸苦，什么时候能熬出个丰衣足食子孙荣华？这灶户生产的是盐，是白花花的银子，自己却总在饥寒里挣扎。一代又一代，还是那片海，还是那座滩。终于熬到个天下一统，这江山姓了赵，那位太祖皇帝在陈桥兵变“黄袍加身”，这国号也就成了“宋”，乐安乐安，这广饶地界的灶户也都盼着随真龙天子登基，也迎来一番安居乐业。

盐是官家的，这灶户也是。灶户不会耕田，不会种粮，女人白了头都认不全地里的五谷秧苗。子子孙孙生长在盐滩上，把日子当成了一季季的草荡芦苇，为官家一锅锅地熬盐。

那年三月，齐地刮起了大风，海浪忽然就像挣脱了缰绳的巨兽一队队扑来，一波更强，一波又更高。那冲天怒潮突然就高过了树梢，把堤岸拍了个粉碎，一波上了岸，许多盐丁连同锅灶就被海浪卷走了。远处的人回过神来，纷纷冲向海滩，跟着潮退向海里去追，却没看见天边一条巨龙又席卷而来，一声声巨浪咆哮，岸上的所有都被吞噬了，巨浪扑过去好几十里，一片绵长的海滩被大海整个揽在了臂膀里，一片汪洋纵横恣肆，房顶，窝棚，盐坨，都不见了……

潮水退去，海滩上一片狼藉，房屋窝棚都只剩了地基，淤积在沙滩中的是遍地的残垣断壁和毁坏的炉灶，一些深海的鱼虾在泥淖中奄奄一息。海水卷走了许多，海面上飘满了盐工的尸体，仍有一些在浪尖上挣扎起伏，岸上的人却是无计可施，眼睁睁看着巨浪兜头盖顶把他们淹没。

潮水还是把一些尸体送上了岸，岸上漾满了哭声，幸存的人个个号啕大哭，还有的跪倒在地磕头如捣蒜，向天祈祷。这海水并非只能制盐，还能带来家破人亡、妻离子散。

盐滩上突然就堆满了坟冢，一领领白幡在海风里凌乱飘摇，漫天的纸钱飘荡，一些纸人纸马被放进海水，让海浪把祭奠与慰藉带到波涛深处，却是一阵阵掩不住的哭声如浪花起伏。

家园尽毁，盐滩变成了沼泽。盐工大半殒命，这块宝地将难以维持生计，活下来的人选择了逃亡，一队队褴褛的身影从遍野的泥泞里蹒跚远去，一片海滩生养了祖祖辈辈，却不得不离开，三步一回头，一张张黑黝黝的面容满是茫然与凄楚。

——我们还会回来吗？

那是北宋皇佑五年（1053）。朝廷大臣李子仪前去赈灾，看到如此凄惨境界，遂写下一首诗寄于黄庶，黄庶看后泪如雨下，也赋诗一首：

盐民没利家海隅，奔走末业田园芜。
天意似遣阳侯驱，卷水沃杀煎海炉。
怒涛百尺不及逋，老幼十五其为鱼。
……

3

历经多少次海潮风暴，多少次灾祸战乱，盐业在乐安广饶这块地界上没有消亡，蒙古铁骑踏入中原，华夏大地开始了一个叫“元”的纪元。在元朝初期，乐安境内已经有了三座著名的盐场，名扬海外，它们是高儿港（原址是现在的高港村）、王岗、辛镇。又一次改朝换代，朱明王朝把元朝军队又赶回了漠北。连年的战乱使齐鲁大地变得人烟稀少，田园荒芜。小清河年久失修，雨季洪水四溢，海潮频发，淹没滩涂，灶户难以为继，只能选择背井离乡，乐安境内盐业又是一片凋敝，不复往日兴旺。

连年大水，洪武皇帝朱元璋开始向山东境内大规模移民，徐达屯兵也多在乐安境内，开始“移民屯田，开垦荒地”，海滨这片广阔的土地又迎来了新一轮的休养生息。朱元璋为了发展盐业生产，对盐田进行了登记并按户计丁，按丁对原盐产量进行定额，并划给芦荡草场，以供柴火。能种地者准其垦荒，免其杂役，并发放“商品粮”。如果灶户犯了死罪，杖责后让其完成超额煎盐数量而赎罪。于是，乐安盐场又开始繁荣。

明成化九年（1473），明王朝开始疏浚小清河，从历城一直疏通到乐安境内。经过清淤治理，小清河畅通无阻，商船来往如梭，更因河道疏通，河水沿故道入海，海水退去，沿河滩涂又向东延伸出数十里。官府张贴告示召民煮盐，外逃灶户纷纷回归，重拾煎盐行当。由于小清河航运发达，小清河边上这个叫“高儿港”的地方成了盐的集装码头。小清河内船只来往贸易兴隆，南北富商云集，高儿港内也变得日益繁荣，茶楼酒肆日日飘香，灯红酒绿夜夜笙歌。因为盐，这个村庄业已是名满天下，乐安古地也是享誉四海。

朱明王朝土崩瓦解，朝代更替至清康熙年间，这时期乐安境内制盐业有了翻天覆地的变化。在制卤方法上一改过去的灰淋法为土淋法，从而扩大了卤水的来源。更重要的是，由原来的煮煎改为了滩晒，利用阳光而不再是燃料，从而大大降低了成本，提高了产量，这在全国制盐业当中无疑是一种创举。

清代乐安县境内的盐业达到了空前鼎盛时期，高儿港、王岗、辛镇等地遍布滩池。舍弃灶火的盐工用碌碡碾压滩池以至变得坚实平整，井滩以柳斗汲水，沟滩用风车汲水，由圈入池，烈日曝晒下三五日即可成盐，一次可得1000多斤，而往昔煮盐三天方成一锅，得盐不过100斤。

至光绪十七年(1891)，清政府重新疏通小清河，历经两年疏通，使海运与河运相连，从羊角沟出发的船舶可以直通济南黄台车站。乐安之盐从而可以北上京畿，南下江淮。光绪二十二年(1896)，利津吕家洼黄河决口，永阜盐场被淹，山东境内盐产量大减。山东省府于是谕令王岗、高儿港场大规模扩建开发，南自宁海寺，北至沙营，广大滩涂上又新增滩池千余幅，所产之盐经小清河南运，以供全国之需，年运出原盐30余万包，每包400斤。此时的大清朝已是风雨飘摇，内忧外患。甲午战败，庚子之变更是让国计民生雪上加霜。苛捐杂税，赋役繁重，更是苦了这灶户盐丁。

高儿港、王岗的滩池像这片大地上的一眼眼疮疤，滩池里那些盐工赤膊露膀黑黝黝如一身铸铁，拉着碌碡在滩池里来回碾压。一条辫子无论是缠绕在脖颈还是额头，都是无比溽热。抬头望一眼火辣辣的日头，满脸的苦，又是满眼的恨。经年累月，肩膀上早已被磨出厚厚的老茧，两手在卤水的浸泡中关节早已变形，皮肤也像角质老化。遍野的盐坨如小山堆砌，阳光底下像山顶皑皑白雪。这些盐丁不明白，这白花花的血汗都去了哪里？为什么这般辛劳，一家老小却仍是衣不蔽体食不果腹？转动的风车让阳光在闪烁中破碎迷离，旷野里飘荡着盐工用柳斗汲水的号子声：

手持盐把问青天，牢盆盛血何时满，
卤水熬进血汗补，青骨撑起白银山，
轰隆巨响天龙至，滂沱大雨连海天，

滩沟水溢鱼戏涌，草棚人家断炊烟。

……

4

辫子一剪，这世道里就再也没有皇帝，民国了，共和了，但这灶户盐丁的生活境况却没多少改变。北洋政府的苛捐杂税下来，这老百姓还是苟延残喘在农田盐滩间。现在的县官已不叫“县官”，而是“知事”。北洋政府知事王文域带人到碑寺口去“验契”收税，犯了众怒，老百姓一哄而上，王文域被杀。这就是有名的“乐北戕官案”。听说袁世凯勃然大怒，要让乐安县血流成河。于是这父老乡亲纷纷出逃，有的去了蒲台，有的去了博兴，有的甚至举家躲到了河口的芦苇荡里。大片农田无人耕种，田野又是一片蛮荒。是年 1914 年，因与江西乐安县重名，乐安县复称“广饶”。

1917 年，因辛镇、沙营、王岗等滩池距小清河太远，集运不便，又加滩池分散，管理不善，走私严重，即令裁撤，遣散盐民，逐其耕田务农。后因寿光巨定湖内盗匪猖獗，王岗官场又改为“王官盐场”，公署移居羊角沟。盗匪走私依然严重，北洋政府下令将小清河以北所有盐场取消停晒，沿袭了几千年的制盐古业，在广饶境内消失殆尽。

5

1937 年不是个好年景。一片酷暑难耐里，忽然就听说闹起了“鬼子”，据说北平那边已经干起仗了，过不了多久，就会打到山东。广饶到处人心惶惶，一片担惊受怕。这日子本来就难熬，再赶上兵荒马乱，唉，好在天高皇帝远，那日本鬼子未必瞧得上咱这地方。但也有人说了，咱这里能出盐，放心吧，鬼子不会不惦记这里。

立秋，高粱已经抽了穗，一穗穗涨出了红彤彤的紫。忽然听到一声：发大水了！村里人乱哄哄着急往高处跑，须臾间，黄泥汤漫天遍野咆哮吼叫着就卷了过来……

就是那年，黄河从广饶和蒲台县交界处一个叫“麻湾”的地方决了口，广北大地被一片滚滚泥流撕扯了个七零八落。一些人爬上了树杈，还有些人爬上了房顶，但那些土房子在泥水的浸泡下很快就坍塌四散，人群在巨浪翻滚里瞬间就没了踪影，连牲口都在洪流中被卷得颠倒翻滚。一个傻子爬上一个坟头，乐得蹦蹦跳跳，一个劲地叫：发大水了发大水了，好玩好玩！当看到自家房顶被淹没，却又号啕大哭，一个劲地哭喊自己的娘。瞬间，洪水连他和那个坟头一块淹没，旋涡一卷，再也没听到他的哭声。广北大地一片泽国，高粱地都平了，小清河北岸那些滩池全被冲毁，所有盐田一律报废。几世的心血苦心经营，一场大水化作泡影。

大水退去，广北这片广袤的大地遍野苍凉，到处是黄河卷来的泥沙与瓦砾，还有一些破碎的门窗与檩条，四处可见被浸泡得肿胀的尸体。这广北大平原又是颗粒无收，一场灾荒不可避免，等待人们的将是一场逃荒之旅。

又是整整一年，又是一场溽热的夏天里立了秋。黄河的侵袭让这片土地沙化了，但庄稼该种还是得种，要不，这广北大地哪里还像是家？

人们都说农历七月十四这天是鬼节，一些孤魂野鬼都会出来游荡。入夜里一阵风雨交加，只有闪电偶尔撕开黑暗，原野上那些漆黑的村庄只是须臾一闪，又消失在雨幕里。雷声滚滚炸响，广北这处原野此时更像是座地狱。天地间像有无数魔鬼猛兽在低沉地嘶吼，在天与地相接的地方，突然就出现了一道白光，像一条索命的白绫，滚滚呼啸而来，大地一阵颤抖，终于看清那是滔天的巨浪铺天盖地，那些低矮的村子瞬间就在波涛里碎成了齑粉。

黄河决口的创伤还没抚平，1938 年广北又遭遇大海啸。海浪扑入内地 30 多公里，似乎灾难不把这片大地上的所有生命卷走不罢休。海水退去，一片死寂。天空的乌鸦都没了落脚的地方，一声声叫得凄惨。

海水倒灌，土地严重碱化，这里将是一片不毛之地，田野里所有植物都枯萎了。阡陌大道上逃荒的人群络绎不绝，推着车、拄着棍，满地泥泞里片片仓皇，一双双泪眼迷离。有多少人戴着孝，额头和鞋面都蒙着白布，看一眼遍野的新坟一阵阵失声痛哭，那些突然罹难的亲人，连几张纸都没得给你们烧……

这一走，还有回来给你们添坟的日子吗？

1939 年，这里已是日本人的治下。广饶县城被鬼子占领，还有羊角沟的官场公署。

正值初夏，田野里该是一片葱茏，却是一派荒凉。在烈日的曝晒下，白花花的盐碱像牛皮癣一层层翻出来，田间龟裂出一道道巨缝，一些禾苗与鱼虾在里面干枯成尸骸。这片无人区里突然就出现了一队穿灰布军装的队伍，背上都扛着枪。看到地里枯萎的庄稼，再看到那些废弃的村子，一个个都面色凝重。

这么大片土地，竟然变得毫无人烟，走出这么远，没有看到一个人影，连声狗吠都没有，飞鸟都不见一只。再往北去，地平线出现了一堆土色的凸起，那个村子竟然有微弱的炊烟飘起来，战士们一阵欣喜，脚下的步伐也快了。

走进村子，却是一个人影也没有。四处找遍了，只在村外发现几口不大的滩池，汲水的柳斗还在轻微摇晃，滩池里还泛着水花。战士们一个劲地喊：有人吗？有人没有？依旧是鸦雀无声，没人应答。

带头的那位连长说：咱们就在这里歇脚吧，埋锅造饭。行军锅在村子里一支，一阵热气飘扬里，饭香就在村子里弥散开来。一个草垛里忽然就探出两个小脑袋，怯生生地朝这边望，一个手指吮在嘴里，哈喇子顺着淌了下来。一个女战士赶紧招呼：小孩，过来喝粥。两个小脑袋却又缩进了草垛。战士们走上前去，拨开柴草，看到草堆里一个面如枯蒿的女人满头草屑，抱着两个孩子在瑟瑟发抖。

村子里的人陆续出来了，从地窖里，甚至从水缸里钻了出来，一个个瘦如麻秆、蓬头垢面，眼神呆滞、茫然无措，走路都摇摇晃晃、有气无力。行军锅在胡同这头，一个老太太拄着拐棍就是走不过来，走几步，干脆坐下来大口喘着粗气，最后还是战士背了过来。还有几个小孩，纤细的脖子顶着个大脑袋，小胸脯如搓板，肋骨一根根清晰可数。有个小孩透过肚皮都能看到肚子里青青的菜色。那位连长吩咐：赶快再熬一锅饭，不，两锅！

村民们可能好久没吃一顿饱饭了，吃饱后一个个摸着肚子东倒西歪。一位老者嘶哑着嗓子说：这个村子叫“三柳树”，遭受水灾和海啸后，有力气能走的都逃荒去了，村里就剩下些老弱病残。唉，没法子啊，地里没庄稼，不能眼睁睁地饿死，只能在村边挖几口盐池，但兵荒马乱，盐也卖不出去。倒是有个盐贩来过，100 斤盐只给三五斤高粱米，哪够啊，就村里这些人，每天都有人被抬出去。

临走，那个连长下命令，把能留的粮食全部留下，又凑了些钱，留给乡亲们。连长说，大伙坚持住，吃饱了，晒盐才有力气。

看着队伍走远，才有人从感激涕零中回过神来，就问：你们是哪儿的队伍？

——八路军山纵三支队。

6

接下来的日子，日伪对解放区实行了封锁，食盐实行“统计配额”制，妄图从食用盐上瓦解抗日根据地的政权。1941 年，广北县政府成立，为粉碎日伪封锁，广北抗日民主政府在三岔村三柳树村一带村庄建滩晒盐，新建滩池 200 多幅，用盐从敌占区获得战略物资，支援抗日战争。

1943 年，抗日民主政府宣布取消封建滩主世袭制，所有盐滩均为国有土地。是年冬季，清河区党委在武王村发动 1700 多名群众集股金近 4 万元，粮食近 30 万斤，1944 年根据地第一家盐店“福顺兴”在田庄成立，盐民所产之盐均由“福顺兴”盐店专收、专运、专营。渤海行署资助红粮 300 石，盐民生产热情高涨，有力地支援了抗日战争。三柳树村那年共有 26 名妇女参与晒盐，被称为“荒滩上的一面红旗”。

1949 年，中华人民共和国成立，这必将是一次迎来辉煌与光荣的变革。

几千年往昔，这块土地上的盐几乎贯穿了整个民族文字可以记载的历史。从煮盐到滩晒，多少灶户盐丁在这片滩涂上一代代老去，又一代代地获得新生。多少次潮起潮落，多少人背井离乡，又有多少人重回故里。盐工的身影从未在这片土地上消失。因为这块土地已是祖祖辈辈用汗水与泪水深情浇灌出的沃土，是世世代代无法舍弃的家园。

有多少盐池被海潮雨水吞没，就有多少盐工重新奋起挖掘。这祖祖辈辈的煎煮晒滩制造的恐怕并不只是盐，还有另外一种特质，这些特质将永远遗留浸染在那些人的骨子里，一代代传承下去。权且称这种特质为——不屈。

唐头营，据说是李世民跨海东征的地方，他率领万千子弟兵列阵海滩，兵甲似雪，战船如云，浩浩荡荡渡海东去。但几度潮起潮落，这里集聚更多的却是万千灶户盐丁的后代。

那一年这里又插满了红旗，又是秋冬，遍野的芦苇一片枯黄萧瑟。每到农闲，总有各个公社各个大队的民工推着小推车赶到这里。经历了三年自然灾害，又历经“十年动乱”，这日子还是穷，还是有人娶不了老婆，还是住着矮趴趴的土房子。这过日子总得有个奔头，为了发展，县里的领导开会研究了多少次，靠山吃山，靠水吃水，咱们不还有一座盐滩吗？咱祖上可是睡在金山银山上，不能活该受穷。都去吧，各公社各村，谁开发归谁！从祖先开始，盐从来都不只是一种生活用品与化工原料，还是对富足的向往。过了霜降，这麦子也就种上了，田野里一片平坦。一辆辆小推车络绎不绝往东赶向了那片滩涂，广饶地界这么多村，哪个村不去盐场挖几个盐池子呢？那天一个白发苍苍的县委领导站在盐场的高处举起了喇叭："同志们，爷们儿们！"人头攒动中一阵哄笑，于是他又说："咱广饶人不说不实在的，我今天不打官腔，不说豪言壮语，只是说，这盐，咱祖祖辈辈已经玩了几千年，咱扔了对不起祖宗，咱跟这盐滩豁上了。一句话——广饶不富，子孙无福。"

于是，这片滩涂上又是人山人海，一辆辆小拖车来回奔忙穿梭，机械轰鸣，红旗招展里那些人恨不得把蓝天都挖上几个窟窿。那些年月，机械化还不普及，小推车挖出多少盐池子，又历经多少次会战、开发，都数不清了。

"于是就有了这片巨大的现代化盐田……"

老盐工说完，两人从几千年风云变幻里把神思又穿梭了回来。海风似乎大了，那些风力发电机巨大的臂膀像风车，转动得快了许多。老盐工沉默了，他也沉默了，两人的目光都望向这片辽阔的盐田，一片沉静里没有边际。

"你为什么到这里来？"老盐工问，"这地方又没有什么好看的。"

他说他就是一个"游子"，喜欢四处游荡。或许是有人零星给他讲过，他梦里总是梦到一个地方，那地方的天很蓝，天上有白云，地上也有，大地一片铁褐，沉重得冲不毁，也晒不垮。虽然他离那里很远，但总感觉自己属于那个地方，这种感觉如同祖先遗传下的基因与染色体。他说那年他去了上海，很惊奇，他发现一条街道被命名为"广饶"，东方大都市里居然有那么小的一个地名。他不由得一阵兴奋，问了许多路人，终于有路人告诉他，这是一条老街，是为了纪念一处产盐的地方，这个城市也离不开那里的滋养，那里有很多很多故事，你该去看一看。

那一刻自豪感与许多情愫在他胸腔里翻江倒海，让他泪如雨下，他说我一定去——因为我就是灶户的后代！

◎兵法断想

1

“兵者，国之大事，死生之地，存亡之道，不可不察也。”

久居吴地，齐人孙武在竹简上奋笔疾书，现在他要完成自己的兵法。戎马一生，多少刀光剑影金戈铁马，杀机四伏中他都走了过来。曾经的他率领千军万马纵横驰骋所向披靡，但不停的征伐没有改变这个时代，诸侯国仍是连年混战，周王朝依旧是分崩离析。他总想为后人留点什么，但他这一生所学除了胜败的立场就是战争的技巧。是战争造就了他，或者说，他本来就是为战争而生的。

那是个英雄辈出的时代，抑或是那个时代造就了如此多的英雄。同时，那个叫“春秋”的时代又是如此荣耀与闪光，包括孙武本人，他可能都不会想到，那个时代竟然成了一个民族的思想与精神宝库。

孙武世居齐地，成长于乐安邑，属于将门之后，他的出身是显赫的。他的家族也为齐国的霸业做出过杰出的贡献。那时年轻的孙武所想的，无非是像他的祖辈一样建功立业，挂印与封侯。他认为，自己要是有所建树的话，最好是伊尹、姜尚、管仲那么个人物。他名字是“武”，字却是“长卿”，足见父辈是希望他长久地做一位“士大夫”。所以他一直醉心研究的是文韬武略，是怎样能够建立功勋成就帝王的霸业，在一人之下万人之上，能够做一个优秀的统帅，他将是皇家帝国里最耀眼的一颗将星。

2

他终究只是一个军人，似乎在这方面他更专业与职业，他所倾情的一直是让男人血脉喷张的战场，而不是尔虞我诈的宫闱斗争。当他的故国齐地因政治斗争而陷于“四姓之乱”的时候，他不得不离开，就像一只候鸟，到南方去。那时他可能会想，如果最终还要回来，他该选择什么样的方式？

“齐人尚武”，齐桓公能成就一番霸业不是偶然的。生于齐，却功成于吴。潜心于文治武功也是图个百年建树，他是服务于战争的人，也是驾驭战争的人。那他是怎样看待战争的呢？在写到这里的时候他一定是陷于沉思的。

“国之贫于师者远输，远输则百姓贫。近于师者贵卖，贵卖则国家财竭，财竭则急于丘役。力屈、财殚，中原内虚于家，百姓之费，十去其七。”

的确，战争无非是一场灾难，对国家对百姓都是。但以当时的地缘与政治形势，是不可能杜绝战争的。他的祖父孙书给他起名“孙武”，在古代的春秋时期，这个“武”字是“止”和“戈”组成的。很明显，他的祖父希望他有制止战争的才能，但是很矛盾，能制止战争的只有战争，他的使命是制止战争，但又是制造战争。

孙武从战争中不只看到了流血与牺牲，不只看到战争给百姓造成的负担。看到因战乱造成的尸横遍野、流离失所，他一定痛心疾首过。但是不可否认，通过战争，人类也在逐渐融合甚至进步，战争能催化很多东西。当一个诸侯国与另外一个诸侯国的矛盾无法调和，一个阶级与另一个阶级无法共处，必定会发生战争。他不可预见，作为利益诉求与矛盾的解决，战争是有效的手段还需要维持多久。

战争向来是要牺牲平民与平民的利益的，但是平民的牺牲在战局的左右中又是那么微不足道，甚至从来是忽略不计的。如果说世上有让平民永远安居乐业的秘籍，那就是消灭战争。但消灭战争需要战争，因为只有战争才能让天下“一统”，无论是文化上的，还是政治上的。

所以他才会写下：“不战而屈人之兵，善之善也……”

3

隐居吴国的孙子一直在研究兵法。他经常研究古人的那些战法，复盘近来诸侯国的许多纷斗。即使没有带兵打仗的机会,他一定也会钻研下去,从而形成自己的专著。这跟孔子、老子和其他许多“子”一样,在春秋与战国时代,向来不缺思想和理论的争鸣。但他还是等来了机会,伍子胥从楚国逃到了吴国,他认识了孙武并结为挚友。与伍子胥不同的是,孙武想的是怎样让自己的思想和“兵法”惠及这个时代所需,好把这四分五裂的周朝重新组合起来。而那个伍子胥伍大夫一心伐楚是有私心在里边的,他一直想杀回自己的故国报父兄被杀之仇。

伍子胥向吴王阖闾“七荐”孙武,说孙武将才,天下无人能出其右。阖闾也为孙武献上的兵法专著所啧啧赞叹,为孙武的高论所折服。但孙武先生是否犹豫过,这不得而知,在孙武的理论里,如果能够成就一番伟业的话,那自己辅佐的必须是一位有志于天下的贤君明主。而这位阖闾殿下是什么人物他一清二楚,一个政治上的投机者是贪婪的。在伍子胥的帮助下利用刺客专诸“鱼藏剑”刺杀了吴王僚,这总是不那么光明与正统。

在孙子的理论里,战“经之以五事,一曰道,二曰天,三曰地”。道义与天时地利在前,第四才能曰他这个“将”,第五才曰他的“法”。一个习惯于阴谋的政治家对于孙武的雄才大略来说,将是制约他才华发挥的致命短板。

吴王阖闾也是在试探,他在宫廷之上安排一群宫女让孙武指挥,看其怎样排兵布阵。孙武何尝不想试探一下这位君王值不值得辅佐?当两位带头的宫娥嘻嘻哈哈对孙武的布置毫不庄重,孙武拔剑就把那两位的脑袋砍了下来,丝毫不在意那是阖闾的两位爱姬。阖闾大吃一惊,心中自然不快。孙武不慌不忙,将宝剑入鞘,说:“令行禁止,赏罚分明,将在外君命有所不受也。”

吴王阖闾终是在用人之际,他知道孙武作为将才不可多得,哈哈一笑,拜孙武做了将军。在吴国安身立命,孙武是没有选择的。或许认为在阖闾麾下也能够完成自己北定中原的梦想吧。于是孙武留下来,为吴励精图治,一干就是三十年。

4

在齐人孙武的训练下,吴国这些南方的士卒作战素养有了显著的提高。他把当时“春秋首霸”齐国的“尚武”之风成功带到了吴国。内有伍子胥这个经略的“相”,外有孙武这个足智的“将”,吴国的强大是指日可待的。在孙武为阖闾设计的宏图霸业中，鲸吞楚国，占据富饶的荆乡楚地，那么与秦晋逐鹿于中原，傲齐鲁于淮水，霸业将不期而定，唾手可得。在夺取楚国的舒邑以后，阖闾就想顺势攻打楚国。孙武说不可，在孙武的思想理论里，一直是“慎战”的。所以他在自己的兵法里写到：“夫未战而庙算胜者，得算多也；未战而庙算不胜者，得算少也。多算胜，少算不胜……”他是不打没有把握之仗的，他清楚地知道，以当下吴国的军力与财力，是不可能打败“春秋四霸”之一的楚国的，尤其是还有北方的强敌秦国环伺。

但是孙武和伍子胥制定了“疲楚”的计划：把吴军分成三部分，轮流反复袭扰楚国的边境。这一战就是六年，楚国是“无岁不有吴师”。终于，吴军把楚军弄得疲惫不堪，楚国国力也日渐空虚，这就是史上有名的“三师肄楚”。初见成效，吴国竟然消灭了楚国的许多附庸小国，得到了楚国的许多州邑。接下来，吴国又击败自己后院的那个越国，让越国短时间内难以恢复，暂时解决了后顾之忧。

“上兵伐谋，其次伐交，其次伐兵，其下攻城。攻城之法为不得已。”在孙武的战争理论里，军事与政治和外交是密不可分的。他用伐谋与伐交的方法唆使桐国叛楚，又利用舒鸠人造谣引诱楚国伐吴，于是楚军在豫章中了孙武布置的埋伏而大败，吴军乘势夺取了楚国的居巢。如果算上已被吴军占领的州来与钟离两个小国，淮河中游的水道和楚国大别山以东的城池皆为吴国所占领。在战略上，兵临楚国的整个东北边境，吴国已经占据有利的战略态势。

春秋时期也是奉行“丛林法则”的，弱肉强食。当十八路诸侯国在召陵会盟，共谋伐楚。蔡国趁势灭掉了楚国的附庸国沈国，楚国遂发兵围攻蔡国（今河南上蔡县）。这时吴国的三驾马车阖闾伍子胥孙武一致认为，与楚国决战的时刻已经来临。孙武，这位东方的战神，也将迎来他军旅生涯中最浓墨重彩的一笔。

5

孙武率吴军倾巢而出，顺淮河乘舟逆水西上，充其量不过 3 万之众。而当时的楚国军队少说战车千乘，士卒 20 万。当楚军严阵以待，以为双方将会战于唐、蔡两国时，没想到吴军行至半路突生变故，在战略要地一个叫“淮汭”的地方，孙武命令三军将士舍舟登陆，迅速通过楚国北部的大隧、直辕、冥阨三关险隘，深入楚国腹地，直扑汉水，开始对楚国实施千里突袭。

这就是孙武所推崇的“出其不意，攻其不备”。楚国上下一片混乱，将领子常回过神来，急忙放弃对蔡国的围攻回师防御本土，在汉水对岸与吴军展开对峙。这时候楚国左司马沈尹戌献计，让子常在汉水迟滞楚军，他领军向北去几百里外的方城集结原本对抗晋国的军队，然后挥师向东去淮汭捣毁吴军的船只，再把三关的口子死死扎住，那就断了吴军的退路，形成关门打狗之势。

听起来这无疑是一个绝妙之计。吴军千里奔袭，后勤补给线拉得过长，若截断其一处，吴军将不战自溃。但沈尹戌那时不知道吴军将领中有孙武这么个人，更没有看过他的兵法。孙武是极其看中行军作战中的后勤补给的，他在自己的兵法里这样写到：“善用兵者，役不再籍，粮不三载；取用于国，因粮于敌，故军食可足也。”那就是就地取材，利用敌国的物资来保障自己军队的给养。把敌人的粮食吃掉既可以为本国百姓节省开支，又消耗了对方的经济实力。千里奔袭直入楚国腹地，这是他论述中的“死地”。但他又话锋一转——“投之亡地而后存，陷之死地而后生”。这一仗，孙武是毕其功于一役的。为此他早已谋划了好久，能否扬名海内，成就吴国霸业，全在此一举。

其实，孙武早就为沈尹戌计算好了，就春秋时期的交通与调动而言，等他在方城搬了兵来来回回，几十天已经过去了。到那时，吴国的3万精兵早已杀进了楚国的首都“郢”。

6

孤军深入，孙武当然求的是速战。但楚军占据汉水对岸不动，这是对他极其不利的，于是孙武展开了佯动。他在退却，但不是往背后自己的退路三关方向，而是再往南下一点向小别山和大别山方向退却，故意把自己的侧翼暴露给子常，这就让楚军将领看到了机会，他们理所当然地以为孙武是在逃跑，想越过大别山而返回吴国。

子常想的是，如果他挥师渡过汉水，那便切断了吴军去往三关的退路，把吴军压制在长江与汉水之间，可在小别山地区将其歼灭。况且，孙武麾下只有三万之众。

于是子常果断渡过汉水，挥师追击吴军。但这一战他才明白，孙武这三万之众，是经过多年训练的精锐之师，个个骁勇异常。楚军多是“车军”，吴军多是步兵，自然要灵活得多。孙武是边退边打，把楚军陆续引入不利于车军作战的河汉纵横地带、道路泥泞坎坷的地区，利用小别山地区的地形不断设伏，让子常连续吃了三场败仗。子常的追击队伍在消耗中越来越疲惫，士气也越来越低，终于孙武的军队退到大别山东麓一个叫“柏举”的地方，再也不退了，而是展开了决战的架势。这就是春秋历史上最著名的一场战役——柏举之战。

这时子常的压力来了，他忽然明白凭一己之力是吃不掉孙武的3万之众的。如果自己战败，那么在通往郢都的路上将没了楚国的军队，他就是不死于吴军之手，也会被楚昭王砍了脑袋。所以他想逃命是想当然的，而最后不得不硬着头皮决战。

一边是一路追击疲惫不堪士气低迷，一边是毫无退路士气正旺。所以战局发展是想当然的，吴军的先锋夫概率先发起攻击，双方酣斗一场，楚军终于被击溃作鸟兽散，子常逃往了郑国。兵败如山倒，吴军一路追击楚方溃军至清发河，孙武并没有马上发起攻击，因为他知道，对方临河是背水一战，困兽犹斗，战斗力会大加增强。等楚军有一半涉入水中，孙武才令旗一挥发起攻击，于是楚军首尾不能相顾，被吴军冲杀了个七零八落。箭镞如雨，纷纷射向水中无法躲避的残兵，于是鲜血把河水都染红了，红河奔流而下，浮尸累累，顺水漂流，把河道都堵塞了。这就是他兵法中论述的：“客绝水而来，勿迎之于水内，令半济而击之，利。”

7

当吴军一路南下直扑郢都，这时候那个从方城带兵回援的沈尹戌也赶了上来，听说子常战败，他已经顾不上去淮汭捣毁吴军的战船，而是回师追击堵截在楚国如入无人之境的吴军。这时沈尹戌与他的军队来来回回已经在路上赶了上千里，以一帮劳师远征的疲惫之旅迎战士气正旺的吴国精锐，命运可想而知。他又犯了孙武所论述的另一个兵家大忌：“百里而争利，则擒三军将，劲者先，疲者后，其法十一而至。”沈尹戌虽然率军奋勇拼杀，略创吴军，但终被孙武团团包围，未能突围，重伤而亡，还没忘了让部下砍了自己的脑袋给楚昭王送去。

吴军连战连捷，消灭沈尹戌后，前往郢都的路上吴军再也没有阻碍。楚王弃城而去，吴军长驱直入郢都，并开始大规模屠城。吴王阖闾与伍子胥终于圆了自己多年的梦想，但他们并没有用安民告示抚恤民心，而是怂恿军队废弛军纪，让兵士大肆奸淫掳掠。作为大国首都，郢那时无疑是繁华而富丽堂皇的，这让吴国将士眼花缭乱欣喜若狂。最失落的恐怕是伍子胥，因为杀害他父亲与兄长的楚平王已经去世，然而伍子胥竟然对自己的故国如此仇恨，献计让阖闾焚毁楚国宗庙，掠走楚国宝器典章。至此仍余恨难消，又让人把楚平王的尸骸挖出，用鞭子抽了300下，这就是著名的“掘墓鞭尸”。

那一刻孙武是极其紧张的，因为他知道楚国的国都虽然被攻陷，但楚国军队的主力还未被消灭，他们正汇集到一起，向郢都扑来。吴军的恶行将激起楚人与其子弟兵的愤怒，那时深陷异国他乡的吴军才是真正面临灭顶之灾。那一刻孙武已经感到大事不妙，但他无法制止被胜利冲昏了头脑的阖闾和吴军将士。所以他在自己的兵书里写下了如此一句：“夫战胜攻取，而不修其功者，凶，命曰‘费留’。故曰：明主虑之，良将修之。”

楚国那个大夫申包胥跑到秦国朝野上哭了七天七夜，终于哭来了救兵。他把秦哀公感动了，同意发兵救楚。孙武最怕的事情来了，秦楚联军在沂邑大败吴军的先锋夫概，又击败伍子胥与孙武率领的吴军。在楚地，秦楚联军与吴军展开了多轮厮杀。就在这时，吴国的后院越国终于找到了机会，起兵攻打吴国。

更让形势雪上加霜的是：那个在沂邑败走的夫概逃回到吴国，竟然趁阖闾久留楚国而称王称帝。阖闾不得不放弃已经占领的楚地，而回师平叛。孙武仰天一声长叹——十年建树，功亏一篑，国家宏图，毁于宵小私欲！那一刻，孙武的内心倍感孤愤，他忽然明白，这些大小诸侯一个个不过是目光短浅的野心家，他们才是祸国殃民的罪魁祸首。委身于如此诸侯王公，是实现不了他理想中的“大一统”的，而他的谋略与兵法只能满足他们在财宝和领土上的私欲，无法安国定邦。孙武很无奈，但军事离不开政治，而且永远要服从政治。看着满目疮痍的郢都城外尸骸如山，白骨遍野，孙武一声叹息。他的名字是“止戈”组成的，但他今生能看到刀枪入库、马放南山的那一天吗？

8

如果不是密密麻麻的兵刃盔甲泛着寒光的话，对面齐军那无边的军阵像极了漫卷的乌云落地。两军对垒，那边像云翳蔽日，这边吴军像波涛汹涌，层层林立的剑光戈影更像是汪洋里的波光粼粼，这是一片正在积蓄能量的潮水。孙武知道，只要自己令旗一挥，它们将如海啸席卷四野。大战来临，古战场竟是瞬间的死寂，天空里连飞鸟都已经绝迹，恐怕那满眼的寒光凛凛就能让它们的羽毛飘然零落了。天空无云，太阳正肆无忌惮地散发着箭镞一样的光芒，连绵的旌旗在呼啦啦作响，交织成沉闷的呜咽，像祷告的经语，似乎在告诫死亡即将来临。战车上的孙武放眼望去，齐军阵列像刀裁出的一样整齐划一，他知道自己即将与家乡的军队展开一场前所未有的恶战。

他回来了，只是以这种方式，驰车千驷，带甲 10 万。

此时的战神孙武已是名扬天下，柏举一战让他扬名立万，3 万吴军打败 20 万楚军，几致楚国灭国。此时吴王阖闾已经战死归西，孙武与伍子胥继续辅佐称霸于诸侯各国的新吴王夫差。阳光底下，孙武手搭凉棚一个劲地望向北方。在无边的齐军阵列后的不远处，就是齐国的都城临淄，再往后，就是他魂牵梦绕的自己那个故里乐安。他是看不到的，但那些陌生又稔熟的城邑又隐约浮现在他眼前。他不是伍子胥，但他同样率领千军万马杀回了自己的故国。他将让自己的故土血流成河、尸横遍野，那其中有多少会是他的胞泽同乡。但他是战神孙武，他是为战争而生，或者说他是为天下而奔杀的。

“故将有五危：必死，可杀也；必生，可虏也；忿速，可侮也；廉洁，可辱也；爱民，可烦也。凡此五者，将之过也，用兵之灾也。”在自己的兵书中论述至此，足见孙武是冷静的。战争是政治的延续，而服从是兵将者的天职。

“西破强楚，北威齐晋。”历史与他的故国将永远记住他的名字。

战车上的孙武令旗一点，他的阵列中就响起了激昂的鼓角声，对面齐国的阵仗中立即也是战鼓隆隆。兵士一声高呼，那些兵刃齐刷刷向前伸出，忽然就像一簇簇凶猛的獠牙。

孙武子令旗向前一挥，于是身后这万千军马就像惊涛骇浪汹涌奔腾，对方齐国军队也天崩地裂滚滚而来。喊杀声瞬间咆哮四起，地上战车隆隆战马嘶鸣，天上箭矢如雨礌石如雹，滚滚飞扬的黄沙尘土里，两片不同颜色的潮水终于碰撞交汇在一起。金戈乱舞，剑光相交，处处是鲜血喷涌，处处是战车碾压颠簸，处处又是人仰马翻……

狂风漫卷，黄尘四起，只杀得天昏地暗，日月无光，喊杀声惨叫声不绝于耳，金属碰撞声振聋发聩。地势高处黄罗伞盖下孙武子坐镇中军，面无表情地端详着人类世界里最残忍的竞技，思索着破敌良策，恐怕思索的还有战争的意义，它改变的到底是世界还是人类本身？

偃旗息鼓，战场归于死寂。一轮残阳染血西下，余晖殷红把整个寰宇浸泡在一片血泊之中。尸山堆积罗列，血海横流漫漶，长矛兵刃在尸体上东歪西斜。几杆斜立的大旗猎猎声依旧，但已是溅满鲜血破碎不堪。几匹失去主人的战马伤痕累累，茫然逡巡在血腥的沙场，不时痛苦地舔舐着够得着的伤口，却对插在背上的箭镞苦痛无计。

战车上的孙武陷入了沉思，面对故国，遥望那个乐安邑，他梦中的家国离自己如此近，却又是那么遥远。对自己这样的“荣归故里”，他不禁发出一声自嘲的冷笑。

9

孙武的梦里无数次解甲归田回到他的故里乐安，找到了自己可以祭祀的宗庙，可以叩拜的宗族。但他更希望的是，那里没人知道他就是孙武，他最希望的是牵一头老牛，悠闲漫步于田园农肆，终老于故里柴扉，以绝这萦绕太久的乡愁。

伍子胥的结局很惨，他没能成功劝阻夫差攻齐，也没能劝使吴王杀死勾践，却被夫差赐死。临死前，伍子胥让人挖出自己的眼睛置于城墙东门之上，他说要看着吴国灭亡。那一刻，孙武不只是看到了伍子胥的命运，也看到他效力三十年的吴国宗庙的结局，他理想中称雄华夏纵横中原的梦想也随之破灭了。

他选择了飘然隐居，“形兵之极，至于无形”。没人能找得到他的踪影。

“昔殷之兴也，伊挚在夏；周之兴也，吕牙在殷。故惟明君贤将，能以上智为间者，必成大功。”

大隐隐于市，小隐隐于野。孙武一直是把伊尹与姜尚作为榜样的，但很遗憾，此生抱负他没有实现，他没有看到华夏大地的一统与大同。但孙武还是完成了自己的兵法，根据多年的征战重新编纂与修订。同时他也疑惑过，自己这大半生，最擅长的竟然是制造战乱与杀机，让生灵涂炭。“一将功成万骨枯”，多少坟冢是他亲手制造，多少家破人亡来自于他的东征西讨？这本书存在下去，到底会给人间带来什么？无非是更多的流血与纷争。想到这里，他忽然想毁掉自己这一生所学与半世的心血。但他又知道，即使没有这本兵书，他脚下这片土地仍将在战乱与杀戮当中动荡下去，上百年，上千年，甚至更久……这本书将会让邪恶更加跋扈，同时，他也希望这本书可以让正义得到伸张，让光明最终到来。

垂垂老矣的孙武须发皆白，两鬓挂满了霜雪，手拄拐杖经常在吴地望向北方。在梦里他已经多少次回到齐国的那个后花园乐安，不知那里是一片祥和还是战乱频起。

“看不到喽……”孙武子一声叹息，继而在床榻之上闭上了眼睛。

10

两千多年后，这个时代已被称为21世纪的信息时代，孙武的故里乐安早已更名为“广饶”。华夏大地的版图变得很大，民族众多。是的，这片大地经历了无数的动荡与战争，有过多少次王朝更迭，但是它始终在伤痛中前进，现在它以更傲人的身姿雄踞于东方，屹立于世界之巅，一个版图与文化上大一统的国家正让全世界折服与瞩目，那正是孙武和多少人前赴后继的理想。

孙武湖碧波荡漾，潋滟如镜，湖边杨柳依依，游人如织。兵圣孙武权谋机变，料事如神，但相信他不会料到他的乐安邑会是这样一派现代化的繁荣，而且正在逐步褪去农耕文明的色彩。在中国广饶孙子文化旅游节期间，一行专家陪同国外几位研究《孙子兵法》的学者一同徜徉在湖边。《孙子兵法》所造成的影响已经传遍世界各地，业已被翻译成多国语言刊印发行，并在军事、政治、外交、商业等领域被广泛应用。一位金发碧眼的外国友人看着缥缈的湖水出着神，对身边黄皮肤的中国同伴说：“虽然你们在历史上总是被欺凌，但从没有被征服，你们总是被侵略，但从未被消灭。你们的文化从未断过，一直在传承，这一切离不开你们的孙武和他的《孙子兵法》。拿破仑说过，他要是提前二十年看到《孙子兵法》，那欧洲的战争将会是另外一个样子。孙武出生在这里，你们应该感到骄傲。”

国内一位专家笑着说：“你错了，他是我们全中国人的骄傲。”

外国友人也笑了：“No！他是我们全世界的骄傲。”

◎铁骨香心一方膺

李方膺生在南国。那时他只是个读书人，出将入相那些书他得读，铸就文人风骨的诗词歌赋他得修。南国春来得要早，春寒料峭里梅花就缀满了枝头。手握书卷一册，李方膺逡巡在苏杭的幽径怪石之间，一枝梅花横斜，又一枝独立。一枝枝梅花是芳香的丛，一朵朵白梅像漫天的雪。李方膺是那样喜欢梅花，傲寒独放，冰清玉洁。穿行在梅花丛中，他感觉梅花是世界上最干净的颜色，纤尘不染。可能他觉着有梅花的世界最美，他有时甚至认为自己就是一株梅花。那一刻他又轻吟一遍元人王冕的那两句诗，飘然离去：

——不要人夸好颜色，只留清气满乾坤。

1

李方膺不是扬州人，他生于南通。在大清朝，南通只是叫“通州”，还是扬子江边上很不起眼的一个地名。但李方膺却荣耀地进入了中国的美术史，位列彪炳史册的“扬州八怪”之一，跟赫赫有名的郑板桥与金农共同光荣与不朽着。这大概是因为他的书画风格跟“扬州八怪”那些人相似，同属于“扬州画派”。再就是他的“文人”风骨与那些人如出一辙，一样的傲岸清高、狷狂不羁。大概在李方膺的心底，“文人”并不一定要做官，文人也可以行走在卖画鬻文之间，就像他崇拜的徐青藤和陈白阳。他早就听说扬州有个郑燮在画墨兰卖墨竹，后来去山东潍县做了县令。李方膺也想走一场奇妙的丹青之旅。多少年寒窗，苦守青灯黄卷，削尖脑袋图个皇榜高中，白衣入仕，不如恣意翰墨丹青，谈笑古今，逍遥自在。

但最终改变他命运的却正是他不太喜欢的仕途烟云。皇四子胤禛接替康熙皇帝登基后，大刀阔斧整饬了吏治，网罗天下才俊，“贤良方正”的李方膺就受到了举荐。

2

海边那座县在山东，叫“乐安县”，那个地名现在已经更名为“广饶”。自雍正八年(1730)上任县太爷以来，父母官李方膺一直勤政爱民，甚得当地百姓赞誉。那时的李方膺时常觉着当官不易，这朝廷的俸禄不好拿。父母官父母官，对万千子民操的是父母的心，上上下下受得却是丫鬟的气。虽然历经康熙年间多次整治，那些老河道仍然时常泛滥决堤，让乐安县变成一片泽国。那时候的乐安县虽然一片良田沃野，每年却总有那么多人流离失所。最让李方膺头疼的是那条小清河，因为地处下游，雨季里经常泛滥成灾。这已经成了李方膺的心病，那天他和随从骑马在满地泥泞里巡视河堤，忽然一声声清脆童声唱起了童谣：

小清河，波连波
年年六月年年祸
淹死牛，泡倒屋
谁家有米能下锅
……

这童谣听得李方膺心碎，顺着声音望去，一位老人拄了拐棍领了一个红衣服的小姑娘走在要饭逃荒的路上。老人面黄肌瘦，一条花白的辫子垂在脑后，松散而凌乱。那小丫头又继续唱：

小清河，面鱼儿多
一网能打一大锅
想吃鱼汤犯了难
谁家能有干柴火……

童谣终于被李方膺和随从的马蹄声踏碎，老者和小姑娘惶恐地躲在了路边，双腿筛糠都快站不稳，小丫头更是躲到了老头的身后。李方膺勒住马劝道：老人家，这么大年纪就不要走了。他把随从随身带的几个烧饼递到小丫头手上，又握了握老头的手说：留下来，天塌下来有本县顶着。继而打马飞驰而去。

他隐约听到那小丫头在后面问：爷爷，这是谁呀？老头说：这肯定是咱们的青天大老爷。小姑娘在后面又唱上了：有了青天大老爷，再也不怕小清河。

一到多雨时节，李方膺最怕听到雷声，但他最怕的事却接踵而至，那年夏秋相接之际下起了连绵的大雨，连续几天，满天的水线子泄个不停。北面那几条河道终于不见了，而是和周围淌成了一片汪洋洪泽，房倒屋塌，灾民肿胀的尸体四处漂浮。

大雨如注，县太爷李方膺和随从披了蓑衣打了伞艰难地跋涉在大路上的烂泥里。四野一片哀嚎，放眼望去，遍地波涛里许多灾民都爬上了树杈和房顶。一阵哭声传来，苍凉凄厉，像尖刀刺啦啦划开雨幕。地势稍洼处一座房顶屋脊还露出水面，四周已是一片洪水汹涌，有个小姑娘在上面惊慌失措地爬来爬去，是那个唱童谣的小姑娘吗？又不太像。形势万分紧急，李方膺把马鞭挥向随从：快去救人！但是怎么救？这四野洪水滔滔，连条路都没有。

须臾间，那间草房由于在洪流中浸泡已久，坍塌四散，房梁屋檩很快就被漩涡卷了个无影无踪，小姑娘身上那点红在泥流里翻滚了几下就不见了。眼睁睁看着人被冲走却无计可施，李方膺立在那里好久说不出话来，任凭雨水像鞭子抽在脸上。

3

天终于放晴，李方膺李大人的官靴官服上也溅满了泥沼，几天来的奔波操劳让他的步伐明显沉重了许多。那条大路上逃荒的人群络绎不绝，陆续有人踉踉跄跄倒在路边烂泥里，再也没有爬起来。李方膺知道，这样下去，他的乐安县将变得没有人烟，大水退去，粮田也将无人耕种，会是一片蛮荒原野。他站在路上不停地劝阻：留下来，去跟我修筑堤坝。但满眼面容枯槁的饥民又有几个能拿得动铁锨锄头？呈到青州府要求放粮的公函还是没有批复，李方膺心急火燎，唇上都起了血泡。

救命要紧，李方膺顾不了那么多了，他决定开仓放粮。但那是皇粮，未经上面恩准就把这粮食分了，等于从爱新觉罗家牙缝里抠出了米。李方膺是犹豫过的，但他又一想自己脑袋上这红顶官帽本来就是皇帝老儿送的，顶多还给他就是。要说怕牢狱之灾性命之虞，看看这饿殍遍野，他觉得自己已经是个罪人了。他李方膺现在想的不是当一个好官，而是觉得自己即便是个江湖侠士，也该劫富济贫。

县太爷放了粮，动用库存皇粮 1200 石以工代赈，修筑堤坝，终于把那滔滔洪水困在河道里向了东，灾情缓解了。但他却把上司青州府给得罪了，你李方膺没人领导得了，未经批复就擅自放粮，哪里还有什么王法？一纸文书弹劾到河东总督田文镜那里，田文镜知道李方膺是圣上举荐的，竟然未予置理，反说李方膺胆识过人做得对，有功无过，上奏朝廷为李方膺请了功。

李方膺知道，只要政通人和风调雨顺，这乐安县就是一座大粮仓。从大禹开始，治水就能兴国，兴修水利就能安邦。在乐安县任上的那些日子里，李方膺走遍了这里的水网河汊，分洪河、支脉沟，还有那条经常盘桓改道的淄河。他率领本地的老百姓筑堤修坝，疏浚河道。他要让那些河服服帖帖地排涝防旱，要让它们造福于百姓，而不是遗患人间。尤其是那条小清河，它温驯了，老百姓的日子就舒坦了。

李方膺踏破多少双官靴，风餐露宿在堤坝上度过了多少个日夜，慢慢地，他摸透了这小清河的脉搏与脾气。县衙里清影孤灯，多少夜晚秉烛夜读奋笔疾书，关于小清河的治理，他终于完成了自己的著作《小清河议》。还有另外两部：一部是关乎民间疾苦的《民瘼要览》，一部是《山东水利管窥》。大清年间县令是最小的一级官员，但李方膺觉得这官再小，担当也得是朝廷的万世基业与天下苍生福祉。尤其是那民间的疾苦，他历历在目，已筑成胸中块垒，让他笔下愈发沉郁乖张。唉，谁让他的字是“晴江”，却偏偏看到这洪水肆虐，祸害苍生？他翻看一下这乐安县老旧的县志，又被这块土地的历史与文化所吸引了，他开始喜欢甚至热爱上了这儿的风情与人民。这里，原来是如此地具有传奇与底蕴，乐安乐安，应该是多好的地方，在自己治下老百姓这日子过不好，他有愧于这片广阔富饶的沃土。于是，雍正十一年(1733)，新的《乐安县志》被他重新修订完毕，对自己任上却没有一字的贪天之功。

李方膺的政绩答卷是令人满意的。他不顾自己的仕途荣辱开仓放粮，救了许多灾民的命，这让乐安老百姓感恩戴德。在他的带领与治理下，乐安县开始稳定与繁荣，许多背井离乡的农人也陆续回返重新耕种。他本人也因功升任莒州知州。

4

青天大老爷李方膺要走了。听到这个消息，乐安县的父老乡亲夹道欢送，挤满了那条大路，成坛的烧酒，成筐的鸡黍点心。李方膺那一刻是荣耀的，他的内心激情澎湃。一个好官的光环让他感觉自己不只成了一个英雄，还像是成为了一个让人认可的大画家。但做官与作画是不同的，做官需要服从与纪律，而作画需要豪情与自由。

那天送别李方膺的队伍绵延了好几里，他对百姓们的馈赠分文未取，一枚未动。从乐安县离任，他的马车上除了几卷铺盖就是书。最后作别，李大人接过一碗烧酒豪饮而尽，又将一碗洒进了脚下这片热土，以祭地公天神保这一方平安无事。抱一抱拳：诸位莫送，后会有期！上车扬尘而去。

艺术家李方膺的仕途注定不是一帆风顺的，可能在他心目中，做官与作画都不拘小节才好。更要命的是，他似乎习惯了自己的判断而不去领会上级的意图，这结局可想而知。似乎他李大人这官是为黎民百姓当的，而不是为上级州府。在抗拒总督王士俊的“垦荒令”的时候，他忘了自己只不过是兰山县(现在的临沂)一个县令。

大清朝的赋税是根据每户的田地亩数来征收钱粮的，把垦荒作为成熟的田地上报亩数，无疑会大大增加老百姓的负担。李方膺认为这是“借垦地之虚名，成累民之实害”，上书直陈弊端。只是这新任总督王士俊已不是田文镜，人家现在正立功心切。兼任河南巡抚河东总督的王士俊对付不听话的下属向来斩钉截铁甚至心狠手辣，一纸文书就让李方膺罢了官，把他投进了青州府的大狱。

这场冤狱一坐就是三年，等李方膺重新看到了外面的天空，已是乾隆年间。那个总督王士俊终因为虚报垦荒田亩数被乾隆爷罢了官，赶回老家去了。

青州府的大牢跟许多大牢一样，昏暗潮湿，遍布虱虫。县太爷李方膺在铁窗里饱受欺凌呵斥，手戴镣铐时常孑然独立。铁窗外一枝梨花横斜过来，开了三次，又落了三次。山东的早春要寒冷许多，但那株梨花如云似雪，纷纷扬扬，让李方膺很容易就想到了梅花，扬子江边上他的家乡……

李方膺无数次对着那枝梨花陷入沉思：原来这梨花和梅花一样，枝头绽放都只是短暂一瞬，它们终是要“零落成泥碾作尘”，归于尘埃，哺育芬芳。

李方膺的冤狱一直是受百姓关注的，这在当时正是震惊朝野的“兰山冤案”。乐安、莒州、兰山一带的老百姓知道他们的李大人是为老百姓而获罪的，纷纷去青州府探视。狱卒不让见，老百姓就把带来的食物钱财往监狱的高墙里扔：

李大人，小清河的面鱼儿。

李大人，兰山的煎饼。

李大人，乐安的肴鸡。

那些人带来的酒坛子把监狱的大门和过道都堵上了。高墙内的李方膺看到铜钱、烧饼、馒头不住地从高墙外飞进来，把房顶的瓦楞都填平了，虽然他一点都得不到，但嘴角仍泛起一丝浅笑，让人不易察觉。双手把持铁窗，这一切或许让他更加坚定，在政治的妥协与民间的疾苦之间，对于自己的选择，他不曾后悔。

被解救的李方膺职位仍然是县令，只是已调任安徽。李方膺可能是倦了，他需要调整，包括自己的理想与追求，遂托辞回家侍养老母而不就任。

5

李方膺在家守丧六年，这时他的父母已经双双去世。守制期满，他不得已再次出来做官，先是潜山县令，后去了合肥。

李方膺不明白，这大清国朗朗乾坤却总是有救不完的灾民，一群群衣衫褴褛面黄肌瘦，安抚下这批又起来另一批。合肥县闹饥荒，李方膺还是按在乐安县的做法，奋力抗灾，以工代赈，治水兴农。于是他又逐渐稳定住了局面，各地百姓不再背井离乡逃荒要饭，而是留下来与老天爷斗法，春耕秋种。这是否抢了别人的风头，李方膺无从知晓，只是隐隐感觉，一场横祸又离他不远了。

清官李方膺又一次以“贪赃枉法”的罪名被抓走了，虽然最终查无实据而放人，但这官司一拖又是三年，弄得他身心俱疲。李方膺再也不想做官，决定弃官回乡。他忽然感觉这大清国的江山社稷早晚得完，光靠清官是拯救不了黎民百姓的，也医不好这大清国的满身脓疮，就像一朵梅花落在酱缸里，最终会落个满身腌臢。跟在乐安县一样，他独自牵马离任的时候，当地老百姓还是扶老携幼出城相送。他知道这是自己最后一次跟百姓们作别，虽然心寒如霜，好在内心无愧，他唯一的遗憾是为他们做得太少而不是太多。那天阳光灿烂，刺得他有点睁不开眼，光芒闪烁里他忽然看到郊外金黄的麦浪像匹匹绸缎在翻滚，马上就是一片丰收景象，心头五味杂陈却又是一阵喜悦，压抑不住，一首七言诗脱口而出：

停车郭外泪潸然
父老情多马不前
茅店劝尝新麦饭
桑堤留看小秧田
一腔热血来时满
两鬓寒霜去日悬
不是桐乡余不住
双亲墓上草芊芊

6

自隋唐以来，扬州即以经济繁荣著称，长江与大运河在这里交叉，地处要冲，于是就成了南北连接的交通枢纽，南来北往，客商云集，位于苏杭“鱼米之乡”又加上当地盐业发达，成为大清国重要财政来源盐业的转运地。历经康熙、雍正、乾隆三朝治理，那时的扬州是一片盛世景象。

英国有个叫威·柯珀的人说过：哪里的港口最繁忙、贸易发达，艺术就在哪里兴旺。那时的扬州是繁华的，金山顶上总是承载梦想最多的地方。到扬州去，纸醉金迷夜夜笙歌里起码饥饿会少一些。富贾名流一掷千金，那里处处流淌的是白银交易的哗哗声。过气的官僚、落魄的文人心里都装着一个扬州，那里将是他们新生的摇篮。诗文书画总是有钱人附庸风雅标榜身价的尤物，跟“八怪”里其他那些人一样，李方膺也是这么想的。

扬州的码头上时常会走下一个身材瘦高颀长的书生，形单影只，面容沧桑孤苦伶仃，总是背了布裹。也许会有人认出他来——那个人就是昨天的县太爷李晴江，他又来扬州卖“梅花”来了。

扬州是有钱人汇集的地方，他们可能是需要名家字画来装点门面的。但总是外来的和尚会念经，享誉当时画坛且占有统治地位的是正统画派的“四王”“吴恽”，而不是跑江湖的“扬州八怪”。这帮人太“怪”了，一个个清高倨傲，连画都是，一堆堆枯树怪石，漆黑嶙峋。喜欢书画对那些有钱人来说无非是一场标榜身价的竞赛，谁会喜欢一帮宦海失意者的墨迹呢？那帮落魄的文人是那样卑微与寒酸，有多少人理解那番泼墨淋漓正是一腔高洁的文人风骨与情怀？

汪士慎、金农、李鱓、黄慎等人的扬州卖画史实际上就是一部部血泪史。“扬州八怪”是一个传奇，但注定也是一幕幕失意文人的辛酸和呜。

跟“八怪”里许多人一样，李方膺的卖画之旅走得异常艰辛。做了二十年县令，他竟然无田无产，在南京借了项氏一家庄园容身，所以他自称是“借园”主人。一趟趟扬州跑下来，总是少有人问津。他的个性也很难讨那些达官贵人们喜欢，放下身价委身街头檐下把画作摆在路边，用砖头瓦块压了，他是那样一脸寒酸与悲凉，人怪画更怪，惹来路人指指点点，他的生意可想而知。

7

昨天的县太爷沦落到看人脸色卖画谋生糊口，而且经常饱受饥馑，不知李方膺可曾后悔过。但从他传世的作品上看，那段日子却是他最熠熠闪光的时刻。他的前半生是为别人而活的，为了朝廷，为了黎民百姓，而现在他是为自己。他总是不停地画梅花，画松竹菊兰，参以怪石狂风。那是画吗？那是自己这一腔豪气干云铮铮傲骨，那是一身正气凛然冰清玉洁的君子之风。南方的梅花总是如期地开了，早春时节他的“借园”里枝头又缀满了冰肌玉骨。这时的李方膺全然忘记已经多少天无米下炊，肚子也感觉不那么饿了。他是个饱尝牢狱滋味的人，饿几天肚子又怎能击倒他呢？正好让这一身铁骨更加坚硬瘦削，更像那梅枝嶙峋坚挺。他忘情地穿行在梅林中间，把一枝枝临在纸上，把一朵朵记在心里。

“触目横斜千万朵，赏心不过三两枝。”饥肠辘辘的李方膺抵御饥饿的办法竟然是画梅，饱蘸墨汁宣纸上提按回转，力透纸背，圈花勾蕊，一枝俏梅跃然纸上，顺便题诗一首：

十日厨烟断米炊
古梅几笔便舒眉
冰花雪蕊家常饭
满肚春风总不饥

李方膺的卖画生涯在艰难地持续，他的画风陆续得到许多名人的推崇。板桥道人郑燮就特别喜欢他画的墨梅，称其为“领梅之神，达梅之性，挹梅之韵，吐梅之情，梅亦俯首就范”。当时有个大篆刻家丁敬，千金难求一印，却独自为李方膺刻过好几方。还有居住在南京的大诗人袁枚，也与李方膺交往甚密。

投身于翰墨丹青中的李方膺，在卖画生涯中坚持了五年。他在民间本来口碑就好，有很高的赞誉，一个对万千灾民与洪水都有办法的人，想必自然也会慢慢解决自己的衣食。纵然他生活得仍然窘迫，但有梅花风竹做伴，其间也不甚怏哉。他是否会想起昔日那些箪食壶浆相送的乡亲们？是否还会忧思于天下苍生芸芸众生？这不得而知，只是在他的画上发现这么一首诗：

挥笔落纸墨痕新
几点梅花最可人
愿借天风吹得远
家家门巷尽成春

三十年宦海梦断，流落江湖谋于稻粱糊口，想必李方膺也经常是 声叹息的。已是暮年悲华发，李方膺回眸望去，一把把荣辱不堪却又不失悲壮。苦涩虽多但也有些许欣慰，俯仰之间，他依然无愧于天地，未形秽于他一生为伴的梅兰竹菊。于是他又铺好纸，提起笔，纵情涂抹于缟素之间，几竿风竹须臾而成，一派劲直君子之风，又题诗云：

波涛宦海几飘蓬
种竹关门学画工
自笑一身浑是胆
挥毫依旧爱狂风

8

李方膺最后的归宿仍是南通。他病了，逐渐吞不下饭食，他得了“噎疾”，只能靠粥水维持。上门问诊的大夫一声叹息说：“此怀奇负气，郁而不舒之故，非药所能平也。”其实那种病也就是现在的“食道癌”。那股不平悲郁之气终于在他胸腔中积聚得太久，把他击倒于病榻之上，他似乎预感到自己大限将至。

梅雨时节，南方的雨总是在淅淅沥沥，天地间一片晦暗朦胧。这雨声，听得李方膺愈发烦躁心焦，睡意蒙眬里他听到不知是谁又在唱那首童谣：

小清河，波连波
年年六月年年祸
……

他似乎又看到一个年轻的自己纵马飞驰在河沿上，又看到一只小小的红点在房屋倾颓里被波涛吞没。他一声惊呼，醒来，眼角却是两条湿漉漉的泪痕……

他这一生一直在与饿肚子抗争，不是为灾民，就是为自己。到最后躺倒在床，腹内空空，仍是饥肠辘辘。已是多少日水米不进，冥冥中醒来，风烛微光里，他隐约看到房间里还躺了一条黑森森的东西，那是什么？一双病眼里李方膺看不清，拖着病体，他秉烛观看，原来是一口黑漆漆的棺木。李方膺一阵晕眩，急忙扶枢而立，满腔凄苦哽咽出一阵急咳，顿首摇头不停地在棺盖上拍打。他知道，自己很快就要睡在那里面，最后的暗无天日，不见一丝光影。

上天对他太过苛刻了，连留给他的时间都这么吝啬。李方膺只有六十岁，如果上天再给他十年，即使是五年，他还能做多少事，他热爱的丹青道业将能攀上怎样的高峰，他留在史册上将会是更加灿烂的人生图卷……第二天，家人发现棺木上多了一行字迹，主人那颤抖的笔锋里仍不失遒劲：吾死不足惜，吾惜吾手……

9

六朝古都金陵城，那个大诗人袁枚再一次接到李方膺信件的时候，李方膺已逝去多日。信里说：我李方膺生而无闻，但借您之文光与幽宫可否？意思也就是让袁枚给他写墓志铭。闻听已是与知己老友阴阳两隔，风尘两绝，大诗人掩面抽泣，老泪纵横，他该用怎样的言辞描述他的晴江兄激荡又悲苦的一生？手中战栗满纸泪迹里还是题诗一首吧：

傲骨郁作梅树根
奇才散作梅树花
孤干长招天地风
香心不死冰霜下

◎布鞋

一双布鞋是有生命的，它也是逐渐成长起来的。它最后能成长为一双布鞋，离不开爱，更离不开关怀。在很多时候，它也像个婴儿，养大婴儿的是母亲，做成一双布鞋的也是母亲。

那些年在一个个乡村里，一双布鞋代表的还是一把把的日子。一双布鞋穿在脚上很快就旧了，会有破裂的那一天，鞋面鞋帮会磨损出窟窿，这对母亲们来说是紧迫的。一双破鞋子穿在家人的脚上，是母亲们的失职；一双破鞋子可能间接说明一位母亲是懒惰的，哪怕是式样不够好看，都会让一位母亲颜面尽失。

春暖花开了，家人脚上的一双双布鞋还新着，地里还没有什么活计，母亲们该干什么呢？也许一位母亲的使命就是做鞋子，就像养活儿女一样，那年月针线簸箩就像母亲们的地头，从田间归来就得缝缝补补，就得浆洗衣被。

在母亲手中，没有一块布片是多余的，哪怕再小，甚至没有巴掌大。一锅玉米糊糊打出来，一块块地拼接，一层层地黏合，打出一张张糨被，贴上门板，在太阳底下晒得板正挺括。“刺啦”一声，一张张糨被被揭下来，各种颜色的破布花花绿绿。一张张糨被像春天里的苗圃，又像母亲笨拙的画卷。

夹叠着各种鞋样的往往是一本厚书，母亲们大多看不懂书，在她们眼里，这一岁岁的日子已经是一本厚书了。母亲们总是拿着一张张鞋样在糨被上比，这里剪一双公公的，那里剪一双丈夫的。最让她们头疼的是孩子们的，去年的鞋样肯定用不上了，等一双鞋子做出来，那些孩子们的脚板肯定又长了不少。但一位母亲肯定不会为此苦恼，她最开心的莫过于孩子们的成长。

糨被被依着鞋底的形状剪成了一层层，都散着脱落的毛边，这不要紧，母亲会用雪白的布包上去，就像她们的生活，需要光鲜的外表，里面裹着的是一把把粗鄙的日子。

春天是那么短，夏天很快就到了，一层层糨被摞起来就有了鞋底的形状，变得不再粗糙，雪白的棉布把那一把把的破碎裹进雪里。从来没有一位母亲会为纳鞋底而感到累。明晃晃的金属顶针套在中指上，针锥握在手心，从厚厚的鞋底扎进去，再把小一些的银针穿过去，麻线在她们手中拽得刺刺啦啦，拽过去再挽上手指紧上一紧。从来没有一位母亲拥有纤纤细手，她们手上的老茧一层又一层，哪怕银针不小心扎到手心，也不会感觉到疼痛。一位乡下母亲如果像城里人一样细皮嫩肉，多半会惹来其他人的指指点点。

一张鞋底到底需要多少结实的针脚呢？没人说得清，就像天上的星星一样，每颗星星可能都有自己的心事，每个针脚也一样，前掌和脚跟肯定要密实一些，脚心肯定要稀疏许多。这样一双鞋底既有母亲们的汗水，也不缺少巧妙的心思。

房前屋后，街头树下，纳着鞋底的母亲们是幸福的，手掌上下翻飞，嘴里却唠着家长里短。连树梢的鸣蝉都怕被遗忘，扯开嗓子一声声地叫着，但仍然掩盖不了那片欢声笑语。

一双鞋子有底就有面，再把那一张张糨被拿出来，还是从那本厚书里把鞋样抽出来。剪出鞋面的轮廓，连同那些崭新的布料，都被剪成平面的雏形，粗布是夜的黑，条绒闪着星辰的光。

已是金秋，坡里的活计要忙，庄稼要收，这一双双鞋子何尝不是春种秋耕？一天的劳累下来，母亲们已是腰酸腿疼，但看着家人脚上的鞋子早已破旧不堪，总觉着日子紧了。一双鞋子透了风，凉的会是心底，就像田野披满了霜雪。

一盏盏油灯下，母亲们把那鞋面一针针地缝，用糨糊一张张地粘。一盏油灯像一只跳动的飞蛾，不能离得太近，否则油烟会把手中的雪白熏黑。听说很快就能用上电灯了，想到这里，老眼昏花里都漾起笑容。当一个个小村庄都通了电，穿布鞋的日子也会越来越少。

在村庄，冬天从来就不像假期，田野早已陷入冰封，日子肃杀了不少。“针尖大的窟窿牛头大的风”，窗户纸一会被吹成一面鼓，一会又瘪成一面瓦，寒风在外面怒吼，小土房就像破风箱。这个时候，还有什么比家人穿不上棉鞋更令母亲心焦的呢？鞋帮得尽快上到鞋底，把铁扣儿砸进去，把鞋带穿进去。家人的脚板不凉了，这母亲的心里就暖和了。

年轻姑娘们可能很早就参与做布鞋了，她们会梦想有一天深情地向心上人献上一双布鞋。当娘的会手把手地教，这里不能紧，那里不能松，鞋面和鞋底就像一对夫妻，配合好了就会是舒适的日子。一双鞋子总不乏哲理，会做鞋子的女子，终究会成为母亲，有多少粗涩的岁月等她去熬，有多少双鞋子等她去做。

鞋子是用来丈量路程的，一双双鞋子里是母亲们一季季的年华。母亲们会在一双双鞋子中老去，她们总是习惯性地把针尖伸进发髻打磨一下，似乎毫不在意那里的一片灰白，就像她们从来不会在意失去，而总是收获欣慰。

一双双布鞋摆在面前，每一位母亲都会由衷地满足，单的、棉的，就像日子总有宽厚与拮据。她们会让孩子们把鞋子试上一试，如果夹脚，就把一捧捧粮食盛进鞋子，让它饱满起来。她们在等过年的那一刻，到那时，每个人的脚上都有她们的盛情演出。

鞭炮声终于响起，一座座乡村终于上演了大戏，一双双崭新的布鞋穿梭在大街小巷，雪白的底，漆黑的面，就像无数个白天与黑夜。那些人肯定在一双双布鞋里走过了遥远的路程，是布鞋让他们懂得了人生，更懂得了这片深情的土地。

（原刊于2019年2月22日《大众日报·丰收》。有改动）

◎吉祥鸟

作为鸟类的一种，喜鹊无疑是骄傲的，这种骄傲来自于人类对它的态度。它的神态同时在告诉人们，它是完美的。它的羽毛如漆似炭，黑黝黝泛着金属一样的烤蓝，偏偏那腹部又像素雪，铺满洁白，翅膀上对称的两块白色像勋章闪耀。黑与白是两种对立，又是两种极致，喜鹊的姿态是在矛盾的对立中绽放的优雅。

喜鹊往往在人类的视野中翩然落地，自信而又从容，大摇大摆展现着自己的存在。对于喜鹊而言，人类总是投以温润的眼神。在很多时候，它不只是一只鸟，而是一种图腾，人们听到它的叫声会认为这是一个美好的日子。喜鹊“报喜”了，一定会有幸运的消息降临人间。一只喜鹊在枝头叫上几声，一处乡间的院落就有了欢腾，祥和与期望会弥漫开来，从而荡漾出很远。

于是，一种鸟儿有了炫耀的资本，它们甚至不再惧怕人类，猎枪和弹弓也极少会向它们瞄准。它们已经被奉为“神灵”，这与那些经常被屠杀的鸟类相比，绝对是难以想象的尊重。许多大姑娘小媳妇会在窗花上剪出喜鹊的身影，辅以一枝腊梅，红彤彤的时光里多少心儿都醉了。

一种民俗里的象征在很多时候难登大雅之堂，但徐悲鸿和齐白石这样的大师却不厌其烦地把这种题材涂写于宣纸素笺之上。一种传说夹杂着向往传承了许久许久，有关于神话，有关于爱情——善良的喜鹊们会成群结队搭起“鹊桥”，让牛郎织女的思念和牵挂不再凄冷。

人类的世界需要花香，更需要鸟语。喜鹊是那样爱叫，叽叽喳喳，像巧妇忙于剪裁的剪刀声响。它们总有说不完的话，像一群妇人总是聒噪于家长里短的琐碎。似乎这人间的事儿，它们能掌握太多话语权。它们已经坚信，自己与人类是和谐的存在，这个世界是人类的家园，也是它们的家园。

作为喜鹊来说，它们与这个星球上的许多居民一样，对“家”有着强烈的渴望，一个温暖舒适的小窝总是最现实的理想。喜鹊像极了这个世界上的许多女人，善于歌唱与言说，却从来不是懒惰的一群。每一只喜鹊都在忙碌于“家”的构建，它们终日奔波在田间林中，四处觅食，寻找每一根落地的树枝。一个“家”需要太多枝条了，有些粗壮的树枝它们甚至拖不动，需要用力挥舞翅膀才能向空中腾飞。家，从来都是凝聚汗水与心血最多的地方。

它们总是寻找一处最高的树杈，那往往是人类或其他动物难以抵达的地方。把那些枝条围绕树干横七竖八地搭，它们总能够寻找到最合理的角度，以及最有力的支撑点，让那些树枝牢固连接，甚至它们会用自己的喙与爪子把一些树枝取直或弯曲，甚至截断。在“家”的建造方面，每一个喜鹊都是完美的工程师，虽然他们的作品看起来是那样粗糙与凌乱，但纵使野外的狂风是多么肆虐，从没有一个喜鹊的巢穴从树顶坠落。家必须是安全的，一个家安稳牢固了，才能幸福地产卵与孵化，让一只只小宝宝羽翼丰满，飞离鹊巢。

它们是喜鹊，一只喜鹊的一生不是在筑巢，就是在觅食喂养自己的儿女，繁衍出一代代和它们同样宿命的子孙。一些树木在冬天总是光秃秃的，裸露着躯干，喜鹊们的家就暴露在枝丫中间，黑乎乎像天外坠落的陨石，又像一枚枚沉甸甸的坚果。

“家”在这个世界上属于一种“昂贵”的标配，或者说，房产似乎已经是“家”的必要条件之一。居民的话题里总是过多涉及“产权”“装修”与“面积”。许多人的家越来越漂亮，像一枚枚好看的商标张贴在空中。高楼大厦正像雨后春笋，让城市的身躯日益妖冶。那些用“金钱”拼接起来的高楼总泛着钻石一样的光，豪华的玻璃门窗折射着时代的风云变幻。

近来，一座高档住宅社区突然出现了几只喜鹊，叽叽喳喳，那些朝九晚五的上班族总是过早地被它们吵醒。它们是“吉祥鸟”，但与楼盘高贵的西洋名字却是那样不搭调。它总归是民俗文化里的明星，而这高档社区处处浮雕岩柱，满满的欧式风情，浓缩的是西方贵族式的向往。

一根华丽的灯杆高高挺立，上边几枚造型漂亮的灯像花瓣依次绽放。两只喜鹊被这漂亮的灯杆所吸引，不停地围绕盘旋。终于，它们拖着树枝往上飞去，它们一定在想，把自己的家搭在上边，那一定也是贵族式的理想生活。

昂贵的汽车把小区各个角落塞满了，不知从何时起，一些肮脏的鸟粪经常落在汽车上。业主抬头看到喜鹊衔着树枝从天空掠过，皱起了眉头。

这天早晨，一位漂亮的少妇突然发出阵阵尖叫，原来灯杆下爱车的挡风玻璃上鸟粪堆积成一片狼藉。她掏出手机对着物业管理人员大发脾气。物业上的工人师傅扛着梯子站在灯杆下不知所措，同时陷入沉思的还有小区里许多居民。喜鹊是“吉祥鸟”，但一根洋溢着罗马风情的灯杆顶着一个凌乱的鸟窝，杂草与树枝胡乱堆积，就像贵妇变成一个蓬头垢面的村姑。这该怎么办？吉祥鸟用一次入侵宣告它跻身于寸土寸金的城市生活。那位工人师傅最终扛着梯子返回了。他说你们竟然容不下几只鸟，那可是喜鹊，在我们老家，喜鹊就像一位传播福音的邮差。

那个鹊巢最后还是被清理了，一个呕心沥血建立的“家”被毁灭后扔在地上，凌乱中那个牢固的小窝依旧完整，几只鸟蛋滚落一边，裂痕里淌出生命的胚胎。灯杆又恢复了往日的华贵，变得亭亭玉立。从此这座高档社区没了喜鹊的身影，许多人已经不相信喜鹊能给他们带来吉祥与好运。

在一个清晨，一座高高的通讯信号塔上面，一只喜鹊从鸟巢里钻出。它开始打量这座城市，这座城市从晨曦中醒来，将很快淹没在车水马龙的喧嚣当中。喜鹊不会明白这里到底承载了什么以至于如此拥挤，我们也不会知道喜鹊是否庆幸自己在一座城市拥有了一块立锥之地。它只是潇洒地从高塔纵身跃下，向着太阳升起的方向飞去，它好看的翅膀就像折扇，划过一条美丽的曲线。

家住淄河沿

◎家住淄河沿

那时我们不知道那条河为什么叫“淄”，也不知道它从哪里来。我们曾经爬上树梢往南看，它蜿蜿蜒蜒而又缥缥缈缈。蒸腾着雾气，荡漾着波光，一股脑地流淌过来。时急时缓，一路向北，连同我们的梦想一块带到地平线那儿。长大后才知道，淄河只是条小河，它发源于博山。蒲松龄的老家是“淄川”，战国时齐国的故都是“临淄”，那个“淄”指的就是这条河。原来它已经流淌了那么多年，从我的老家广饶县汇入小清河，在那块版图上犁出了那么清晰的经络。

春

顺着河，两岸一直有柳林在蜿蜒。或者是，河一直在柳林里穿梭。柳在河里，河也在柳里。三月里春风一吹，那河的两岸就滚起了起伏的碧涛。蓝天白云印在河面上，河面就像一带蓝色的印花布，在河沿上一个个错落的村庄中间婀娜地扭动着腰肢。“泥猴儿”九斤就说，河像我们村的围裙。双凤却说，明明像我们村的围脖。

“七九河开，八九雁来，九九八十一，家里做饭坡里吃。”柳条儿一绿，生产队就该上工了。休养了一冬，筋骨好像都锈了，好在这精神劲儿倍足。70年代的那些个年月，日子是寡淡的，但生活却是充满向往。正是青黄不接，粮食瓮子眼看着快要见底，但好在有春天，肥嘟嘟的榆钱，满树的槐花和香椿芽儿，和着玉米面子窝窝头，就着地瓜糊糊萝卜粥。虽然清苦，但总算有些许清香。

春天是播种的季节，也是一垅地头的起点。终于可以脱下裹了一冬的棉袄，换上“褂子”。那“褂子”已是浆了又洗，洗了又补。补了前襟，肘上又磨出了窟窿。补丁摞补丁，针脚叠针脚。再洗上一遍，迎着阳光一照，纤维比篱笆都稀，比发丝都细。实在不能穿，也不能扔。扯开了，撕烂了，打上一锅玉米糊糊，一层布抹一层糨糊，压合成厚厚的一层，贴到门板上晒干，绷得挺括平整，做鞋用的“糨被”就这么出来了。

“等到冬天，生产队里兑了‘工分’，就给你们截一身新的，一个补丁没有。到那时你们也有新鞋穿了。”冬里盼春，夏里盼着秋冬，原来只要有盼头，这日子就过着有劲。生产队里上完工，母亲们打了糨被，洗洗菜，看到我们散了学，扔过来一只草筐：去，上河边，填不满后晌（“晚上”，广饶方言）没饭！

幸亏有那条河，有绵延不绝的柳林。河边的柳条早已是缀满了嫩叶，再不折下来，就老在了树枝上。爬上树，一根根地折，然后把嫩嫩的皮连同绿叶撸下来，雪白的一根根捋齐了。等回到家晾起来，晾干后供销社就会派人下来回收。能编筐，据说还能制成各种工艺品，走外贸出口都能换外汇。

折上一截，拧上几把，把枝上的嫩皮儿往下一抽，一根柳哨就这么成了，含在嘴里吹得呜呜呀呀。先把草筐扔一边，脱了棉裤棉袄，肌肉和关节自然轻松了不少。捡起一块块瓦片，扔向河面，看谁扔得最远，打的水漂最多。然后才会顺着河沿往北去，河岸土坡上一棵棵鲜嫩的野菜正拱出来，粘着细细的茸毛儿，怯生生的。挖回家，掺进玉米面地瓜粉，蒸出的窝头就松软多了。要不，那玩意粗糙得都能拉破喉咙眼儿。这里一棵，那里一棵，谁先看见的，就是谁的。要都说是自己先看见的，必然会争个面红耳赤。

等那轮夕阳眼看着被远处那片树影吞没，大片大片的晚霞就像烧红的烙铁挂满了西天。母亲们站在村口扯开喉咙拉长了调门——钢蛋铁柱花儿秀儿……吃饭咧！伴着柳哨儿奏出的小曲儿，顶着夕阳披着晚霞往回走，向着已经缭绕在炊烟里的那个村庄。我们竟然都有两个影子，一个在河水里晃动变幻，一个长长地拖曳在夕阳的余晖里。臂弯里的草筐有的盈满，自然也有的空空如也，怕回家挨骂，只能偷偷去农田里扯上几把麦苗。

这条河从哪里来，又流向哪儿？有人问。

“这你都不知道，从南京来，一直流到北京……”

夏

夏日里的阳光像一把把火炭洒下来，柳林里知了的嘶鸣像一阵阵起伏的热浪。那条河在阳光底下，像一面印着花儿的毛玻璃，那些跳动的光斑耀得眼都睁不开。为了躲避日头，中午生产队也是不上工的，但母亲们很少午休。那些糨袯已经被比着鞋样剪成了一层层叠加起来。三五成群，坐在河沿的树荫底下，母亲们拽动着麻线“哧啦哧啦”地纳着鞋底。扯东扯西，侃着一些不咸不淡的笑话。

夏日里泡在河水里的少年们是幸福的。有老人说，淄河沿上的孩子是淹不死的。不用说在多数时候，河水平缓得像匹柔软的棉布。那些从农田里钻出来的“社员”也都耐不住溽热，扑通扑通往河里扎，日子虽然清苦，但幸好有这条河。

充满诱惑的更是水中各种各样的鱼儿。生产队生产粮食，但粮食在乡村却是那么金贵。黄灿灿的麦子收下来，多数被装上马车，送到公社，送到城里，变成了城里人的“商品粮”。葱油饼和“白面卷子”可能是要吃上几顿的，但多数时间里仍是窝头与地瓜。幸好那条河里有少年们成长所需要的蛋白质。怎样把河里的鱼儿变成桌上的美味？撒欢似地抡开渔网，或者是找块破旧的纱窗或蚊帐布，绑在长竿的一头做一只“戳网”，在河水里捞来捞去，总能有所斩获。巴掌大的鲫鱼会令我们喜出望外，几寸长的“鲢子”也是一种满足。那些泥鳅眼看着在泥里钻来钻去，可怎么就是抓不住，又软又滑。于是就用一个玻璃鱼瓶，口小肚大，放上一点麦麸，再滴上几滴油花，放在浅水里，那些泥鳅就会顺着香味钻进去，却再也游不出来。大闸蟹的老窝总是藏在那些黑黑的烂泥深处，费尽周折，也总是能掏出几只来。但那东西不好惹，不小心就被它夹住手指不放，一气之下，摔在脚底下，踩个稀巴烂。

一条几尺长的鲢鱼在浅水里游来游去，背鳍都露出了水面，不禁引起一阵惊呼。几个家伙一哄而上，一通水花翻腾，终于抱在怀里，几个人像打了胜仗抬着往岸上走，本以为会有一顿饕餮大餐，却没想到被家长们卖到了公社里的食堂，奖励他们的只有几个作业本。

秋

秋是收获的季节，田野里已经变得萧瑟与荒芜。玉米收了，虽是粗粮，分到各家各户最多的仍然是地瓜。生产队的磅秤就放在地头，刚出土的地瓜被一堆堆分下去。从今冬到明春，又要靠地瓜维持下去。地瓜堆在院子里，谁家的“天井”都变得狭小了。把地瓜洗上一洗，一刀刀地切，或在镶了刀刃的擦床上“擦”，圆圆的地瓜，不规则的地瓜，变成了一片片，雪白雪白。夜里除了淄河里的水声，整个村落飘荡的还有切地瓜的声响。等晨曦从雾霭中醒来，房顶屋檐，街巷场院，到处晒满了白花花的地瓜干。冬天还远，那些个村庄却已似落满了霜雪。

地瓜切削了个差不多，还是要留上一部分的。就在房前或者屋后，刨一眼深深的地瓜井，把地瓜一筐筐存进去，这样就能存到来年，甚至到麦收。到那时的地瓜会变得脆甜脆甜，都不输苹果桃梨。一双双鞋底纳好了，那一张张糨被，又被母亲们剪出了鞋帮的雏形。一块块浆染好的织布或是条绒粘在表面，放在手里，仔细地端详，生怕这里不好看，又怕那里会夹脚。

地瓜有了，要准备过冬。但生产队分下来的柴火肯定不够烧，那年月大多数作物的秸秆生产队里还要喂牲口。“柴米油盐烧”，缺了哪样都吃不上饭。散学了，又把草筐给孩子们扔过去，还是那句话：去，填不满，后晌没饭！

那片柳林已经被一堆金黄的发髻堆砌起来，妖娆着绵延。秋风一过，柳林里飘洒着枯黄的细雨，满地软软的一层。树顶上开始没了茂密，越来越稀疏。秋日里的阳光是金黄的，太阳在树影的飘摇里不断地闪烁，于是长短不齐的光芒让柳林显得很迷乱。用柴筢子搂着地上的落叶，心思却随着那条河水流向了远方。筐满了，蹲在河边望着流水静静地出神，随着河面上漾满的落叶，顺着水流打着旋儿，许多心思也被流水带到了远方。

人到底是像落叶还是树桩？岁岁的枯荣当中，理想却像那河水有时清澈，有时却又那么缥缈。每条河都有尽头，但你需要用多少双鞋去丈量，需要多少勇气走向那水天相接？

“二狗子三秃子大妮二丫头……快回来吃饭……”母亲们拖长的声调又从那个村口飘过来，于是背起草筐，背影却在秋风落叶中如此落寞……

冬

有了第一场雪，乡村少年们那个隆重的节日“年”，就离得近了。鞋底与鞋帮，终于在母亲们的手中变成了成品。单的、棉的，公公的、婆婆的、孩子的、丈夫的，每人一双。人的一生能穿多少双鞋，又能走多少路？这日子是春夏秋冬组成的，也是一双双鞋与一条条路织就的。

那点白面要等过年才能消费。地瓜干也已经晒干，嚼在嘴里“嘎嘣嘎嘣”直响。“蒸的是地瓜面，煮的是地瓜蛋，烧的是地瓜蔓……”硕大的草编锅盖一掀，满屋子的热气蒸腾。一家人围在一起，寒冬里却也吃得满头大汗。

“娘，什么时候才能不吃地瓜了，天天吃白面馍馍……”

“快了，等着吧，年马上就要到了……”

据说，生产队马上就要解散了，接下来将会是一个发展与改革的时代。那条河在那一年里也断流了，听说上游淄博境内修了太河水库。这条季节河将会永远地变成枯水河。那片柳林的命运在那一年里尚不得而知。没了河水，河床里忽然就袒露出了白花花的细沙。河岸也在大片大片地龟裂，一些鱼儿的尸骸还残存在那深邃的缝隙当中。这还是那条美丽的河吗？像花布，像围巾。那群被那条河养大的少年，经常失神地站在岸边——凭什么杀死我们的河？

寒风里一把把泪痕就滚过了脸颊。

有一个说，我们的河没走，还在那儿，它只不过是累了，睡了过去。即便醒不过来，那它也会永远在我们身体里流淌……

第五季

孙武湖碧波荡漾，湖畔绿树成荫，杨柳依依。

我们与那个威名享誉几千年的兵圣孙武，竟同属于一个老家。“孙武湖”在广饶县的版图上就像一颗耀眼的明珠，一湾明湖如镜，半城旖旎似水。现在这里已经是一片繁华的工业区，在各种产业的带动下，那些乡村变得整洁而气派了许多。绿树丛林中，掩映的是一排排整齐的红墙碧瓦，一栋栋高楼拔地而起，四处林立的是一片厂房与现代化社区。昔日那些在生产队日出而作、日落而息的农人也不见了。他们或他们的后代现在多是出入于企业与产业园的职工。

当乡村在向城镇转变，那条小河在这里的版图上似乎也找不到了痕迹。

每到周末或节假日，孙武湖边游人如织。还是有人在寻找一条小河，他们中有人问：

听说这里以前有条河叫淄河，不知它淌在哪里。

“这里就是!”一位老者用手指了指波光粼粼的湖面,“现在的这片孙武湖,就是以前淄河的一段。它又活了过来。”

于是许多惊奇的目光瞥向那片烟波浩渺。沧海桑田,岁月如梭,年华本来就似水,我们的世界总是在奔流中变迁着。那流淌的水声里,多少向往不知不觉中变成了现实,又有多少辛酸沉淀成记忆。

好在我们的世界总是越来越美好,因为那些勤劳而朴实的背影并没有远去,从淄河沿到孙武湖,恰好证明的就是这一点。

◎麻雀是一群老家的贼

那只是一种鸟儿，但它的名字却与老家联系在一起。这样在它身上就有了亲昵的味道。它叫麻雀，有的地方叫“家雀儿”，甚至有人干脆就叫它“老家”，但它更响亮的名字却是——“老家贼”。它是那样普通，普遍得更是像那些匍匐在这片大地上的子民，没有花哨的外表，却终日忙碌于食物与繁衍。

褐色的脊背，灰色的肚皮，在眼睛下面还长了两块可爱的腮斑。老家是有许多不堪与苦难的，但对它们来说不是。从这根树枝到那根树枝，从这家院子到那家院子，它们蹦蹦跳跳总是快乐的，似乎从来没有背负什么怨恨，也没有承载什么不平。人世间那些辛酸、那些显贵、那些世态炎凉，与它们无关，它们也看不懂。它们飞跃在人的世界，却有更广阔的天空。虽然很警觉，但又不想远离人类。它们很少像其他鸟儿会把小窝搭在树杈子上，它们总是栖身于人类居住的某个角落，或者是烟囱，或者是墙上某个洞穴。它们叫“老家贼”，老家对人类是家，对它们本来也是。

它们的羽毛不漂亮，不像黄鹂，也不像喜鹊。它们的歌声也不好听，总是在枝头叽叽喳喳，似乎有没完没了的话要说。有了它们的聒噪声，一个村庄才像个村庄，一家院子才显得有生机。如果没了它们的飞翔与歌唱，那这里总不像家的模样，会生出许多荒凉来，人们会感叹：这地方，连雀儿都留不住。

它们到底是吃什么呢？没人饲养它们，更没人稀罕把它们装进笼子里。前面说了，它们的羽毛不好看，也不像八哥和鹦鹉那样会说话，会有主人为它们准备清水和小米，而它们总是自己四处刨食。人们说它们是贼，说明总是有些不光彩的事情在它们身上，在庄稼地里，它们会偷取人类的谷米。沉甸甸的谷穗让它们享受一番，就轻飘飘地抬起头来。看到院子里晒满了粮食，它们就从树枝上飞下来，在粮食堆里幸福地蹦来蹦去，完全跟自己丰收了一样。它们到底能够吃多少呢？几粒谷物能填饱它们的身躯？或许是它们也知道这是不劳而获，一看见人影，砉的一声就飞走了，然后在树影里一个劲地叫，好像在辩解：我们就吃了一点点……

它们属于老家，但它们是那样怕人。人在树下一声咳嗽，它们就飞得老远。谁也说不清它们为何如此怕人，人们在庄稼地里扎个草人就把它们吓得不敢靠前。这一点不像燕子，燕子总是把自己的小窝扎在家的门口上方，大摇大摆地结婚生育。天冷了，燕子会到南方过冬。它们不会，老家在哪里，它们就永远待在哪里。它们也不像鸽子，鸽子很容易就会融入人群，广场上看见人，会落在肩头上讨要食物……

小家雀儿，老家的贼。或许知道人类是讨厌它们的，人类的世界终是属于人类，它们是客人。在田野里，它们似乎总是很警觉，肯定有个放哨的鸟儿会一声叫——人类来了，快跑！于是砉的一声，它们的身影仓皇地缀满了天空。

小时候的我们总是闹不明白麻雀是"益鸟"还是"害鸟"。有的说是益鸟，但生产队的队长说不是，说它们偷粮食吃，因为有它们，粮食才会减产。生产队的马厩墙洞上有鸟窝，里面有许多刚孵出的雀儿，队长就踩了梯子一个个掏出来，摔在地上。那些雀儿的眼睛大概从没睁开过，毛儿都没长全，嘴角都是鹅黄色的。

于是，我们也认定麻雀是"害鸟"，是老家的贼。我们的弹弓总是瞄准它们——让你们叫！一弹弓过去，一只雀儿一个倒栽葱就掉在地上。我们不稀罕它们，把那些东西的毛烧干净了，只剩很可怜的一点点，烧得黑乎乎，一点肉的滋味都没有。虽然有时我们会把它们用铁丝串在一起，长长的一大串，搭在肩膀上，挂在脖子上，但那只是炫耀我们的战绩。我们弹弓的准头用麻雀练好了，才好与邻村的那帮家伙打“攻防战”。

在冬天里，一场大雪就把乡村铺了个干干净净，许多肮脏都被大雪掩盖了起来，太阳照在上面都晃得眼疼，原本凹凸不平的大地上什么都没了，所有的一切都装进一片白花花的被窝里。那些雀儿站在光秃秃的树杈子上仿佛冻僵了，看看地上什么都没有，也懒得落到地面上来。天冷，大概这肚子里又空，它们在树枝上摇摇晃晃，仿佛一不小心就会跌落下来。

在雪地上扫出一块空地，把书包里窝头的碎屑撒在上面，几个人费尽气力把一块硕大的水泥板立了起来。那本来是给我们做课桌用的，水泥的课桌，谁的小刀在上面也划不出印记；用几块砖头一垫，又平整又结实，只是大冬天趴在上面有点凉。

那块水泥板用一根木棍支好，我们偷偷地从教室门缝里往外瞧。看见下面有吃的，树上那些雀儿扑棱棱就落在那片空地上。这时候，我们就会把那根木棍使劲拽飞……

“以后谁打一只麻雀，我罚他站一个钟头……”我们的老师挥舞着拳头，怒不可遏，那颗银色的牙齿在他嘴里闪着亮光。他说：“老家贼已经被平反了，不是害鸟，它们是益鸟！如果没有它们吃虫，那年树叶都被虫啃光了……”

听大人们说，有一年上面说麻雀是“四害”之一，是它们造成了粮食的减产，要求发动人民群众像消灭老鼠那样消灭麻雀。于是大人们拿着锣鼓脸盆不停地敲，用长杆子不停地赶，把麻雀们吓得到处乱飞，不敢落地。庄稼地里，大人们一边轰，还一边嗷嗷地叫，受惊吓的麻雀被一群群赶飞起来。

母亲说那年麻雀不见了，河边那片林子里好像少了很多东西，死气沉沉，一片黢黑。天空也变得空荡荡的，连云彩也没了飘荡的兴致。虫子忽然间就多了起来，许多花花绿绿的虫子从来没见过。树影也不再苍郁，变得稀拉拉的，没有一片完整的树叶会掉在地上，残缺着，不再有统一的形状，每片叶子上都爬满了虫子。晚上坐在地头，农田里一片沙沙响，那是毛毛虫们在啃食叶片的声音。母亲说那声音就跟养蚕似的。一片本来葱茏的绿野，却变得参差不齐，庄稼们变成一根根光溜溜的柴棍立在田野里。

生产队里不再按天算工分，而是按人均捉虫子的数量。母亲在玉米地里走一趟，身上爬满了毛毛虫，头发上也是。傍晚，生产队的场院里摆满了农药瓶子，大人们把毛毛虫从里面一个个倒出来，生产队的老会计戴着老花镜用草棍一只只地数……

紧接着是蝗灾，像乌云从天边黑压压地赶过来，铺天盖地。有人还以为是要下雨，急风暴雨却是雨点一样的蚂蚱。眨眼间绿色消失了，田野里变得平整如初。母亲说，那些玩意连门框都会啃去半拉。站在地头拿着口袋迎风这么一挥，就装了半袋子蚂蚱。没办法，只能用扫帚扑，大片大片的蚂蚱就被扫进沟里，后面的人赶快用铁锨铲土掩埋……

于是，一种污染与残留极其严重的农药就在那时诞生了——“六六六粉”。用喷雾器装了“六六六粉”在田野里喷洒，尘烟升腾，黄色的浓雾笼盖了田野。洒农药的人戴了防毒面具穿行在黄色的尘雾里，像防化兵行走在硝烟当中。

再后来呢？我问过母亲。母亲说，再后来就是严重的三年自然灾害，吃光树皮和树叶的不只是虫，还有人。

老师的命令没有拯救多少麻雀，我们生来就是麻雀的天敌。夏天下河摸鱼，冬天上树掏鸟。

作为一个曾经被另外一个物种试图消灭的物种，连活下去的权利也没有，麻雀们肯定很悲哀。其实麻雀并不讨厌，仔细观察，麻雀很可爱。它们无忧无虑，小脑袋灵活地转个不停。它本就属于我们老家，就跟老牛和黄狗一样。麻雀们可能认为，自己也干活了，替人们捉了很多虫，所以吃点粮食天经地义。它们会很委屈，它们很倔也很有个性，它们不是那种能养得活的鸟儿。我的父亲会用高粱秆扎各种各样的笼子，有的笼子有许多机关，把一小碟小米放在笼子里，贪吃的鸟儿一脚踏进去便再也飞不出来。这样的笼子会捕到许多好看的鸟儿，有画眉、有黄鹂，还有八哥。在笼子里喂养几天，这些鸟儿就跟人熟悉了，拼了命地唱歌给人听，它们会被父亲拿到集上卖掉。逮到麻雀，父亲会认为运气不好，白白赔上一把小米，顺手就会把它们放掉。但有一次我想喂养一只麻雀，我用麻绳把它的一只脚绑在椅子上，它虽然在房间里惊慌地乱飞，但始终挣不脱。我把小米撒在它面前，它连看都不看。我把它的脑袋摁进碗里想让它喝点水，无奈它依旧紧闭着嘴巴。

母亲说，别作孽了，快放了吧。那只麻雀始终在颤抖，紧闭着眼睛。在它看来，眼前这个人类哪怕是一个小孩，也是令它们恐惧的一个恶魔。我把香甜的饼干碎屑放在手心里，把它捧在手上，希望它能睁开眼睛看到我的友好。没有,它瑟缩得更厉害了,甚至都站不稳。

我最后一次捧起它的时候,它只是颤巍巍抖了抖翅膀,然后歪倒在我的手心,继而两条腿伸直了,变成僵硬的一块。于是我解开它脚上的麻绳,顺势向天空中抛去,希望它飞起来,没有,它掉在地上,发出沉闷的一声。

许多年过去了,一个祸害了许多麻雀的小孩长大了。后来结婚,有了儿子。儿子生在一个缺少树的城市,会走路后他回到老家最喜欢的就是抬头看树,看树上的鸟儿。我跟他说那是麻雀,他一个劲地央求:给我捉一只麻雀吧,我要和它玩!臭小子哪里知道,他的父亲手上沾满了麻雀的痛苦,他能轻而易举地结束一只麻雀的生命,却无法和它共同待上两天。

我在饭店里吃过一道菜——雀米煎饼。在这时候,麻雀已经不是一个生命,而只是一道菜而已。有一年春节,一个哥们把我喊到他家,说是有野味吃。我走进他家门的时候,他一个劲地诉苦,指着厨房里的垃圾筐,我看到了一堆堆熟悉的羽毛。他说老家来人给送了一袋子麻雀,我问用什么办法逮这么多?朋友说,放心吧,绝对不是农药,他们现在是用网,网扯在农田里不用管,到时候只管去收鸟,要多少有多少……

于是我们说起许多与麻雀有关的往事,它们来自老家,那个我们曾生长过的地方,那里有许多我们美好或痛苦的回忆。在食物链顶端的人类是自然界当仁不让的霸主,这和侏罗纪的恐龙是别无二致的。有些年的人类,已经没有什么不敢吃或是不肯吃的了。

那一晚,我忽然明白麻雀为什么会如此惧怕我们。它们本来是信赖我们的,敢和我们在一起居住与生活,是杀戮摧毁了它们的信任。

后来我在一座城市的河边健身散步的时候,又见到很多麻雀,对于它们,我是那样熟悉。岁数大了,看见它们,忽然生出由来的亲切,或许是它们名字的缘故——“老家贼”,原来这是很容易引起乡愁的一种鸟儿。它们见到我,还是砉的一声就飞走了,或者是在不远处落下来,摇晃着脑袋辨认着我。现在的我冲它们只有微笑,我觉着即便是再老的麻雀,也不会认出我是个曾经杀害过许多麻雀的小孩。有一次在一处风景区,很奇怪那里的麻雀竟然对我们那么友好。它们会落在你的脚下,欢快地蹦来蹦去,幸福地啄食你掉在地上的面包碎屑,填饱了肚子,顺便也帮助我们清理了环境。取得它们的信任是一种妙不可言的境遇,这风景里自然也会多了许多和谐。

有天在互联网上看到一则信息,麻雀已经被立法保护,捕获 5 只,就足以入刑。这自然引起了许多议论，但是，有一点是可以肯定的，我们居住的这个蔚蓝色的星球，本来就是生命的乐园，在生命被漠视的时代，必然是充满纷争与饥荒的时代，我们可以获取，但没有资格毁灭。

我很希望以后的麻雀见到我不再逃窜乱飞，甚至会落在我的肩头。我会抚摸一下它的脑袋，说久违了老朋友，忘掉从前的小孩吧，我们与你们都会在漫长的进化中改变！我们会让许多物种消除敌意，重建信任，虽然这很漫长，但是沧海桑田，这个世界总是在向文明进步。

——老家贼们，我也是老家来的！我在河边忽然就喊出了一嗓子。于是草丛里许多老家贼砉地飞了起来，在一只只挥舞的翅膀当中，我又看到许多星星点点的记忆缀满了天空，那自然与老家有关。

（原刊于 2018 年 1 月 12 日《大众日报·丰收》。有改动）

◎小人书里的成长

人像极了植物，有各种各样的植物，就有各种各样的成长，他们总能用各种方式吸收雨露与阳光。我们这一代人，从一个贫瘠或闭塞的时代走来，那时的世界里还到处是红本本和毛主席语录，每个角落里都弥漫着“样板戏”的唱腔。我们认识这个世界是从那个伟人开始的，在一个狂热而单纯的时代，我们被赋予了很多伟大或光荣的使命。在一种服从和崇拜的文化中，踏实而坚定地成长为现在社会的中坚力量。

总是有人嘲笑我们太过苍白。那群一出生就有电视看，认识《新闻联播》那个旋转的大西瓜的“80后”，却又嘲笑我们太过老土。

我们还在懵懵懂懂当中，那个疯狂而单一的时代就结束了。那时除了每家每户的广播与树杈子上的高音喇叭以外，我们再没有娱乐的方式。虽然我们的成长中也有“样板戏”，墙上也到处写满了毛主席语录，还有太多“李铁梅”和“吴琼花”的剧台照。那些电影已经看了无数遍，《地道战》《地雷战》，还有《南征北战》和《渡江侦察记》……虽然有这些电影看的日子里，对我们来说仍像过年。除了这些，我们娱乐与接收文化的方式就只剩了一种小而广泛的媒体——小人书。准确地讲，就是那种被称为“连环画”的东西。

“有小人书看了……”忘了是谁，从村外借来了一本小人书。于是河里的我们和树上的我们很快就都集中到了一个地方。“七岁八岁狗也嫌”，满街乱跑的孩子真让人"闹"得慌。生产队的柴火垛、马厩里的牲口、地里的庄稼，在这些面前，我们都属于"害虫"，或者天敌。能让我们安静下来的只有小人书。生产队长会跟出去卖麻袋笤帚的会计说，顺便买几本小人书回来，让这帮"害虫"消停消停。那种巴掌大的小本本，一页一页连着故事情节，脚本的字还都认不全，但我们仍然会把脑袋扎堆挤在一起，看李向阳的匣子枪到底什么样，看董存瑞举着炸药包是多么英武。那时我们感觉都比潘冬子要幸福，因为我们的世界里没有胡汉三。虽然经常踹我们的那个生产队长很像胡汉三，但他不是，他家是贫农。

小人书里总有太多我们理解或不理解的东西。比如说，一位解放军战士发扬革命的大无畏精神，看到生产队里的牛腿卡在铁轨里，很着急，上去帮牛拔腿，最后老牛得救了，自己被火车撞飞牺牲了……小人书最后号召我们都向那位战士学习。我们很犹豫，我们最爱欺负生产队里的老牛。我们不敢惹驴，也不敢惹骡子，它俩都会踢我们，就看着老牛好欺负。老牛想睡觉，我们不让，拿草棍去拨它的眼皮，气得老牛"哞哞"乱叫。

我们会不会为救老牛牺牲自己？这个问题曾经让我们很困顿。老牛是广大贫下中农的财产，应该救。但我们纠结的是，如果我们救了老牛牺牲了自己，又怎样成长为"伟大的无产阶级革命战士"？

慢慢的我们都不爱看那种小人书了。这时候我们镇上突然有了一家小图书馆，图书馆的货架上摆满了小人书。里面那块冰冷的水泥柜台，比我们的个头要高，我们扒着柜台沿，一个劲地踮着脚往上爬。柜台里面有个漂亮的姐姐穿着"红麻袋"，在许久之后我们才理解，那件衣服应该叫"毛衣"。穿"红麻袋"的姐姐动不动就拿拂尘的鸡毛掸子敲我们的脑壳，把我们露出柜台的脑袋敲下去。但很快，我们的脑袋又会浮上来，像极了今天的游戏"砸地鼠"。"红麻袋"姐姐很漂亮，但更吸引我们的是她的小人书。我们一个劲地哀求"红麻袋"姐姐，把那本小人书拿过来让我们翻上一翻，她就伸开手跟我们要钱。我们没有，于是她手里的鸡毛掸子就往我们的手心里落。回到家我们连哭带闹打滚撒泼，等着大人们赏赐几个钢镚、一张毛票，然后过年似地买上一本小人书。《三国演义》，还有《水浒》《岳飞传》《钢铁是怎样炼成的》《羊城暗哨》《福尔摩斯探案》……随着我们识字越来越多，我们进入了一个五彩缤纷的世界。我们忽然觉得，世界之于我们这个小村庄，原来是那么大。在遥远的我们那个县城那边，天地还会延伸出很远。我们的历史上原来不只有李玉和和杨子荣。

在很久很久以前,《虎牢关》里关云长那么潇洒就把华雄的脑袋提了回来,酒还是热的;《隋唐演义》中,熊阔海双手托住大铁闸是那样气盖云天;《岳飞传》里,杨再兴武功那么好,却倒霉地陷入小商河,临死身上插满了箭镞跟刺猬一样。岳家军大战朱仙镇,我们突发奇想,岳云和李元霸的大锤,到底哪个厉害……还有赵子龙和罗成的银枪,程咬金和李逵的板斧,要是吕布遇上隋唐排名第二的宇文成都……小人书里竟然有那么多英雄,竟然有那么多故事让我们分泌出雄性荷尔蒙。保尔·柯察金是那样的忧郁,福尔摩斯是那样的智慧,如果他抽的不是大烟斗而是旱烟袋,会不会还这么帅?哥伦布发现新大陆是一种什么壮举,拿破仑席卷欧洲是一种什么雄风……那些少年们可能是清贫的,就信息获取而言,那个世界无疑也是闭塞的。但好在有小人书,许多少年通过小人书那一眼眼小孔窥懂了世界,插上了梦想。

那个"红麻袋"姐姐是富足的,她一定看遍了所有的小人书。同样富足的还有那些城里的孩子。偶尔跟大人去县城,县城的街道两边到处是小人书的摊铺。一本本小人书被那些城里人整整齐齐地码放在墙面上、摊位上,可以买,可以租。他们的小人书都有彩色的。《西游记》全集多少本,《三国演义》全集多少本,《水浒传》多少本,一集都不少,都那么新,远比我们小镇上那家图书馆丰富得多。原来城里的孩子也这么喜欢看小人书。城里的新华书店好大,里面挤满了我们这么大的孩子,不过他们穿的干净得多,而且都扎着红领巾。我们没戴红领巾,对我们来说,如果我们有红领巾的话,也会被我们的母亲补到棉袄上。同理,那些小人书,我们只有站在柜台外面看看封面的份儿。

小人书让我们也分出了"阶级"。手里小人书最多的,肯定是最富足的,跟我们交易也是最有底气的。看一遍他的小人书,就得帮他打一筐猪草。小人书是需要交换着看的,你手里的积攒太少,肯定换不到别人的太多。小人书是我们最大的财富,看皱了,我们会把它们一本本铺在席底下压平。我们把小人书放在哪里呢?放在哪里都不放心,生怕会让别人偷看或偷走。鸡窝里,破鞋里,夏天不穿的棉裤里,越隐蔽的地方似乎就越安全。或许是我们看过了莫里哀原著的那本连环画《吝啬鬼》,跟那个老抠门阿巴贡一样,把小人书藏在什么地方都让我们不放心。所有的小人书都看完了,每个画面都烂熟于心，很想花上几分钱再添置一本新的，于是我们很盼着有“货郎”会来。货郎来了，我们就把积攒的蝉蜕、捋干的柳条，还有穿烂的破衣破鞋卖给他。这样我们就会多几个硬币去买小人书。有个家伙为了一集《西游记》，拼了命地糟蹋脚上的鞋子，去水泥地上磨，去墙上蹭，结果鞋子太结实，最后他不得不从地上捡起了玻璃……

在小人书里看到猪八戒喝了女儿国的河水怀孕后，他早忘了自己光着脚，正笑得直不起腰来，他娘的鞋底突然就劈头盖脸落到了他的头上。

小人书让很多人成了“画家”。他们的课本上、试卷上，到处布满了关羽的青龙偃月刀、铁道游击队的盒子炮，还有秦明的狼牙棒和张翼德的丈八蛇矛。谁家娶媳妇刚用白灰粉刷了外墙，一群孩子就在上面画上了抓妖精的孙悟空、劫法场的李逵。教室的墙上、家里的墙上、厕所的墙上，一群从连环画里取得了造型能力的孩子是可怕的，他们想把世界变成小人书里的世界，那一页页小人书也像一张张忽闪的翅膀，载着他们的理想与梦想，飞远了……

生产队偌大的场院里，我们用砖头在地上画。我们在争论，岳飞的盔甲应该是什么样，赵云的是什么样，还有孙悟空，他的虎皮裙应该怎么画，吕布的方天画戟跟郭盛和吕方的是不是一样。忽然有个家伙哭着跑来说：姜维死了！他是听邻村一个家伙说的，说小人书上写姜维用他的红缨枪，扎向了自己的喉咙。

是真的吗？姜维怎么会死？在我们心里姜维是盖世英雄，能文能武，什么邓艾、钟会、郭淮都不是他的对手，虽然九伐中原寸土未得，但他会的，北魏、东吴最后都会被他消灭、统一。那套46集“人美”出版的连环画最后结局应该是这样。我们不相信姜维会死，更不相信姜维会投降钟会。我们为此而争执不休，面红耳赤，甚至差点动手。最后我们决定，凑钱去买小人书看个究竟……

“红麻袋”说没有那本小人书，她也不知道姜维是谁。我们心里很落寞，有人说看三国掉眼泪，是替古人担忧。我们也在暗暗地替我们的“英雄”担心。但暗自庆幸的是，没有小人书，那就让姜维在我们心里多活一阵吧！他是个英雄，英雄的陨落总会让我们伤心不已。尽管在小人书里，英雄的结局大都很悲惨。

幸好有小人书，图文并茂。在一个信息匮乏的时代，在一个没有电视、没有网络、缺少先进视觉传播技术的岁月里，小人书对很多人进行了良好的灌输和教育。在许多年后，我们的人生将有很大不同，就像所有的小人书不会都是一个结局。但我们或许会拥有一个共同的知识结构，我们的生长依靠同一种肥料，我们的审美都来源于那一页页微小的画面和通俗的脚本。小人书为我们塑造了那么多英雄，讲述了那么多传奇，也许我们的人生会像看过的小人书那样精彩。

那个“红麻袋”姐姐后来不再卖小人书了，改卖种子、农药和化肥，图书馆也不见了。再从那里走过的时候，她臃肿地坐在里面，落寞地看着电视嗑着瓜子。不知道她还记不记得，当年我们簇拥在她的面前，那是她最美好的年华。她最美丽的时光留在与小人书有关的那个岁月里，或者是，她最美丽的年华来自于那些五彩缤纷的小人书。

◎味蕾上的春光

春天是有声的。那冰河"呼啦啦"一开,候鸟就纷至沓来了。鸟语就唱醒了枝条,唱醒了田野。整个大地似乎也跟着一个懒腰舒展一下腰身,这一动,就能听到树木活动筋骨的声音,就能听到花开的声音。春天又是有色的,白的梨花,粉的桃花,一抹抹红,又一抹抹绿,它们都踩着锣鼓点粉墨登场了,春天里的田野就是一出偌大的舞台,正在上演一场有声有色的大戏。但春天又是有味道的,它像极了一桌丰盛的饭菜,那些人在那些年月中粗涩的太久了,让春光更灿烂一些吧。

但春天又是贫瘠的,往往是段青黄不接的日子。新麦子成熟还早,多数人家里米瓮都快见了底,地里也没有新鲜的蔬菜。因为那时农村还没有反季的蔬菜大棚,白菜萝卜已经所剩无几。大萝卜也早已糠了心,嚼在嘴里棉絮絮似的。我们每天啃着窝窝头与咸菜瓜子,但这依然不能否定我们是幸福的一代,因为我们有吃不完的窝窝头。春天是一垄正在播种希望的地头,每当看到那些不被人稀罕的白菜疙瘩在角落里开出淡黄的花朵,我们就知道那场不亚于过年的大戏就要上演了。我们的梦里都是那些树梢,春暖花开的日子里,那上面将沾满我们最敏感的味蕾。

榆　钱

榆树,榆树,房前屋后是榆树,街角地头也是榆树。为什么到处是榆树?

榆树的样子又怪又丑，一点都不挺拔。那时的村子里为什么那么缺少杨树和柳树？爷爷的旱烟袋就落在了我的脑门上：前不栽杨，后不种柳！这杨树的大叶片跟巴掌似的，风一吹“哗啦哗啦”直响，土匪和贼来了都听不到动静。至于柳树，那是给死人做哭丧棒用的，无心插柳柳成荫，出殡的时候孝子们把哭丧棒插在坟头，来年就变成了柳树。

栽榆树是防止荒年的，它是树，也是口粮。这榆树，浑身都能吃。榆钱榆叶能吃，树皮也能吃。听大人们说，榆树皮晒干碾碎了，都能蒸干粮，烙大饼，还能包水饺呢……榆树，榆树，它是树，又是我们的神树。

一夜春风浩荡，晨起推门抬头仰望，朵朵动人的嫩绿忽然就让欣喜爬上了眉梢。榆钱是榆树的花，颜色却总是叶的绿，一株株老榆用平常的花色来彰显平常，吾本农家，又何须用粉黛梳妆？

榆钱真的像钱。一片片细小的钱币堆成肥嘟嘟诱人的小糕点，像铜钱一串串缠绕着枝头，于是树枝就不再嶙峋，变得丰腴而富有了姿态，就有了招展的资本。那是枝干积蓄了一冬的液体，绿的就像胆汁，终于耐不住春日的撩拨喷薄而发了，一股脑的往外鼓，争先恐后的往外挤，它们等待春光太久，春光又催促它们别开得太迟。

那个叫“狗子”的男孩似乎也等待了很久，看到胖胖的榆钱缀满枝头，抱着树干噌噌就爬上了树杈。撸一把榆钱先填进嘴里，榆钱的味道是种迷人的淡，带一丝不易察觉的甜。榆钱最解馋的是口感，对它们的咀嚼会是一种劲道和酥脆，当一种略微的黏性被牙床碾碎，那些饱满的汁液把舌尖都染绿了。整个口腔里弥漫着清凉的气息，一把榆钱嚼碎，于是春色又像细嫩的藤蔓爬满了身体的每一个角落。

狗子的娘生狗子时没奶，往嘴里抹几天玉米糊糊狗子就活了下来。狗子虽然比一条狗还瘦，但肚皮却像一面鼓，有多少东西能填饱那肚皮呢？狗子的胸脯就像个小搓板，肋骨一根根清晰得都能数过来。一截细弱的脖子似乎挺不住狗子那只硕大的脑袋，像一只大葫芦不住地摇晃。

狗子那年开始退牙，新的牙却迟迟长不出来，嘴巴里好大一块豁口。狗子还很黑，肯定没有洗澡的习惯。脏兮兮的狗子手背是黑的，小脚丫也是黑的，脖子周遭也是黑的。只有小脸蛋上鼻子周围那块是白的，狗子娘让狗子洗脸，狗子认为脸不就是鼻子周围那块区域吗？小姑娘都不爱跟狗子玩，狗子的鼻涕唾液总是到处抹。狗子说，我跟你们玩行吗？小姑娘们说：你先把你的手洗干净吧！狗子说：我跟你们一块跳绳好吗？小姑娘们说：你先把鼻涕擦干净吧！

但有榆钱的日子里狗子就是小英雄了。小英雄狗子爬树就像只狸猫，能像一只大知了趴在树梢上。他在树上折榆钱，小姑娘们就在下边喊：狗子，我要那一串，我还要那一串……

狗子把一串串榆钱扔到地上，快乐就在榆树下落满了。一串串榆钱在小伙伴们手里四处挥舞着，大街小巷里就串满了嫩嫩的绿。榆钱是"钱"啊，小孩子没见过多少钱，但榆钱也是一种富足，快乐就像声浪铺满春天。

榆钱被一枝枝折下来，把榆钱掺进玉米面，蒸出的窝头就不再坚硬，变得松软了。那些粗糙的玉米面快把人的喉咙打磨出血泡来了。榆钱是种松软，榆钱也是种慰藉，榆钱还能做什么呢？榆钱做不成菜，上不了招待客人的饭桌。狗子说：榆钱是春天来他们家走了一趟亲戚，窝窝头才是亲娘能填饱肚子。

这满树的榆钱来得快，走得也快。该怎样留住呢？不光狗子的娘在犯愁，这好东西要是不一起来就好了，能够节省着用。狗子的娘把榆钱一把把撸下来，盆里是，锅里也是。掺一把玉米面，要是有豆面或麦面更好，把粗盐碾碎放进去，一定要碎碎的，然后上锅蒸，于是榆钱的颜色不好看了。但颜色实在不重要，重要的是榆钱变成了饭，变成了孩子们爱吃的"饭粑粑"。

狗子拿了饭粑粑坐在门口吃，大口地吞吃竟然不怕噎着。那帮小伙伴就围着他看。真有那么好吃吗？狗子家里能有什么好吃的呢？狗子家兄弟多，姐妹也多，家里的被窝都露着棉花，生产队的牲畜吃什么，好像狗子家就吃什么。为了那么多张嘴，狗子的娘总是愁眉苦脸。但狗子那一刻是阔气的，因为他有饭粑粑。狗子总是很好哄，小姑娘们说："你给我饭粑粑吃，我和你玩。"狗子就把饭粑粑拿出来分，还把饭粑粑装进书包里去学校里分。小姑娘们忽然觉得狗子很可爱，只是有点脏，于是都肯和狗子玩了，也肯把小人书给狗子看了。有榆钱的季节虽然还有点清冷，但狗子感觉很温暖。

但榆钱很快就从树上飘落，变得枯黄不再绿了。枯黄的榆钱落得那么急促，竟然毫不留情，像无数乱飞的小虫子让狗子心生烦恼。没人再让狗子爬树，狗子也不再是小英雄，也没人给他小人书看了。狗子坐在榆树底下，看着榆钱飘零如雨，看着满地已经不能吃的榆钱，狗子很伤心，要想再当小英雄，他只能等下一个春天了。

“榆钱要真的是钱就好了……”当娘抚摸着他的脑袋，狗子说。

香椿芽

关于香椿树，听爷爷说是有过一个故事的。

那个叫“朱重八”的家伙，确切地说应该叫“朱八八”，因为在大元朝很多贱民不配拥有名字，只有编号。这个家伙挨过饿，也做过小和尚。有一天被陈友谅打败后跑到一座山上，没吃的，他不能眼睁睁地饿死。这时他看到了一棵香椿树，他把香椿树上的叶子都吃光了，他比现在的棉铃虫要厉害得多，他挺了过来。于是他对着这棵树拜了又拜，说谢谢你这棵树了，我朱元璋这次没饿死，等日后得了江山，一定会封你为“树王”。他顺便又拜了一拜边上一棵老槐树，让它做见证。

没想到这个家伙日后真的打下了江山，做了皇帝。他有一天出宫的时候看到了一棵树，跟当年救了自己一命的那棵树很像，他想起来了，于是命身边的大臣拟旨，封这棵树为“树王”。但实际上，这棵树只是样子上很像香椿，它的名字叫“臭椿”。于是以后叫“臭椿”的树都长疯了，生命力都很强，在树林子当中很少有比它高的树。这让一边的老槐树很生气，老槐树长到一定年限就会气破肚皮。很多老槐树能活几百年，但肚子都是破的，中间都是空的。而那种叫“香椿”的树，就只有在一边伤心流泪的份了……

乡村里的许多故事被称为“民间传说”。我们终于明白香椿树为什么老是流泪；明白为什么香椿树很少有挺拔的，它们身躯歪扭而佝偻，躯干上总是流出一种黏黏的树脂，有白的，有黄的，那是它在哭，因为它疼。它疼的不只是被人遗忘与误解，它疼的还有自己的身躯总是被人摧折与欺凌。人们总是不停地劈它的枝叶，它的枝叶太好吃了。能不好吃吗？一种生长承载了凋落与冰霜，还包含着辛酸与痛楚，这味道必然是一种极其委婉的滋味，有些苦烈还有一些奇异。它和世间那些成长的人是一样的，它的成长同样不乏坎坷与磨难。它虬曲的躯干总是布满疮疤，生出一枝被折走，生出一截又被劈掉。它进行光合作用都那么困难。人们在很多时候忘了它是一株需要生长的树，只记得它活着的作用就是哺乳。

天渐渐地暖了。我的爷爷没事总是围着自家的香椿树在转，他在掐算日子。再过几天，香椿芽就会冒出来，毛茸茸的，胖嘟嘟的，那一刻就像一只只小猪仔，它会赶上哪个大集呢？香椿树在爷爷眼里又是摇钱树。

自小听爷爷说，这开春头茬的椿芽与头刀的韭菜，都是极其昂贵的，是要卖给城里人的。春天里它们萌发的味道最鲜美。我们家的香椿树有很多年了，但我们几乎没吃过头茬的香椿芽。只有那些二茬三茬的香椿芽被奶奶腌成咸菜再剁碎了，但那仍是一种不凡的滋味，让你不再想念什么是幸福生活。热气烘烘的手擀面端上来，掺杂着粗粮，掺杂着豆豉，一筷子香椿腌制的咸菜忽然让它们不再像个鄙陋的村姑，而像大家闺秀。乡下人缺少的东西很多，但有株香椿树会让人觉着有了金不换的光阴。村东那个老四就特别爱吃香椿芽，但他家没有香椿树。那年夏天做寿家里人给他做的凉面，里面飘满了鸡蛋花儿，应有尽有，却唯独没有香椿芽。瞧他那个遗憾那个委屈，这一碗长寿面要是有一撮香椿芽，就是马上蹬了腿也值啊……但他家没有。他忽然想起自家的锄头把儿是香椿木做的，于是拿起心爱的锄头把儿在面条锅里搅拌了几下，这样即使没有，他觉着这一锅面条里也有了香椿的味儿。“哧溜哧溜……”老头面条吃得很起劲，一个劲地说：“不愧是香椿木，真是太香了……”香椿芽不再只是一种菜，而成了好日子里的图腾。

头茬香椿芽炒鸡蛋好吃，但在小时候我们很少吃，头茬的香椿芽都被我爷爷拿到集上卖了。爷爷是农民，常说农民的日子是过起来的，是攒起来的。一个铜钱一个铜钱地攒，一粒粮食一粒粮食地省，就有了田，就有了牛，就有了房，就有了吃穿不尽的日子。香椿树不是一株简单的树，它是一株财富与梦想的树。我的爷爷肯定指望着这株香椿树买宅子置地，添置大骡子大马。

头茬香椿芽终于在树梢上冒了出来，大概一指多长，毛茸茸的，紫莹莹里泛着绿。不要等它长得再大一些，大了就不值钱了。爷爷用一只绑了钩子的竿子一枝枝折下来，那些芽儿落在地上爷爷都有点心疼，生怕它们的身子跌坏了。他谁都不让碰，碰坏了就卖不出好价钱了。他自己来，一株株码齐了，在他眼里那不是香椿芽，那简直是一张张“大团结”。他用草绳扎成一捆捆，摆进箩筐，摆放得整整齐齐，再从水缸里舀一瓢清水，含进口里，噗噗地喷在上边，这样到了集市上香椿芽还是娇嫩嫩的身躯，还是亮盈盈的鲜活。“好饭不怕晚，好集不怕远。”迎着东方的鱼肚白，爷爷就挑起担子上路了，有了香椿芽就肯定不是一个让他失望的集市，归途里他肯定是一张灿烂的笑脸。

香椿芽的历史里没有苍凉，鲜美的味道只有价值的欣喜。多少年华流逝，香椿树的躯干里多少年轮叠加。我们家的香椿芽再也不用拿到集市上去卖了，也没人去卖了，因为爷爷已经去世。新房子盖起来，大院子圈起来。奶奶在南墙那儿又种了好几棵，香椿树是爷爷的宝树，也是奶奶的思念树。又到春暖花开，香椿芽一朵朵铆足了劲地长，嫩芽按捺不住地疯。奶奶用拐棍敲着地面一个劲地骂——你们这些败家子，连香椿芽老在树上都没人管！难道还有比香椿芽更金贵的东西吗？但比香椿芽重要的事情却已经有很多。香椿芽变得已经只是一把菜，普通得没法再普通，老在树上就老在树上吧，已经不是指望它换钱的日子了。这年头还有什么想吃的东西吃不到呢？

但每到清明时节，祭祖扫墓的空儿，还是把枝头的香椿芽折下来，炒上一盘。这年月鸡蛋已经可以随便吃，而且还怕胆固醇。姑姑们来了，我们也回到了老家。现成的香椿芽和鸡蛋一炒，其余的佳肴甚至都显得多余。烫上一壶烧酒，陪着长辈们一块喝上几口。日子富了，但以前那些过往却还在闪光。香椿树，一年年粗了，该老的他们也都已经老了。奶奶那时也会喝上几口，边喝边望门外的香椿树，望着望着就想起爷爷：那年新香椿没下来他就脑溢血走了，糟老头子好日子没赶上。他知道香椿芽不用卖了吗？我都能喝两盅，抽上带过滤嘴的香烟了……

在东北工作多年的舅姥爷那年打电话了，说特别想吃老家的香椿芽，看来这玩意东北那边很稀罕。奶奶听到心里了，拣一些最嫩最完整的香椿芽，用罐头瓶子装了寄给舅姥爷，于是翻山越岭在黑土地上被打开的不只是香椿芽的香，那是一座离别已久的家乡展现在白山黑水间。

槐　花

槐花是甜的，是蜜。但槐花又像酒，吃多了会醉。槐花好看，但醉人的却是槐花深处向来不缺少的故事。

“天上的白云落在了树上……”老家那个村的小姑娘一直这样说。小男孩笑了，小男孩笑的时候把小姑娘笑愣了，把鸟都惊飞了。小男孩说——怎么是白云，那只不过是槐花。

槐花分两种，一种是苦的，笨槐上的；一种是甜的，洋槐上的，但是洋槐上却布满了针刺。

那时那棵槐树还小，小男孩很容易就爬上去了。他把槐花一枝枝折下来，树下的小姑娘就簇拥在了花堆里。槐花像天上的白云，槐花又像甜美的香雪。最好的时光是两小无猜分享槐花的春日，最好的槐花是小勇士从天空上为她折下的一枝枝。

女孩喜欢槐花的味道，但吃相是那么文雅，一朵朵地摘，一瓣瓣地嚼。她会把一串串槐花捋下来，装进一个个五彩的瓶子，红瓶子里的槐花是红色的，黄瓶子的槐花是黄色的，同样，她也会拥有绿色和紫色的槐花。她把槐花变得五彩斑斓，她收藏了春天，收藏的还有那些可爱的年华。

小槐树一年年长大了，她俩也慢慢地长高了。男孩变得英俊潇洒，女孩变得亭亭玉立，男孩为女孩折了多少季槐花呢？女孩被多少槐花的清香融化了，那种沁人心脾把内心多少芜杂抚平了，把多少尘埃洗净了。女孩的恬静是槐花浸润出来的，女孩的素雅是槐花洗练出来的。一个纤尘不染的女孩像一枝槐花袅袅婷婷，槐花把春风摇出千朵万朵，把韶华又催发出穗穗芬芳。

“槐花是落在树上的云……”她很想一直有人替她把槐花从树上折下来。但男孩已经长大了，不愿再去爬树，更没有像样的理由再为女孩效劳。

那株槐树越来越粗，就像男孩越来越伟岸。无数次他和女孩在街上相遇，却不知道该说什么。女孩更是，老远看到男孩就已经一阵局促，把头低下去，深深地低下去，生怕别人会看到她两颊那抹绯红。看到女孩，男孩肯定想到了那一树盛开的槐花，那千重万瓣，肯定也在女孩的身体里盛开成了花海。

又一个春天，槐花盛开了。男孩在春光里穿上了军装，去了部队，钉上帽徽领章他就是军人了，硬朗挺拔的身板就会变得威武，变得英姿飒爽。女孩却盯着枝头的白雪陷入了惆怅，她把多少思绪缄默成一树树的槐花。那个准军人也是无语，只是摘下背包又像猿猴一样爬上了槐树。一枝，两枝……他把大把的春光又从天空扔到了地上。

树上的针刺又把他的手划破了，滴着淋淋的血。许多洁白的花瓣就被染红了。女孩用手绢给他擦，给他按，她才发现那双手早就布满了针刺的划伤。她的心头似乎也裂开了许多琐碎的伤口，扑簌簌，眼泪终于就落了下来。

又一年槐花开了，那种雪白的浪涛汹涌如排山倒海。

有多少封信没有音讯呢？那位流落天涯的浪子。槐花是重重洁白的思念，槐花又是朵朵相思的病菌。开了槐花的日子，她是那样病恹恹的无力，她受不了一种忧伤像波浪层层袭来，那堆成山排成垛的牵挂让她日益憔悴。

但她还是把槐花一枝枝地折下来，原来折槐花是这么吃力。一串串把槐花捋下来，一遍遍地洗，把鸡蛋打进去，把葱姜蒜末佐料放进去，把这无穷无尽连绵的心思也拌进馅里，揉进面里。

她竟然能够按信封上的地址找到那所军营。几天的火车，几夜的颠簸无眠。一脸的憔悴掺杂期望，一双失神的大眼坐在他的床铺上望着门外，直到那个熟悉的身影出现在刺眼的逆光里……

他站岗放哨的那地方竟然没有槐花，是她带来了家乡的色彩与味道。她的包袱里全是一张张槐花饼，烙得焦黄焦黄。烙饼是不怕凉的，也不那么容易变质，就如同许多情感不会降低温度。军营里弥散出了槐花的香气，那种味道又引起了多少人的乡愁。

“太好吃了！”或许是只有她才能做出这样的美味，因为她周身散发的就是槐花的清香。这让那双来自乡野的浅口布鞋与麻花辫更加楚楚动人。战士们把馅饼哄抢一空，惹得连长和指导员大发雷霆，强行追回几张赶紧送往营部。

那双好看的纤纤细手上竟然布满了洋槐刺针的划痕，这让士兵的表情里有了太多愧疚。捧起那双手忘情地抚摸，那一刻，他醉了。醉了后的他说：

折槐花，以后还是我来……

槐花里的故事肯定有很多。在我们老家的许多村子，老槐树底下肯定会坐几位安详的老人。那个告老还乡的老者已是白发苍苍，他盯着枝头，一定想起了以往许多美好的故事。直到许多洁白的花瓣纷纷扬扬落在肩头，他才发现脚下已是铺满了霜雪。

没人能够收藏春光，春光装不进瓶子，装进瓶子里的只有记忆与往事。把瓶子的盖子打开，却又有许多味道萦绕在我们的咀嚼当中，思乡的味道会在我们的味蕾泛起，于是我们又看到一段来时的路程。

◎母亲的月亮

一直觉得，母亲有个属于她自己的月亮。那个月亮经常陪伴着她的身影，她留给你的印象里也经常有个月亮出现。母亲常说，隔不了几天，月亮就会出来看她。因为月亮不只是月亮，它还是“月妈妈”。她还说，人这一辈子，陪伴自己最多的不是太阳，就是月亮。太阳和月亮还在，日日月月，这就是日子。

我经常调侃母亲有诗人的潜质，但她读书很少，她只读到小学三年级。李白和苏轼看到月亮就想到酒，我的母亲看到月亮想到的却是吃。她这一生可能就作过一首诗——

天上的星
亮晶晶
树上挂着个玉米饼

我的母亲小时候在吟唱这首诗的时候，人们都笑了。没理由不笑，多年后连我们都笑。

母亲这辈子一直在跟“吃”打交道。她最怕的是挨饿，她知道挨饿的滋味。国内三年自然灾害的时候，她说你们没见过的小姨就饿死了，你们的姥姥把枕头里的麦糠都倒出来上锅蒸了。她讲的那年月的故事我们听起来像神话。我们问，你是怎么挺过来的？她说那要感谢月亮……

她说那年月连狗饿得都不叫了，“月妈妈”好像也饿得有气无力的，但依然跟着她走，把她的影子拖得老长老长。她还说那年冬天月亮挂在天上就像个冰坨子，看一眼就一个激灵，月光洒在她脸上麻嗖嗖的。她看了看四周没人，说——我挎了篮子去地里捡地瓜！我说捡地瓜有啥怕人的？她说你们不懂，那年月不让。幸亏她是个小孩，要是大人去了就是犯错误，会被民兵抓起来，游街，开批斗会。我们不明白：大冬天地里哪来的地瓜？她说你们不明白的事情多着哩，连她也不明白。有一年地瓜根本就没收，也没人收，天天吃食堂，地瓜只割了蔓子就翻地里了……

她说她晚上偷偷跑到地里，月光底下能看见白白的地瓜，都是被犁铧片子碰破的，但是挖不出来，都冻在地里。她嘴里呼着热气，但两只小手冰凉冰凉的，那些大的根本挖不动，只捡点小的碎的，两只手都冻破了。时常会有人从村里出来追，母亲很害怕，没命地跑，大冬天连鞋子都跑丢了……那些东西捡回家看着像地瓜，一化冻再一洗就不是地瓜了，跟棉絮絮似的，但还是能当饭的东西。她说幸亏那年她胆子大，一家人都挺了过来。

——这事千万别跟人说，母亲的眼神透着害怕。母亲还说她捡地瓜回来钻被窝里感觉特别暖和，睡得也特别甜。她老是做同样的一个梦，月亮底下有满院子的玉米，跟胖娃娃一样，还有满屋子的窝窝头黄澄澄金灿灿的，怎么吃也吃不完。

不知道为什么，月亮底下的母亲给我印象那么深刻。月光底下的母亲坐在一堆地瓜面前很是兴奋。她在做地瓜干，她说地瓜只有做成地瓜干才算口粮，才能上碾碾成面儿，蒸窝头，烙煎饼。那时她窝头的梦想还没有实现，但拥有了足够的地瓜，她已经感到很幸福了。生产队把一堆堆的地瓜分到家里，她洗了又切。有那么一块木板，上面镶了锋利的刀刃。她把地瓜放在上面不停地擦，于是下面就是白花花的地瓜干。那年月，整个村落都是做地瓜干的声音。那时还没有电灯，所以母亲很庆幸有月亮陪着她，让她能看得清，这样她不至于被刀刃划破手掌。但有几次，母亲的手还是被割得皮开肉绽。白天还要下地，她要趁着有月亮的夜晚把那堆地瓜变成地瓜干。一晚，两晚，月亮圆了，又缺了。母亲很感激月亮，有月亮在她就不会害怕，也不会孤单。有时候她看看那枚皓月当空，很想跟月亮说会儿话。她会喃喃自语，月亮不吭声，似乎只是一张笑脸，有时还很害羞地躲进乌云里。母亲对着月亮有时会出神，她感觉月亮圆了缺了，日子就那么过去了。岁月岁月，一年一年的岁，一弯弯满了又残的月。有多少地瓜陪伴了她多少的年华，又有多少地瓜干和着月光像霜雪铺满了这院子与房顶……

那轮圆月爬上树梢的确像烤熟了的玉米饼子，黄灿灿，似乎还香喷喷的，那上面似乎都布满了焦黄的煳渣。等它爬得再高一些，穹宇下面的一切便都浸泡在月光里，一波又一波，柔得像雾，凉得又像是水，这大地上原本粗陋的东西都泛起了辉波。母亲说太阳是爹，这月亮就是娘，要和蔼与慈祥得多。这样的月光底下，什么人都舍不得发脾气——月光把所有的棱角都变柔和了。院子里的大丽菊还在静静地开，只是颜色不再鲜艳，但仍是一派静谧而沉稳的紫。篱笆墙上爬满了扁豆，那些细小的花朵争先恐后地开，都开得出一声声轻轻的欢笑来。母亲在阴晴圆缺中实现了她窝窝头的梦想，她感觉这日子总是往前的，有盼头。接下来她所有的梦想会陆续实现，因为她别的没有，但有的是汗水和勤劳。

母亲总是很吝啬月光，或者是，她舍不得月光的陪伴。月光底下，她总是在忙着什么，或者是甩着簸箕，或者是洗洗淘淘，这种菜，那种米。浪费粮食，糟蹋吃物，不是她们挨过饿的人能忍受的。哪怕一粒米，她也要从土里选出来；哪怕一把菜，她也要择得干净。

从小母亲就给我们讲故事，说月亮里有嫦娥。我们告诉她月亮上啥也没有。她会很生气，一巴掌就打过来：月亮里全是人家嫦娥的地，人家想种啥就种啥！嫦娥是后羿的媳妇，偷喝了神水，早就成仙飞到月亮上了。我们争不过，就说好了好了，你就是嫦娥好了吧？我们的月饼呢？

母亲会黯然神伤，她说她不是嫦娥，嫦娥多孤单，无儿无女的。但她会给我们做月饼，她的月饼无非就是几个白面火烧，里面裹了红糖。真正的月饼她是舍不得的，是要孝敬姥爷和姥姥的，还有爷爷和奶奶。就是有人家回送过来的，她也不让吃，送人还赚个人情哩。她烙的“土月饼”鼓鼓的，像一个个癞蛤蟆，但天天啃窝窝头的我们咬一口便觉满嘴的蜜甜。她会问：是不是比供销社卖的好吃？你可别说不，不然她会一把夺过去扔进簸箩：别吃了！那时弟弟也开始懂事了，会望着母亲的月亮，只是改了母亲的诗：

天上星
亮晶晶
树上挂着个大月饼

母亲只有“土月饼”，但她会用“土月饼”做诱饵。她说留几个今晚“赏月”，她的“赏月”无非就是骗我们剥苞米。院里早已不再有地瓜，而是成堆的玉米还有花生，和着凉凉的秋露洒下来，这样月光显得更清凉，也更透彻。蛐蛐们不知躲在哪个角落，吟唱着催眠曲，瞌睡虫也会随着它们的叫声爬到你的身上，让你上下眼皮直打架，哈欠连连。母亲把玉米扒成两小堆，兄弟两个一人一堆，谁早剥完谁早睡觉，还有“土月饼”吃。但这种“赏月”远不如邻村放的电影好看，调皮的弟弟会偷偷地把玉米往我的堆上扔，甚至在玉米堆上翻跟头，打机关枪，也剥不了几个。母亲会很恼火，一个玉米扔过去，这下更不得了了，弟弟嗷嗷大哭起来，干打雷不下雨的样子，哭个没完，只等着被母亲赶回屋去。

秋露是很凉的，月光底下，母亲早就披了棉袄，手中不停地剥着玉米，嘴里絮絮叨叨还是那几年挨饿的事情，她怎样去捡地瓜，怎样吃树皮打树叶，守着满院的玉米该是多好的事情……我本就抱怨她的不公，说剥玉米是世界上最无聊的活计，不是男人干的。母亲会很生气：“那你说什么不是我干的，坡里的家里的？你们这两只白眼狼，真要活活累死老娘？”

我自顾低头不语，手中却是故意把玉米都剥成“光屁股猴”，这样她就没办法系起来挂到树上。于是她就会大发一通光火：这干的什么活……

秋夜的梦乡是甜美的，只是不知道小院里的母亲劳作到多晚，只听到窸窸窣窣的声响。影影绰绰地感觉，她会走进屋里来，在我们身上盖条毯子，自己披了棉袄又坐回院子里去，一个人。好在有月亮，母亲也许不孤单，我们只看到一觉醒来，院子里已是一片黄澄澄的玉米挂满了树干，母亲又熬了一个月光之夜，好在陪伴她的还有丰收的喜悦。

在许多夜晚，陪伴母亲最多的竟然是月亮。那些个日月里，母亲是否对着月亮絮絮叨叨说了很多话，这不得而知。后来的母亲仍在月光底下剥着苞米，只是棉袄披得越来越厚，她的身影也不再挺实瘦括，变得臃肿。母亲原先有过的梦想大多已经实现了，她告别了窝窝头，也吃到了许多以前想都不敢想的东西。虽然不再吃窝窝头，但她仍在剥苞米，这是我们不理解的。当我把汽车开回家的时候，她的反应竟然是——这车有什么用？拉不了多少苞米。

她第一次坐我的汽车时竟然不会开车门。我拉着她进了城，却是因为带她去医院看病。化验结果很残酷，以至于无法承受。我的笑容消失了，但母亲仍处在对城市的好奇与兴奋当中，一个劲地感叹医院的条件好，那么干净，床单那么白，小护士一个个那么懂事，这都是儿子的功劳……她哪理解儿子一脸的苦涩，内心早已坠入愧疚与苦痛的深渊。

当一个多少天没有笑容的男人蓬头垢面地走进她的病房，胡子拉碴，头发都白了许多，她的笑容消失了，似乎有不祥的预感，一个劲地追问这医院一天多少钱——住不起咱就不住了，回家养着……我板起面孔训她，讲了一大堆让她配合治疗的道理，她似懂非懂一个劲地点头。而睡眼惺忪的我却一头栽倒在床上睡了过去，这通四处奔波的求医问药……

夜里醒来，忽然发现母亲站在病房的窗前静静地出神，月光像轻纱一缕缕洒进来，病房里是一片惨淡的白。十几层的高楼上，母亲望着那轮圆月，似乎不停地在审视，这个月亮是她的那个月亮吗？像，又不是。怎么听不到蛐蛐叫？这下面黑黢黢的怎么什么都看不见？什么都没有？她很不安，躺下去，又坐起来……

那么大的手术让母亲的身体少了很多东西，连淋巴都清理干净了。麻醉过后，醒来的母亲表情却是异样的安详，伸出干枯的手在她儿子脸上来回摩挲，儿子是自己的儿子，但自己却不再跟以前一样，一个劲地嗫嚅：这医院不光要钱，还割咱的肉，咱不住了，回家。

母亲终于又找到了她熟悉的月亮，小院里她又能听到蛐蛐的叫声，她仍会对着月亮出神，她在数，这个月亮有多少次圆得像饼子，又有多少次弯得像镰刀，还有多少次在等着她。她似乎明白了，这“月妈妈”给了她很多，也陪伴她走了太久，起早贪黑，它也累了。想到这里，月光底下一丝浅笑漾在母亲的面容上，这月亮累了，她也该歇歇了。

那个院子现在我仍时常光顾，即使踩着月光，我也很少抬头看看月亮。我觉得，那早已是不一样的月亮。有个月亮仍在照耀我的母亲，化作长长的影子伴随母亲左右。母亲仍会对它笑，仍会在它的光辉里不停地做着各种活计。与其说我们是母亲的儿子，倒不如说母亲是月亮派来的使者。

◎燕子尾花开满坡

没人说起过那种花为什么叫“燕子尾”，可能是因为燕子从南方飞回的时候，它便开放了；也有可能是因为，它有的叶片像燕子尾巴上的小剪刀。它更像牵牛花，或者说，它本身就是牵牛花的一种。它的茎秆纤长而柔软，碰到什么，就缠绕什么，延伸到哪里，就匍匐成一片绿。它的花朵有白的，有粉的，像一个个小酒盅缀在草丛间，一朵又一朵。莲常说，它们像一汪汪眼睛。可在我们看来，那只不过是燕子尾花，普通得没法再普通，到处都是，哪里都能生长，每年春夏，都把田间地头织成一匹匹好看的碎花布。

碎花布上时常有我们，或者说，那种燕子尾织成的碎花布上布满了我们的童年，我们经常以割猪草的名义逡巡在上面。面对着满眼的青葱，我们却很难填满手中的草筐。草筐在我们手中有时是武器，挥舞着对打；有时是皮球，一脚踢出去，滚出老远的就变成了破草筐；还有时是头盔，扣在脑袋上抵御对手扔过来的土坷垃，再把土坷垃向对手扔过去。此外，我们手里除了镰刀，还有弹弓，我们会盯着树上的鸟儿，草丛里爬动的花蛇，我们把一只只蜥蜴用草棍穿起来，看它们在痛苦地挣扎。有人说家里的鸡和鸭吃了蜥蜴，就会下双黄蛋。但我们很少吃到双黄蛋，因为鸡窝那时是我们家的“银行”，鸡蛋可以拿到集市上去换钱。

莲和我们不一样，小姑娘总是离我们不近也不远，独自在草丛里寻找着她想要的东西。猪和家兔很爱吃燕子尾，但莲却很不愿意破坏它们，她常说要是有这么大一块花布该多好，能做多少件花袄？而在春天里，她的花袄上总是补丁摞补丁。她整个人长得就像一只锈迹斑斑的犁铧片子，没有一点闪亮的地方。她连小辫都不会扎，或者是没人肯为她扎，一丛干枯的“乱草”胡乱地长在她的小脑袋上。她习惯了孤独，习惯了一个人玩。她的嘴角老是生疮，黄黄的水泡一层摞一层，这一层刚要结痂，新的一层黄水泡又冒了出来。那年月青霉素等抗生素还不普及，很多小孩会得黄水疮，但就是她，怎么也痊愈不了。没人愿意跟她在一起捉迷藏或者是叼小鸡，也没有女孩愿意跟她一起踢毽子或跳田房，包括割猪草，大家也不愿带着她一同往坡里走。她就那样若即若离地跟在我们后面，有时我们离村庄远了，还很怕她走丢，不时会喊一声——莲！如果她在某处草丛里边“哎”一声，我们就会放心了。

莲割起草来比我们专心，她总是把草筐早早地填满了。如果在泥土里发现块玻璃，她会拿起来不停地照自己的模样，当看到自己的烂嘴角，就会皱起眉头，然后摘一对燕子尾的小花，插在头发上，再照一照，感觉好看多了，把小玻璃仔细地藏起来，低头继续剜菜。有一种草叫“青青菜”，长满了倒刺，但这种草有种用处，身上哪里破了皮出了血，揉碎后把绿绿的汁液涂在上面，马上就会止血止疼。莲时常会揪一棵青青菜揉碎了，然后涂在自己的嘴角上。

母亲说，燕子尾一开花，麦子也快要熟了。于是一年里的农忙也开始了。点玉米，种棉花，还要种瓜种菜。母亲总是等天黑了才从坡里回来，浑身上下不是像一个“泥”人，就是像一个“土”人。我们的父亲母亲们那时有个好听的名字，叫“社员”，但实际上，他们只是土地里的一员，他们是属于土地的。他们生来就是农民，我们也是，这没得选择。虽然还小，但那时我们也想过，如果我们长大了，是不是也要跟他们一样，在土坷垃里活一辈子。

“这才让你们上学啊？”大人们总是这样说，好好上学，长大就会变成城里人，再不在这农业社起早贪黑，面朝黄土背朝天地吃土晒日头。

莲没有上过学，她有个有痨病的娘，那个女人上不了坡，下不了地，天天在家躺在床上，她的咳嗽声有时半个村子都能听得到。我们见到莲最多的，是她经常端着个痰盂，在她们家的篱笆墙里出出进进。

莲是否羡慕上学的我们，不得而知。每当我们背着书包走在大街上的时候，莲往往背的是猪草。如果看到一堆移动的猪草而看不到那个瘦小的身影，我们都知道那是莲。后来有一天，我忽然发现她的嘴角已经不烂了，而且已经学会扎小辫，小辫上还缠了几朵好看的燕子尾花。

我自认为我长大的那年是13岁时，那年农村的大包干开始了，原先属于生产队的地分到了各家各户。谷雨一过，就该种棉花了。赶上大旱，地里的土坷垃就像石头。但村里却老是没电，没电，潜水泵就从井里抽不上水来，这样把棉花种埋进土坷垃也发不了芽。为等水，父亲与母亲已经在坡里等了好几夜。有天夜里终于来电了，潜水泵把路沟抽满，又停电了。

天一亮，路沟里就围满了挑水的人，这里面也有我，水桶叮当。抢水的日子，人手不够，父亲和爷爷只能让我也参加，更为的是让我尝尝这庄户日子的滋味，才明白好好念书的用处。母亲和姑姑她们在地里把沟垄挑出来，我们挑水浇进去，她们才能把种儿摁上，然后赶快掩埋。我感觉那两桶水越来越沉，本身个头就小，两桶水在扁担上根本拖不离地，只得把扁担钩子在扁担上缠上几遭。一条扁担似乎要把我的肩胛骨压断了。看我走得慢，爷爷在后面一个劲地催，嘴里还不停地幸灾乐祸：调皮捣蛋在庄户地里有用没有？知道滋味了吧？

一天下来，我彻头彻尾成了一个小泥人儿。肩膀上早已磨掉了一层皮，生疼生疼。两只手上也布满血泡，接下来的几天里，拿钢笔都不得劲。

一个农村少年长大了，他懂得了艰辛的滋味，那在燕子尾的花布上的童年也结束了。等待他的似乎只有无边无际的庄稼地，以及大风里漫天飞扬的黄土。

莲那次的哭声特别凄厉，一会像只破旧的风箱挤出来的声响，一会又像大风从门缝里掠过。她痨病多年的娘死了，躺在她家院子里一张破草席上，像一段干枯的树干。当有人把草席卷起准备抬走的时候，她的哭声又像是火车的汽笛，最后她拽着席子一角的手，还是被我的母亲拉开。她躺在母亲的怀里，两只脚丫却在不停地蹬着地。母亲一边哄，一边替她抹眼泪，自己的眼泪却滴了下来。母亲用梳子给她梳起了小辫，她的哭声才小了许多。把原先的红头绳扔掉，母亲用两根白色的小布条把她的辫梢缠了起来。

那一刻我们都感觉莲很可怜，我们不知道一个有痨病的母亲对她意味着什么。我们的生活里可以缺少很多东西，但谁都知道不能没有母亲。女孩子们答应以后一定带她一起玩。

少年的成长像庄稼拔节抽穗。小学五年，初中三年，那么快就结束了。一个没考上学的农村少年长大了，唇沿上绒毛的颜色也变得深起来，说话的声音也苍老了许多。学业结束，接下来他要面对的，不再是书本与钢笔，而是一件件功能不同的农具。

燕子尾的花朵又开了，田间地头还是像铺满了碎花布。干燥的西南风吹上几天，绿油油的麦畦几天就变成了一垄垄金黄的绸缎。风中翻滚的麦浪里忽然就飘起了麦香。五月里风云变幻，冰雹暴雨会不期而至，所以麦子要抢收。车来车往，那乡间的土路上突然就扬起了漫天尘土。镰刀霍霍，起伏的麦浪倒下，闪亮的麦茬突然就布满了田野，更多的燕子尾花就露了出来，爬行在田垄中间。手套早已被磨出好几个窟窿，缠在脖子上的毛巾也早已被汗水打湿，还沾满了一种叫麦毒的黑丝粉末。弯曲太久的腰椎更是疼痛难忍，麦田中的我不得不暂时直起腰身手搭凉棚望向那大路，期盼会有收割机驶来，或者是割麦子飞快的母亲赶到。没有，来来往往的只有满荷的车夫骡马。携带的水壶早已是空空如也，烈日的炙烤下风忽然起了，一片乌云就要逼近，焦躁中抿一下干裂的嘴唇，一团烈火被生生地咽下喉咙。小腿上不小心被镰刀碰破的伤口又开始出血，来不及揉一团青青菜，继续弯腰玩命似地挥舞镰刀放倒片片麦穗。臂上腋下早已被麦芒扎得奇痒难忍，许多细小的红疮一层层地生出来。缠绕在麦秸上的燕子尾也在沙沙的镰刀声响中身首异处。割完这一畦，还有老长的一畦，风忽然起了，心想这雨要来。疲惫加慌张，忽然感觉这农村少年的世界像一垄麦畦，那样漫长，而且充满劳累。

忽然看到另一垄麦畦的一端有一只草帽在起伏飞舞，镰刀清脆的声响中慢慢地近了，起身之间，一副姣好的面容终于看清，竟是一脸的愠色，她用镰刀指过来："你瞧瞧你身后掉得乱七八糟的麦穗，哪是人干的活计？真是做啥啥不中！"眼下莲早已出落得亭亭玉立，我不服气地咕哝一声：那你识字吗……

"不跟你贫，快点吧，下了雨，人进不来车进不来，你家的麦子就等着在地里发芽吧。"她又俯下身子飞快地舞动着镰刀。在这个村子，不再烂嘴角的这个女孩已经赢得了太多良好的赞誉，模样好，又懂事，而且有一手好活计，下地不输小伙，针头线脑女红更是样样精通。我们在上学的一年年里，她肯定割了一年年的麦子，要不怎会这样的干净利落，一根麦穗都掉不了。

轻盈的脚步移过来，镰刀下麦秆的呻吟中，身后是一片低矮的麦茬和一只只整齐的麦个。

一道闪电连着一声惊雷咔嚓就撕破了乌云密布的天空，两人慌忙把一只只麦个装上车，一个在前边拉，一个在后边推。随着一阵狂风掠过，她的草帽被吹走了，却顾不上追赶，一阵骤密的雨点噼里啪啦就落下来，在满是浮土的路上砸出一个个小坑，瞬间又连成一片泥泞。

车轮陷在泥里，自己的脚板更是每迈动一步都要费尽气力，生拉硬拽，在油滑的泥泞中一步一个趔趄。一个农村少年在那一刻忽然觉得自己的人生就像陷进泥泞里的一辆破车，充满了艰难与坎坷，随着雨水，两行有温度的液体一同淌下了脸颊……

终于看到属于自己的那个村庄。雨也停了，就像一场玩笑，乌云过后，天又是一片湿漉漉的蓝，一弯彩虹若无其事地挂在了上面。肩膀被车缰勒得生疼，两腿在泥泞里挣扎得已经没了丝毫力气，就像被抽走了骨头。放下车一屁股蹲在车辕上大口大口地喘着粗气，却忘了车后还有她，她头发上沾了许多麦芒，泥泞中踉跄着踱过来。

忽然不敢抬头看那张如明月般的面容，嘴角哪里还有溃烂的影子？只得把头低下去，却发现一双赤着的脚连同裸露的小腿，沾满泥浆，但仍白皙细嫩，感动在心头涌起。

“你瞧你，不找个媳妇，在庄户地里你迟早要饿死。”

“跟你说过多少遍了，咱们为什么要在庄户地里窝一辈子，咱们不会走出去？”

“你小子就是不安分，都这样了还不认命，多少比你念书多的不都踏踏实实在家种地？”

“跟你说你也不懂。”我拉起车重新上路。她在后面追着喊：“等一下，我鞋子在你车上！”

每天扛着锄头铁锨往坡里走，脊梁被烈日晒得脱了几层皮，便再也不脱了，变得黑黝黝泛着金属的质地。想起在学校里语文老师说过：不好好学逗号句号，就得回家拉问号。我看了看手中的锄头，还真像个问号。但心中却没有后悔，一个农村少年边务农边上学，在那年月的教育与招生条件下，他觉得自己尽力了。只是在这个村子，忽然感觉小时候的玩伴越来越少。有的还在继续上学，有的去城里或矿上打工，有的则去当了兵。在一个闭塞的小村子里，忽然就觉得自己成了一只掉队的孤雁，于是空虚像一种病毒在躯体里蔓延。时常在田野里，我会拄着锄头望着西天那轮硕大的落日痴痴地出神，长长的影子拖在黄土里，是那样颀长，又是那样的孤单与伶仃。

秋夜，低吟的蛐蛐声中，我在院子里跟母亲默默地剥着苞米，哈欠一个连一个，眼睛也逐渐在迷离。跟母亲没有话说，手下只是一片窸窸窣窣的声响。母亲突然开了口，说你小子有艳福了，莲看上你了，她没了娘，就一个弟弟，还在上学，老想着本村有个帮手，种田也方便……我却径直起身，走进屋里，扔给母亲一句话：她不识字。

院子里的母亲一声叹息。钻进被窝里的我忽然觉着一阵冰凉袭来，一张明月似的面庞却在暗夜里挥之不去。那时不懂爱情，但总觉着一个不识字的女子心中向往的不是爱情，她的理想里只有庄稼与地，找一个务农的帮手，种一辈子地，这样的生活就像土坷垃泛不起任何诱人的光泽。

莲从此再也不理我，也不会好心走进我家的责任田帮我干哪怕一丁点农活，甚至在场院里看露天电影的时候，也再不跟我站在一起。她最终改变了主意，不想再待在这个村子。终于，在一个灰蒙蒙的凌晨，几声凌乱的锣鼓声中，她被很远村子里一个男人娶走了。

我忽然觉得再待在这个村子里早晚会疯掉。终于在一个深夜，我扛着一张铁锨，拿着一把瓦刀毅然决然地坐上了一辆拉砖头的拖拉机，向着一个叫城市的地方进发。黑夜里，我坐在车厢的砖头上，顶着风，看漫天的繁星大片地掠过……

母亲常说，人是不经混的。不经意间我们早已成家立业，但更不经意间她那么快就离开了我们。大概她这一生，如果不是绝症，没有什么能让她脱离农田。人过了40岁，眨巴眼皮的工夫就开始“奔五”。小时候在燕子尾的碎花布上玩耍的那些小伙伴，都在哪里，又是什么境况，许许多多不得而知。

我见到儿时的小伙伴们最多的竟是在村前的坟园。当年在燕子尾的花布上有他，也有他，只是一个个已满脸沧桑，谢眉秃顶。他们中有官员，也有企业家，还有的只是普通职工，也有的仍在家务农。说来遮不住的苍凉，我们之所以能在这个地方相遇，除了说明我们不再年轻以外，无非就是家中老人也一个个离我们远去。坟园里每年都会添许多新坟，泛着新土，狼藉着花圈的残骸。更多的老人离我们远去了，那个村庄变得越来越冰冷。在祭奠的日子里，又是这么肃穆的地方，谁都不愿多说话，只是默默地点头致意，不知道内心是否都有伤感或是会泛起儿时的涟漪。

那次她也来了，隔着几个坟茔，烧完纸她站起来的时候我们看到彼此。她的身材已是肥硕臃肿，我也是满身赘肉。掩不住的意外，却又无法激动太多。她说回来了？我说你也来了？她说你没见老。我说头发都白了，染的。她说俺已经抱上孙子啦。我说我儿子刚上大学。她说真不经混，你都变成城里人了。我说你都是远近闻名的种植大王了！本该爽朗地相对一笑，却不得不凝重地注视着母亲的坟茔。那上面正有许许多多燕子尾破土而出，不出几天，必定会是一层白色的花朵，像一只只小酒盅。

她说，她不容易，在地里忙了一辈子，你多给她烧点纸。

我说，大家都不容易，走过一道道沟，又迈过一条条坎儿……

她问晚上住下？我说不了，还有一百多里路。她竟然很现代礼仪地伸出手来，我们彼此握了一下，那只手心里遍布着老茧。

看到她走上公路，钻进一辆豪华的小汽车，心头泛起一阵欣慰。目送她的汽车远去，像以往一样，我又在母亲的坟茔前蹲下来，迟迟不愿离开。忽然觉得在如箭的光阴中，我们在土地面前没有坚守与背叛，你的皮肤既然跟黄土一种颜色，终将归根于这泥土的掩埋，我们不一定拥有大地，但总是他的子孙。

绚烂的阳光底下，迷离的目光中一只只五彩的光圈落了下来，眼前不知是多少轻灵的蝴蝶在翩翩起舞，还是满眼的燕子尾花开满了大地，那匹匹素艳好看的碎花布上，依然有许多孩子在挥舞着镰刀冲向原野。

◎消失的村庄

人都是有属于自己的村子的，这与村子是否是他们的归宿无关。一个村子养大了他，那他身上就永远有村庄的烙印，一个村庄的影子会萦绕在他所有的年华当中。世事纷杂，他们会经历很多，也会遗忘很多，但只有回村庄的那条路永远是最清晰的。

他从来没有想过，自己的村庄会不会消失。村庄怎么会消失呢？村庄被永远标记在地图上，他是不会被磨灭的地理符号。一个村子从无到有，身躯从小到大，它的历史是古老的。它可能存在了上百甚至上千年，这些有记载，也可能被遗忘。但村庄永远在那儿，洪水冲不走，天灾也摧折不了，它们毁弃的只是村庄的房屋，但消磨不掉村民对家的认可。曾经连年的大旱，连年的饥荒，这些都没让一个村庄彻底消亡。“大兵过后，必有灾年”，战乱频发甚至饿殍遍野，村庄都挺了过来。外出逃荒的终会回来，房子倒塌了，泥土一夯又是新的家园；田野荒芜了，一番耕种又是一片葱茏绿野。有村庄的地方总是富有生命力的，没有村庄的地方永远只是一片蛮荒。

村庄是不屈的，因为村庄里总是不乏坚强。鬼子们的炮火与杀戮总想把村庄从地平线上抹去，但村庄一直屹立在平原上、山坡上，临河而居的、靠山逶迤的。

有不屈的村庄，就会繁衍更多坚强的子孙。

一个村庄是怎么来的？可能是唐太宗征途屯兵，也可能是朱洪武垦荒移民。但肯定的是，村庄的老祖宗率先驻足在了这儿，他或是他们在这儿播下了勤劳的种儿，几间茅草屋、几分薄田足够养家。村庄最初的雏形肯定是原始的，鄙陋的。田野上总有旭日会东升，有了村庄、炊烟就总会泛起。日出而作，日落而息。村庄矗立在田野上，村庄的子民劳作在田野上，村庄一圈一圈会变大，村庄里的子民一代又一代会老去。那些老祖先肯定不会想到，村庄最终会胡同套着胡同，街巷连着街巷。会有那么多优秀儿女让村庄不朽与荣光。这如同他当年随手种下的那棵小树苗，冠盖如云竟然屹立了那么久，多少春秋花期绚烂，又有多少种子随风飘零……

那是一棵老槐树，那里面到底有多少年轮？这大地里到底又有多少根系织成网络纵横？多少代子孙生生不息，村前已是沃野千亩，村后也是良田百顷。村庄是汗水浇筑出来的，也是多少代人的心血凝成的。

一个村庄的人多是有血缘的，维系一个村庄或许更多靠的是伦理，靠的是亲情。一个村庄可能不乏龃龉，但很少有仇恨。亲兄弟干上一仗，街坊邻居吵上一架是家常便饭，但回过头来还得一块打场晒粮，还得一块扶耧下种。妯娌婆姨们刚骂了大街，转过脸来还得一块缝被窝絮棉花。村庄是不嫌弃人的，村庄里只有辈分没有等级。这老的就得让着小的，这少的就得敬着老的。谁也没有定过规矩，但祖祖辈辈就是这么传承下来的，没有传承哪会有什么村庄？村庄可以是贫穷泛滥的地方，但绝不可以是冷漠蔓延的地方。村庄可能不够发达，但永远不会缺少温情。

村庄像什么？像一个白发老娘的怀抱，它是哺育过很多的。它有多少沧桑，就有多少苦难；它有多少粗鄙，就有多少包容。它可能有太多苦涩，但因此就有了更多向往。有多少人嫁到了一个村庄，又有多少人逃离了村庄。一条条布满柴草的街巷弥漫着腐烂的气息，风儿涌过来，吹不散的还有农家肥的发酵恶臭。人住在屋里，牛羊歇憩在圈里，人和牲畜共同的院落就是家。每天都有花儿开，却很少闻得到花香；庄稼一年一年地种，老少爷们却还是面黄肌瘦；家家都有纺车转，梭子来来回回地织，却还是那遮不住身子的粗衣褴褛……

村庄能给你的似乎只是生命，却给不了你所有的向往。很多人会离开村庄，出于各种的理由，或者是保家卫国，或者是白衣入仕，或者是这逼仄的街巷总不能丈量人生。有多少少小离家，又有多少告老还乡？村外那条大道连接的是外面的世界，又能载回多少荣归故里的梦想？

村庄还在，晨曦笼罩在迷茫的白雾里，入夜沉睡在渺茫的漆黑中。雨天满地的泥泞，晴天里飞扬的总是那条大路上连绵的尘土……

村庄也是会变的。街道会越来越整齐，没了柴草积聚，没了牛圈羊圈在腐臭发酵，有了清一色的红砖碧瓦高门大院，有了自来水，有了闭路电视和互联网，这还是村庄吗？不远处城市的高楼在视野里逐渐地近了……

总有人怀念以前的村庄。梦里总是袅袅的炊烟像轻纱缭绕着的村庄，总有耕牛的轻哞与散漫的蹄声。等到春色斑斓，村庄掩映在槐花的香里、榆钱的绿里。风吹过来，又拂过去，那些枝杈慵懒地舒展一下骨骼，于是一片纷扬的飘零落雨里，满地是花朵的尸骸……

村庄真的消失了。不止一个，是许许多多村庄。它们从地平线上被抹去了，以后还会从地图上被抹去。原先是村庄的地方扎起了脚手架，立起了塔吊。时代在变，世界也在变。发展的时代还有村庄存在的意义吗？城市里的高楼吞噬的不只是天空，还有田野。

那堆瓦砾可能是那个村庄最后的痕迹。一位老者身影落寞地穿行在中间，他满头的白发像眼前这片建筑垃圾一样狼藉。他在依稀辨认梦里出现了无数次的那条胡同，哪里是他老屋的地基呢？那棵老槐树怎么也不见了踪影？那尊石碾又是在什么位置？已经多少年了？刚刚穿上一身戎装的他在石碾前庄严而又威武，胸前那朵大红花在记忆里依旧那么鲜艳……

老者在瓦砾中坐下来陷入沉思，他的叹息被轰鸣的搅拌机声所吞没。其实他知道，他和他心爱的村庄都会消失，但一个村庄会一直流淌在他的血液里，即便公交车会把他带到很远很远的地方，但脚下这方热土总是与他相连的。

一朵野花从瓦砾中孱弱地生出，那是村庄最后的绽放，它的种子不知会随风飘到多么遥远，就如同儿时的童谣，每次听到都会让人回到故乡，甚至老泪纵横。

（原刊于2018年2月2日《大众日报·丰收》。有改动）

◎鬼子姜

那种植物一直躲藏在草木中间，偷偷地生长。直到一夜秋风，它黄色的花朵突然就像繁星布满了河沿，这才让人意识到它的存在。那一朵朵饱满的黄似乎都要滴出硫黄一样的汁来，连你的瞳孔都被映成了柠檬的色彩。

这段河沿在向城市蜿蜒，深秋时一片斑斓，像画家的调色盘，橙红与金黄在任意地涂抹。草木都已开始凋敝，秋风里瑟瑟哀叹着季节的挽歌。只有它在绽放，花枝乱颤着摇来摇去，让河岸飘成起伏的锦缎，像皇宫丽人满头的珠玉银簪，颤动得惊心动魄。

秋风也像流淌的水，要不天空不会这番湛蓝入洗，流云也不会这样仓皇如卷。连阳光似乎都打起了旋儿，像一袭袭波涛荡漾开来，铺一地的金黄，又在河面上洒满跳动的银箔，像无数双眼睛在闪烁着调皮。在这样的河边奔跑，忽然就感觉到光阴的长度，你跑过的是一段路程，身后何尝不是一季季的花开？好在空气清凉得就像在你肺腑间飘落了许多花瓣，一阵悠闲里又多了许多慰藉。

很多人都发现了河边这片花海，从大路上纷纷跑过来，站在花影前，用手机不停地拍照。大自然时常是让人动容的，那些人竟然不知道这是什么花，看我从河边跑过，一个女孩问：叔叔，这是什么花？

——鬼子姜。说完，我头也不回继续奔跑，让绚烂的花影从身边掠过。“什么？这名字好怪啊！”

这种植物的名字完全是因为它的舶来身份。它在 17 世纪传入我国，正确的名字应该是“洋姜”或者“菊芋”。而在我们的老家，人们之所以叫它“鬼子姜”，大概是因为这是一种狡猾的植物，因为消灭它远比种植它要困难得多。

说不清这种植物到底是花还是菜。它埋藏在泥土中的根部会生长出一种洁白而光滑的块茎,那些东西除了酱菜厂的酱缸,似乎没有其他太好的去处,它雪白的肌肤会被腌制成沉郁的酱黑色,被主妇们端上餐桌,咀嚼在口腔中发出清脆的声响,但相信很少有人会提起它那有点邪恶的名字——鬼子姜。

河边上竟然有大片鬼子姜,在秋季里绽开了惹人的花朵。但有些人被吸引不是因为这艳丽的风景,许多主妇会拿了精致的小铲把那些块茎挖出来,那是腌制酱菜的上好物产,她们把一株株鬼子姜的植株连根拔起,把一块块形状不规则的根茎扔进篮子里。一朵朵鲜花跌落在泥土当中,于是盛开戛然而止。在城市里,很多人认为风景与情调更重要。而对于那些大妈而言,最妥帖的却是粗俗的生活,她们的故事里只有一口口酱缸泛着沉郁而咸腥的味道。这自然引起许多俊男靓女的不满,他们大声指责那些挖鬼子姜的人——咸菜对你们来说就那么重要?把那些东西留在泥土里来年看一片更浓密的花海多好?主妇们笑了。在她们的沧桑里,鬼子姜的花太“妖”,她们对一朵花的嫉恨似乎是来自于自己已经不再拥有大把似锦的年华。而更让她们感到可笑的是,这些年轻的后辈竟然以为鬼子姜会消失在她们的攫取当中。

——你们太不了解鬼子姜了。

作为一种植物,光有好看的花朵不足以讨更多的人喜欢,更重要的是必须有沉甸甸的收获。因为它们原本就属于乡间,鲜花与风景对那些农人不重要,他们更需要果实。所以鬼子姜的块茎会被农人栽种在田间地头,在自家的茅檐屋舍前随意埋上几棵就行了,不需要任何养护与管理。似乎没有哪种植物比鬼子姜更留恋泥土和大地,对于它们来说,最幸福的事情莫过于生长。它们在泥土里发芽拔节,自由而肆无忌惮地扩散着自己的领地。在很多时候它只是一株卑微的植物,但又是如此充满野心,恨不得把所有土地都纳入自己的裙袂之下。它是贪婪的,对土地是,对生长的空间也是。

它的生长会像云翳遮天蔽日,会让一处院落变成一片婆娑,它终会妨碍主人的空间。于是主人想把它除掉,终止它的繁衍与生长。那些块茎会被刨得一干二净,但只要有一颗留在泥土里就足够了,来年的春天,它们又会发芽。主人从房檐下把它们挖起,它们却在墙角蘖出。它们的根须早已变成经络布满了土地的每一寸肌肤，而且总能找到一处角落，让惨黄的花朵绽放出一脸的无辜，摇曳的姿态又是一番若无其事。终于有一天，主人把整个院落都浇灌成了水泥，把所有植物都封在沉重而坚实的地面下，但它们却穿过院墙在邻家院落里拱开泥土破壳而出了。这就是鬼子姜，顽强得让人恐怖，狡黠得又让人敬畏。

是谁在这片河边栽种的鬼子姜呢？或许它们压根就没有主人，是流水把它们从遥远的地方带到了这里。它发芽了。一开始只是一株，最后蘖生成一丛，直到侵吞了大片河岸，让花海随着流水流淌出婀娜的腰肢，一段无人问津疯长的日子一定是最得意的年华，在这片河沿，它们一定无数次吟唱出自由的欢歌。城市的管理者肯定对这种汹涌的生长很是头疼，这样下去，它们的根须会吞噬掉半个城市的版图。在金秋，它们的花朵如期绽放了，像一片金色的祥云从天际坠落。许多人在河边流连忘返，还有写生的画家在花海面前支起了画板……

一阵机器的轰鸣声滚来，这片花海忽然就在推土机的碾压下撕裂破碎。鬼子姜的身躯在推土机的大铁铲前和着泥土堆积着翻来滚去，那些娇艳的花朵瞬间就如灶膛后的村妇蓬头垢面，一些雪白的块茎被碾碎于机械的履带之下。鬼子姜的尸横遍野里，城市的建设者们吹响了改造河沿的序曲，这里将是奇花异草和名贵树木的领地，而不再属于鬼子姜。鬼子姜不属于城市，就像农民工在城市大多是过客一样。那些茂密的植株在被推倒的那一刻可能会有一声轻叹——难道我们不是风景吗？它们不会明白，它们的生长太野蛮了，而城市向来需要秩序。

被改造好的这片河沿铺满了大理石，被一些长青的灌木打扮成了公园，每天都有人在河边漫步。又是金秋时节，银杏与枫树正是一片迷人的色彩，一片金黄又一片橙红地交织变幻着都市里的神话。我依旧在河边奔跑，脚下卷起厚厚的落叶。我竟然忘了这片河沿曾经属于鬼子姜。很意外的是，一株熟悉的植株出现在我的视野里，细小孱弱的身躯，满头黄色的花朵。它是费了多大的力气从大理石与泥土的缝隙中挣扎出了身躯又完成了绽放？

鬼子姜，你挣的哪里是生长？你挣的分明是命！

◎乡村三味

乡村是一种味道，这种味道有时像酒，日子越久，越显得醇香，甘洌的、浓郁的，会许久沁绕在你的心脾，那种味道会像基因永远深植在你的味蕾里。岁月久了，味道淡了，但这种基因会随着记忆在发酵，不时还会从你肠胃里泛起。一座乡村坐落在平原上或者山沟里，很原始、很粗陋，它的身影会越来越模糊。但有些人会觉得，这天南海北不管你到哪，总有个村子会与你割舍不开，你会重新品尝那个乡村，连同那段历史，一同咀嚼起来。原来这生活有各种各样的味道，每一段光阴也是，酸的甜的辣的咸的，这做法不一样，滋味也就不一样……

地瓜糖

农村是制造粮食的地方，但那年月农民的主食却大多是地瓜。黄灿灿的麦子打下来，却一车车地送走了，张灯结彩，马车上都插了红旗。看着自己的血汗交了公粮被拉走，广大社员都兴冲冲的。

一两只袋子把一年的口粮扛回家，放好藏起来，再不舍得动了，红白公事需要做人情，年上节上需要包饺子蒸馒头。还有甚者，干脆把麦子推到山区换成更多的地瓜干，这样一家人就不至于断顿了。

“灶里烧着地瓜蔓，锅里煮着地瓜蛋。”这就是那年月某些农村锅台灶边的真实写照。其实不光如此，瓮里盛的也是地瓜干，烙饼子蒸窝头也全是用地瓜面。

关于地瓜，在20世纪的六七十年代，很多人是有酸涩的回忆的。那东西不当饭，一肚子吃得再饱，下地干上半天活就开始发饿。上顿地瓜蛋，下顿地瓜面，除了地瓜还是地瓜，很多人吃得胃里直泛酸，烧心烧得慌。所以从那个年代过来的人一看到地瓜，往往仍有反胃的感觉。窝头不好吃，但在那年月却是好东西，可一年分到手的口粮就那么点，不掺杂地瓜果腹是不可能的。

不过地瓜留给人的并不只有酸，还是有那么一种东西与甜有关。

热气腾腾的大铁锅一掀，那时的娃们往往都会一声哀叹，又是地瓜！这时主厨的老娘往往会一声责骂：有地瓜就不错了，闹饥荒的时候树皮都扒没了。喝着地瓜粥，啃着地瓜蛋，味道是甜的，但生活是苦的。

地瓜的品种有很多，往往在一堆地瓜中发现有那种黄瓤的，那种地瓜是最甜最软的一种，也是最不当饭的一种。生产队分地瓜的时候，分到这种地瓜的人都好大怨气。但蒸熟后却都舍不得吃，这种地瓜像霜打过的柿子一样，咬一口，满嘴蜜甜的汤汁，于是大人们把它留起来，剥了皮，再切成手指宽的一条条，找个簸箩晾起来，天气好了，再放到太阳底下曝晒。于是本来软软的地瓜开始变硬了。

那些地瓜条在屋顶上，或者院子里任何一个阳光充足的角落，沐着阳光，披着风霜。主家们往往会忘记它们的存在，但有雨雪的天气是不能忘记的，要及时拿回屋里，否则被雨淋了，会发霉，有黑点，生出绿毛就不好了。

在计划经济的时代，农村的孩子也是能见到糖块的。那些包装得花花绿绿的糖块虽然很诱人，但多是静静地躺在供销社的柜台里，无人问津。那些背着书包的孩子走到那里往往都会艳羡地望上一眼，但只能狠狠地咽一口唾沫，悻悻地离去。想吃，得花钱买，但农村那年月上哪里去弄钱呢？自家老母鸡下的蛋卖掉都是违法的。父母在生产队下地干活一天才挣一个工分，有的时候一个工分才8分钱。一年下来，有很多人还分不到钱，反而欠生产队很多。

地瓜夏天或秋天下来，已经吃了多少天，很多孩子都记不清了，就这样，春节慢慢地到了。

那是最幸福的节日，是乡村生活里的最高潮，有新衣服穿，也不再吃地瓜了，家长们把瓮子底那点白面全拿出来，开始比宝，蒸豆包，蒸白馍，包饺子。过一个年，就像参加一次王母娘娘的瑶台盛宴，还有比过年更美好的事情吗？最大的愿望是过年，也是盼着这年慢点结束。

一个充满糖果的新年对孩子们来说才是美满的，那些花花绿绿的糖果是一种梦想，但家长们会满足他们的要求吗？答案是否定的。

父母们往往会说，那些糖块不好吃，而且贵，含在嘴里半天都不化，咱们有，早就给你们准备好了。于是那些在阳光下被晾晒了多少个日头的地瓜条条被端出来，这还是那些地瓜吗？可能是吸收了太多阳光，承载了太多雨露，它们变了，变得像琥珀一样透明，像玉石一样好看。一把把抓在手里，已不再是那些熟悉得没法再熟悉的地瓜，里面的糖分都已经渗出来，变成一层淡淡的白霜。嚼在牙床上，一种结实而韧性的劲道，一种绵软幽香的甜绕满了口腔。

他们终于满足了，一个有糖的新年里便不再缺少什么，虽然那只是“地瓜糖”。穿着新衣裳，兜里揣着鞭炮，也揣着地瓜糖，新年里他们似乎都变成了天使与公主，日子也变得闪光了。大上海生产的“大白兔”虽然近在每天都路过的柜台里，但很遥远。自家的地瓜糖才是自己触手可及的，而且也是一道美味。

于是，没人再站在供销社那堆花花绿绿的糖果前流连忘返，地瓜糖也是糖，而且它甜得更醇，也更真。多少年以后，在那些像皇宫一样豪华的超市里，那个年月的那帮孩子又见到了地瓜糖的身影，而且，它的身价丝毫不低于他们曾经梦想中的“大白兔”。

菜豆腐

菜豆腐并不是豆腐，它是菜。

那时候农村哪那么容易见到豆腐呢？豆子虽然有，但属于经济作物，是要为生产队与村委换钱的，而且庄稼地里的主力军老牛和骡马也要吃，离了它们不行。

生产队在秋天会分萝卜和白菜，这家一堆，那家一堆。大人们把萝卜头顶的绿苗子割下来，还有那些不小心弄掉的白菜帮子，整整齐齐地码好，洗净，然后晒起来。院子里横七竖八扯满了绳子，到处是萝卜缨和白菜帮子。

萝卜早已被重新埋进了地里，除了这样储存，任何一种方式都会让萝卜糠心。白菜也是如此，埋进地里不怕冻，还能保鲜。天冷了，地里已经没什么活计。白菜萝卜，虽然不多，却是一冬天的蔬菜。

再听不见生产队上工的钟声了，农村的生活闲散慵懒了很多。婆娘们开始为新鞋上帮子，开始找地方漂染织好的粗布；那些汉子们的主题，除了吃，就是睡了。要是有场电影看最好，其余的大多数时光，是站在村委的高音喇叭底下，听村里仅有的一台扩音器播放样板戏。人们三三两两地聚拢在一起，相互寒暄总是那几句：

“吃了吗？”

“吃的啥？”

“咸菜窝头……”

“地瓜饼子……”

“我们家吃的菜豆腐。”

于是他家终于成了焦点，菜豆腐好吃，是掺杂在地瓜与窝头中间上好的牙祭。

那些被晒好的萝卜苗子和白菜帮子，在冬天里被泡起来，两到三天，脱水的苗子又绿了，在盆里活生起来。原先它像是一堆柴火，现在又恢复了蔬菜的模样。

“晚上咱们吃菜豆腐。”一听要换口味，一家人的兴致也来了。

一遍一遍地洗净了，一棵棵码齐切碎，然后狠狠心倒上少许的棉籽油，上锅炒上一遍，这样油盐就入味了。菜豆腐是要当饭的，吃的都多，怎么也要准备一大锅。一锅菜豆腐做下来，主厨的老娘在冬天里往往汗都淌下来了。

炒过了，大铁锅也已刷净，把菜倒进去，加少许水，灶里填上地瓜蔓与棉花叶，风箱一拉，生火烧上了。柴火也不是丰足的，那里面有从树林里搂来的树叶，有从生产队分来的麦穰。好柴火倒是有，但多数是生产队里喂牲口的饲料。有些细碎的泥土一样的东西填进灶里很不愿意燃烧，所以要靠风箱，风箱一吹，浓烟滚滚。

锅里终于咕嘟了起来，要是有豆面或黄豆就好了，盛上半瓢倒进去，会有更浓郁的香气溢散开来。但多数只是碾上未碾碎的豆豉，甚至是生产队油坊榨过油的豆饼，那些东西最准确的用途应该是肥料。但这不重要，掰碎了撒进去，一样的有豆味飘香。

终于做好了，一碗碗菜豆腐盛出来：绿的菜叶，黄的豆瓣，很好看，胃口也被提起来，扒上一口，咸淡适中，又是菜，又是饭。一碗不够，锅里还多，你一碗，我一碗。一家人围在一起，终于打起了饱嗝。肚子填饱了，冬日里也就不觉得那么寒冷了。幸福的感觉就来得这么简单，也这么廉价。用火柴杆剔着牙缝，再回味一下残存在口腔里的那点余香，然后望望毛主席像："多亏了他老人家……"

公饺子

冬天里，"吃"成了最美好的话题。吃什么，怎么吃，总是充满了故事。

在乡村里什么最好吃呢？抹了油的千层饼？白花花的手擀面？都不是。最好吃的肯定非它莫属——饺子。

但那是饺子啊，不过年不娶媳妇，谁家能吃得上饺子呢？想吃是肯定的，一提起饺子，口腔里就分泌出了太多液体。但可气的是，那饺子皮儿离了白面就是不行。有人尝试过，因为太嘴馋，想用玉米面把饺子包出来，但哪怕只是稍微掺上一点玉米面，饺子下到锅里一煮，就成了一锅糊涂粥。掺点地瓜面倒是可以，但既然还是地瓜面，又有什么必要去包饺子呢？

掀开面瓮子看看，就那么点白面，白得像雪。还是留到过年的时候吧，除夕一顿，初一一顿。

"昨夜做了好梦，梦到吃饺子了。""我梦里的饺子比你的好，我那饺子里有肉。"饺子谁不想吃？馅好弄，白菜萝卜都有，就是卡在面粉这道坎上。但他们说饺子是有性别的，吃不了"母"的，咱们就吃"公"的。

想吃就赶快吧，洗白菜，洗萝卜。冬天里的井水是凉了点，但为了饺子，这些都不重要。"大妮，把菜多洗几遍；二妮，赶快用擦冲子擦；柱子你也别闲着，用刀把馅儿剁得再碎一点儿……"

馅齐了，白面舍不得用，那就用玉米面吧。黄澄澄的玉米面挖出来，一瓢？两瓢？数数几个人，掐算一下够不够吃。要多放菜，少放面，然后与剁好的馅儿倒在一起，加水揉。

别忘了剥一棵大葱，要是有姜就更好了，剁得细细的撒进去，还有盐，也要碾得碎碎的。和了玉米面，用力揉，用力搓，直到把菜里的汁水都揉出来，这样玉米面就不松散了。绿油油的菜叶和金黄的苞米面揉在一起，好看，味道闻着也鲜。

接下来，锅里的水烧开了，把菜面团一小块一小块地揪下来，在手心里再攥上一把，这样就更结实了。别怕结实，玉米面不是麦子面，如果攥不结实，在锅里很容易就煮化了。然后把面团一个个扔进锅里，灶里的火要旺，多添柴。

还有一种方法不是用手攥，是把面团在案板上拍成一张面饼，二指来厚，然后用刀切，整整齐齐，切成大小差不多的一个个方块。但这样里面最好掺点面粉，因为不用手攥总不那么结实，锅里一煮，很容易就散了。“公饺子”要像真饺子一样，煮出来要囫囵，汤水是要清的。

“还没好吗？公饺子熟了吧？都饿了！”最嘴馋的，往往是最不爱动手的那个，这时他早刷净了海碗，拿了筷子在灶边等着。有兄弟姐妹的，肯定会予以谴责：“不许抢！”怎样才算熟了呢？原先沉到锅底的那些菜疙瘩，要是在沸水里都漂起来，那就熟了。

终于出锅了，那个最嘴馋的小伙子率先为自己盛上一大碗，不管烫不烫，塞进嘴里咀嚼了起来……

攥得那么结实，但煮熟后却是那么松软，有萝卜的微辣，有葱姜的香味，味道的确不输给饺子。出锅了，顾不得嬉闹了，这么好吃的东西，不快吃就被柱子吃完了。但为什么要叫它“公饺子”呢？柱子和二妮不解。但柱子的娘说了，饺子是肚里有馅，是“母”的；公饺子是面里有馅，馅里有面，没肚子，所以叫“公饺子”。

他们笑了，很开心。在大口吞吃中，他们感觉日子像碗里的公饺子一样有滋有味。在一个乡村，最不缺的就是乐观与幽默，抱怨与烦躁总是稀少的。这日子，怎么样都是日子，富足的，贫穷的，条件不一样，味道也就不一样，全凭你怎样去品，怎样去做。就像这吃，再粗糙的东西，都能让人们做出味道与精彩来。

（原刊于2014年第5期《青海湖》。有改动）

◎变脸

雨季里没有雨下，太阳便撒起了欢儿，已经没人再敢抬起脸寻找它的方位，只感觉它的光芒硬而尖，七彩着像钢铸的针撒下来。天空感觉不到蓝，一种灰蒙蒙积砌起来，有点脏，那可能是所有生命的汗水凝成的黏稠。

锄头落处，尘土焦躁地飞扬。但依稀能看到坷垃里有水气不迭地升腾，一种扭曲而透明的晃动，于是一切景象就像蒙在一块质地不平的玻璃里。在这样一个无边的笼屉里，本来就打了绺的玉米们更显得萎靡。一顶顶斗笠下是一块块铁褐色的背，一条条蚯蚓在上面缓慢地蠕动，那是汗水在附着的扬尘中冲开的河流。

玉米苗刚过膝，向日葵就艰难地伸展开了花瓣，很妖冶的黄。在这番炙烤里，最幸福的似乎是那条蜿蜒的水渠，只有它身畔的杂草还在充沛着绿的生机。水流很细，很缓，似乎马上就要停下来，消失在烫人的泥土中，“嗞嗞”的声响都能听到。水渠的尽头是一眼井，一台柴油机在声嘶力竭地叫喊，水花就这样断断续续地吐上来，像一个耄耋老汉的阵阵咳嗽。那些农人偶尔会放下锄头俯在井边，用手捧起这变得异常金贵的液体……

东南的一角天空忽然就暗淡下来，很快一种黑在蔓延，吞吐着翻卷过来的不像云，倒像是国画大师的水墨泼洒开来。阳光像被驱赶，慌不迭，黑暗便气势汹汹涌来了，黑暗与光明从来没有如此清晰的界限。但这些在一瞬就消失了，因为头顶已是锅底一样的黑。

风起了，猛且疾，没有半点缓冲，向日葵的身躯“呼哧”一下就扑倒了。所有的禾苗都朝一个方向匍匐，晃动都来不及。要下雨，幸福似乎来得太快。头顶的斗笠像车轮一样滚动在田野里，没等追上，一道闪电忽然就撕裂了头顶厚厚的黑，像点燃了炸药的引信，滚雷便咔嚓嚓地在黑云里炸开了，久违的雨滴终于在渴望里飘落，豌豆那么大，稀疏地在尘土里砸下一个个褐色的泥碗儿，旱情马上就要解除了。

土路上，雨线抽打在那些烫脚的浮土上，扬起阵阵尘烟。“久旱逢甘霖”，雨虽然来得急，但农人回返的步伐却不怎么慌张。雨水终于来了，一脸脸的笑容仰起来，让雨水冲刷一下脸颊上的汗渍，张开嘴喊，张开嘴笑，让金贵的雨点落入口腔，肯定是琼浆般的味道。忽而一些琐碎的硬物飞进泥土，一眼眼深邃的洞……

“雹子！”笑声戛然而止。那些在泥土里滚来滚去的雹子有花生那么大，转眼核桃大的就落了下来。大地忽然就像一面鼓皮，四野一片铿锵的交响。人们踉跄奔逃，那些冰凉的硬块击打在黝黑的肌肤上泛起一阵白，须臾红肿就起来了。四野空旷，斗笠已经抵挡不了多少，于是手中的水盆也顶在头上，路面已经开始泥泞，说不出的仓皇。

雹子越裹越大，鸡蛋那么大的滚落了，连寒光都没留下，就已经陷进泥土，眼前脚下满是玻璃球的蹦跳与滚动，踩在上面不迭地趔趄。田野在迅速地矮化，视野慢慢地开阔起来。

六月天，孩子脸。响声还在继续，云层的罅隙里忽然就透过了阳光，暗夜里手电筒一样的光柱。像掀开帘子，太阳便露出了小半边脸。风裹着残云若无其事地远去，天空忽然就一尘不染清澈得蓝起来，有点湿漉漉，也有点清冷。

暑气一干二净，刚才还处处葳蕤的田野也平整起来，像被碾子碾过一样，满目的残骸，满目的狼藉。玉米的尸体交错横陈，碎成齑粉，铺开来。田野像一块废弃的绿地毯，上面布满了烧灼的洞孔。疮痍处，泪水正凝成一滴滴。向日葵的头颅滚落一边，黄黄的落英半掩在泥土里，那是它最后的妖冶。满眼是绿色与花朵的粉碎，只有南瓜似乎在笑，裂开了嘴，变得珠光宝气，只因为它蠢笨的身体里嵌满了珍珠。

一弯彩虹垂在天边，妖艳无比。肥硕的梧桐树叶似漏勺千疮百孔，琐碎的阳光正是从那里面筛落下来，落在惊魂未定的农人脸上，他们正跟那些受伤的乔木一样呆呆地矗立，久久无语，沉默在寂静里像黑色的炸药，惊栗与恐怖环绕在周围，忽然吱呀一声，杨树的一只臂膀从空中断落。

路边沟里再寻不见那茂密的杂草，一汪镜面的积水。是谁粗粝的大手捧一把起来，那里面有钻石一样的东西还在闪耀着光泽，化成泪水从指缝间滑落，无声……

◎年集

冬日的原野在临近过年的一天里醒来。太阳像一只烤得焦黄的苞米饼子，从东方升起，却不愿爬得更高。在一袭袭焦黄漫漶里，阳光竟然没有丝毫的暖意，只是把田野镀满了清冷的色泽。总有些雪是不愿融化的，残存在背阴的沟沟坎坎。这样广袤的农田就显得有些斑驳，有地方像得了白癜风。腊月里的白杨树早已是瘦骨嶙峋，被脱得光溜溜的，以至于那些枝干在寒风里瑟瑟发抖。路是乡间的路，高洼不平，崎岖而又蜿蜒，一条条拇指宽的缝隙冻裂开来，像蚰蜒爬成虬曲的经络。天是冷的，但路上那些赶集的人表情是不一样的，脸上洋溢着的多是喜庆和期待。人群三三两两，却陡增了许多喧闹。一年到头了，马上就迎来一个如火似荼的节日，年集自然也是这节日的一部分。阡陌中间，大路之上，那些人穿戴臃肿，挑担的、推车的、手挎篮子布包的，都在向一个地方汇集，汇集到被称为"集市"的地方。

腊月里的集市，被称为"年集"。年集里有卖方有买方，但他们的身份却大都一样，无非是农民在变换着角色，交换着自己的劳动成果。年集更红火，也更嘈杂，熙熙攘攘，人头攒动。老百姓管生活叫"日子"，三百多个日日夜夜的辛劳忙碌，在腊月里终于换来了停顿与歇憩，年都是要过的，不管收成是否满意，年景是否丰厚。再怎么困顿拮据，总得吃上一顿饺子，总得有几顿饭菜有荤有腥，总得有一身崭新的衣衫鞋袜。

年集最明显的标志是鞭炮声。那些卖鞭炮的早已扯开了喉咙叫卖，毫不吝啬对自己产品的赞美。他们总是想办法让自己站得更高，生怕引不起别人的注意，干脆长竿儿一挑，一挂鞭炮就燃放起来。看！这鞭炮响声清脆，震耳欲聋，买上几挂吧。有人不甘示弱，一挂更长更大的挑了起来，红彤彤一串着实喜人，于是人群中一阵惊呼，纷纷涌过去。卖鞭炮的都信一句俚语：“卖得不好是放得少。”那些鞭炮不是来自工厂，都是自家在农闲时制作的，到了年集就没了计较成本的必要。噼啪爆响中，一片纷纷扬扬的鞭炮屑就飘洒下来，红的像花瓣，那白的又像极了雪。

二踢脚“砰”地飞上了天，“啪”的一声在天空炸响，于是飞鸟变得更加仓皇。这年集，红火劲儿中简直就像一个节日，更像一台演练了太久的大戏。

屠夫们似乎对这场大戏期待了更久，他们是集市上最耀眼的明星，虽然彰显他们身价的只不过是一堆堆生肉。他们把生猪悬挂起来，向外展示着殷红的内膛。磨刀霍霍，把肉一块块切削下来，熟练地用草纸包好，准确地扔进那些人的篮子里。一年中，很少有这样生意红火的集市。在平日的集市里，他们还属于“贵族”，因为那时节的农人很少舍得割上一星半点的肉，他们在大多数时间里无奈地驱赶着乱转的苍蝇。但这是年集，他们受到了太多人的簇拥——你要多少？他要几斤？一刀下去，总是相差无多，却又多上几两，多就多吧，过一次年，吃顿肉多的饺子！也有那买肉少，或者是仍然买不起肉的，那就从屠夫这里称上二斤猪皮，回家一熬，一锅上好的肉冻也是美味。还有那剔剩的骨架、收拾好的五脏，这些在冬日里都招惹来更多热辣辣的眼球。那只硕大的猪头，是上好的供品，早已被收拾得干干净净白白嫩嫩，却总是孤零零地在等着买家的询问。那是猪的头颅，却是富贵最好的注脚，那年月有钱人还是少，猪的笑容或痛苦的表情总是长时间被定格在寒风里。即便如此，屠夫们的笑脸已足以绽开了，用那油腻腻的手数着一张张纸币，码齐后在手里摔上几摔：俺也要过个好年……

年集总不缺少商品，也比平时的集市更具规模。走过肉市是菜市，走过菜市是粮市。那年月还少有返季的蔬菜，但绿油油的芹菜蒜苗还是有的，白菜萝卜在年集上不再是受宠的角色，问津多的是那些粉条、粉皮儿，海带、干蘑菇。那时还没有冰箱，这些东西都不容易坏，尤其是那些咸鱼虾皮儿的摊位，围了更多的顾客。过年了，清汤寡水萝卜饼子吃了一年，到头来怎么也得打一打牙祭。人们七嘴八舌，一两一两地计较，更有仔细的竟然把咸鱼的头都揪了去。这大过年的，老百姓吃不上生猛海鲜，用几滴油花上锅煎几条咸鱼，庄户日子的粗茶淡饭中，也是越吃越香。

走在年集里，往往是不用你自己迈动双腿的，摩肩接踵当中，你大多数时间是在被人群挤着往前涌动，来来往往。有的手里卷几张春联，有的顺便从地摊揭几张年画，天津杨柳青的是那种精致的彩色印刷，潍坊杨家埠的是那种粗糙的木板套色，那些毛头纸里都还夹杂着柴草。有的俊男小伙干脆什么都不买，打扮得时髦倜傥，只为来这年集留意漂亮姑娘的脸蛋。南来的北往的，只见满眼的人头攒动。沿着狭窄的街巷蜿蜒而去的，是一次年货的盛会，也是一场农产品的博览。装满口袋的红枣，黄澄澄的年糕面儿……“豆腐豆腐”谐音是“都富都富”，年集上这黄豆自然是少不了的；“豆包豆包”寓意是“都饱都饱”，这紫红色的红小豆也是紧俏抢手。过一次大年，蒸上一锅豆包，图个吉利，又盼着来年中个好彩头。

这年集上风景最漂亮的要数那“衣市”。红的、绿的、粉的、带花的各种布匹，就在那竹架上搭起来，西北风里一会被吹成一面鼓，一会又被扬成一面旗，“呼呼啦啦”像旌旗猎猎，一片五彩斑斓又像喜事临门。集市的这一角，洋溢的完全是喜庆的气氛。那些适合做衣料的布匹一卷卷就摆放在案板上，这种叫“的确良”，那种是“人造棉”，那种宽条的条绒听说竟然是上海生产的。妯娌媳妇们摸摸这匹，再翻翻那卷，明明是满心喜欢，却装得鄙夷挑剔；或者干脆扯开来在肩上一披，在腰间一围，看看这花色到底漂亮不漂亮，这底纹儿到底搭不搭肤色。这个贵了，那个又不够档次，叽叽喳喳，一片讨价还价，又死命地盯着布贩手中的木尺，生怕差一厘，少一毫都不行。年集热烈的那些个年月，乡村还没有那么多的时装流行，截上几尺布，自己做上一身行头。等年三十把那满是补丁的衣衫一脱，大年初一串门到各家各户把年一拜，这形象是新的，日子也是新的，这才是新年。

成品的衣服也逐渐多了，也被摊贩们悬挂起来。带拉锁的那叫“夹克衫”，咧着领口的被称为“西服”。难道城里人都穿这样的衣裳？俊男靓女也厌倦了那国防服和土气的花布袄，一趟趟在摊位前流连忘返。打动他们的或是一件衣衫，但向往的却又是不一样的生活，不管买得起买不起，都试穿一下，找一下做城里人的感觉。

这年集是不怕晚的，日过正午，大集上还是一片人声鼎沸。有的人满载而归，有的人仍在集市上逡巡，篮中依然空空，还在精打细算着包里可怜的那点粮票布票。别太关注那些人的身影与表情，那会让他们窘迫。这年集在很多时候又叫“穷汉集”，都说“难过的日子好过的年”，年关是关，但也不算坎儿，过得去年初一那一天，谁说就迎不来那盆满钵满的富足日子？

年集年集，是这农家人比宝的日子，是这庄户人家勒紧裤腰带挤出来的盛会。一个农人的一个年集，春夏秋冬四季的“盼头儿”都浓缩在了里面，所有的美好都堆积在这一天。

日子是一天天积攒起来的，年集是一个一个赶下来的。老百姓过日子讲究个“盼头儿”，而那年月有首歌儿叫《在希望的田野上》，田野真是充满希望的。年集每年都赶，不知不觉中这满载年货赶年集的马车却越来越少，这乡野田间的汽车却逐渐地多了起来。忽然间你找不到了都市与乡村的界限，你分不清了哪是城里人哪是乡下人。四处商场林立超市遍地，更要命的是现在这人都用起了网购。这年集，还有赶一个的必要吗？

现在的乡村和以前不可同日而语。在红墙绿瓦之间，仍会有一群年纪大的人汇成集市。虽然仍有鞭炮声，但早已跟那些摊位一样变得稀稀拉拉。那些人是一个个年集赶过来的，也是把生活看成是一天天日子的人，他们见证了许多，承载的更多，他们还会刻意在年集上购置一点被称为“年货”的东西。显然这个时代不再缺少他们梦想里的什么，但仍有许多物质刻在他们的一圈圈年轮当中，被称为“年货”。他们会感叹，无论是生活还是日子，无非是坚持与期待。那些逝去的过往，总有一些东西值得他们去回味，譬如说年集。

◎纸灯笼

一个充满人情味的节庆叫“过年”。当它不再那么原汁原味，我们最终会去寻找它。

瓦解文化与传统最致命的利器将是科技，我们慢慢地会对过年失去激情。当生活越来越现代，越来越富足，人们似乎不再需要过年，所以它一直都在我们的简化当中。就像拜年，已经不再需要走街串巷，把祝福送到门上。有了电话与手机，它变得简单而快捷，现在群发信息都没了必要，打开手机在朋友圈鞠一个躬，万事大吉。过年已经不再是一种文化，而只剩了形式。

这座城市越来越繁华，那些豪华的玻璃幕墙漾着阳光却泛着冰冷。城市就这样，总是一副面孔，城市要的是现代化，而不是文化的束缚。它似乎也不需要过年，虽然烟花最终会升腾，但没有这些，它一样会妖冶。

大街小巷这么快就灌满了钢铁，大马路有多长，钢铁流淌的现代化洪流就有多长。我们的世界在太阳底下闪耀着一片片工业的金属色泽，而记忆却总是躺在粗鄙的落后里。就像过年，总是与老家联系在一起，显然对于城市，很多人只是游子。

驱车行走在城市当中，一只只笨拙的甲虫在拥堵中不耐烦地鸣着笛声，于是这豪华的大街又像淌满了焦虑。

“都是快过年了闹的!”前后被汽车夹在公路上动弹不得，是那样无可奈何。忽然间有那么一抹红让你的视野里一片温润，前边的人行道上一对行人手里各拿了一只纸灯笼，刹那间就点燃了你身体里的许多情愫，一种久违的惊喜驱散了索然无味，太熟悉了那种纸灯笼。我决定追上去问——这种纸灯笼是在哪里买的？那是晦暗的童年里最亮丽的红晕。

一只纸灯笼在白天里没有点燃，却忽然抹平了所有的高楼大厦，恍惚间，又回到了那处鄙陋的乡野，我的广饶老家。在冬日那片平整的乡野里，有那么个人蹬着自行车，气喘吁吁，口中不停地呼着热气。他的棉帽上顶了霜，帽翅在风中不停地颤动，脸庞却是一片通红，两只布袖套在臂上，两只裤脚却用夹子夹起，生怕卷进链条或车轮。他的形态是那样滑稽，但这丝毫没有妨碍他像个明星，他是那样荣耀，因为纸灯笼在他身后结成了垛，绑成了山，无论在哪个集市，这都将是最招摇的色彩，有了它，才会宣告一个盛大节日的来临。他载着一车火红穿梭在乡野，一缕缕浓厚的年味唤醒了一个个村庄，似乎是他送来了过年的讯息，是他在告诉人们——快要过年了！

那种纸灯笼点亮了我们很多人的童年，那是农民最朴实的艺术作品。草蔑编织出成百上千个扣儿，要编出若干层棱才会立起饱满浑圆的骨架，把透明的塑料纸糊上去，一支涩拙的笔在上面勾画出梅兰竹菊或一两只喜鹊，极其写意却又生机盎然。

一层薄薄的红纸把下面糊住，再密封住上边，虽然皱皱巴巴，但一只灯笼再也不惧怕风。烛台无非是一块粗糙的木板，那年月的工具都加工不出准确的几何形状，四根铁丝穿过就成了灯笼架，一钩铁环连接一根铁条就是灯笼的握把，简单、粗陋、没有精工，却又是那么惹眼。

一只灯笼只需要几毛钱，却是乡下的过年里最动人的颜色。老家是会褪色的，无论是在记忆中还是胶片里。只有它不会，它在许多乡间孩子的心头一次次燃起，是希望的光，是深情的热。把火红的蜡烛在烛台上插好，把灯笼小心地合上，里面盛满了心愿。大人们或许会想，被点亮的还有孩子们的心灯。

唯有那样的纸灯笼我们可以人手一只。那时十分贫穷，给不了孩子们更多，但一抹红最廉价。鞭炮可以不够放，零嘴可以不够吃，衣服也可以不是全新，一盏灯笼的光晕总会照亮许多，总会驱散些许阴霾。这小孩子刚上路，有了灯笼就不怕夜的黑。

每年除夕的晚上，在没有电视更远离春晚的年代，我们村的那条街市像沸腾起了铁水，欢声笑语夹杂着鞭炮声起伏，一盏盏灯笼在幽幽的光晕里飘摇闪烁，晃动摇摆……

春妮那年没打上灯笼，也没穿上新衣，那应该是一个乡下丫头最凄凉的年景。她爹一头扎倒在农田里，谁也不曾想到急性脑炎会要人的命。所以那次过年她是不能穿新褂子、打红灯笼的，她和娘一定是在泪水与鼻涕里过的年。转眼又一个腊月来到，她的娘在卧病一年后爬了起来，生产队虽然没给她算工分，但她也要迈到"年"的那边，而不是与她的女儿在"年"关的这边共守凄凉。

她要去赶年集。她费了很大的劲，把那只大白鹅绑了装进筐子里，那只大白鹅是春妮最好的朋友，她站在春妮面前比春妮都高一截，谁敢欺负春妮，它就把自己的头颅伸过去拼命，无论是恶狗，还是我们。

春妮的娘挎了大白鹅往年集上走，身材瘦瘦弱弱，空荡荡的衣服似乎在竹竿上飘。她前边走，春妮在后边追。她知道自己失去了爹，最终又要失去大白鹅，她就哭，就追。大白鹅在篮子里冲她一个劲地叫，那种哀鸣能把春妮撕碎。

春妮知道大白鹅最终会被卖掉，她在街上哭了一天，谁都劝不住，在地上打滚儿，把小鞋子都蹬掉了。等娘赶集回来，把截来的花布在春妮身上比一比，再把一只红灯笼递到她的手中时，笑容瞬间就撑开了凝固的泪痕。春妮好像就那样忘记了她的好朋友大白鹅，裂开了嘴，她的奶牙在那一天里又退掉了一颗。

年三十晚上，春妮挑了自己的灯笼也来到大街上，穿了红红的新褂子，娘给她梳了两只很好看的小辫。几个小姑娘把她围在中间，过年了，孩子们身上总是收获太多关怀，自然会分享给别人一点。不能让春妮再哭了，大人们说了，大过年的不许哭。

那些灯笼太简易了，里面的烛台是那么粗糙，蜡烛很容易就会歪倒，一只灯笼就会付之一炬。

我一直记得那个场景，几盏灯笼围在一起，映红了几个圆圆的脸蛋，上面的皴裂都细腻了很多。灯笼里的火苗摇摇晃晃，许多热气与光亮就从顶部飘散了出来，袅袅的，像许多小心思弥散在夜空里。一阵风吹过来，春妮的灯笼着火了，蜡烛歪倒的还有双凤与翠红的。边上放鞭炮的我们上去用脚把灯笼踩成焦煳的灰烬。春妮哭了，她在大年夜里大概感觉自己总是在失去，她哭得很伤心，半个村子都听见了。我们纷纷说，我的灯笼不要了，送给你吧，但仍止不住她的哭声。最后大莲子说，我们打着灯笼把春妮送回家吧。

从纸灯笼的回忆里醒来，问清楚了那对行人的灯笼是在哪买的，是靠近电影院的一家礼品店。一家精致的礼品店会经营我们乡下的灯笼，这让我很意外。店主是位年轻的姑娘，令人扫兴的是她告知我，就在刚刚，灯笼已经被人全部买走……纸灯笼，当然不会只勾起我一个人的童年。

她说灯笼是她爷爷做的，她的爷爷什么都不会，就是做了一辈子灯笼，年纪大了不让他做，但不做就会生病，只好同意他少做一点。我问她，你爷爷是不是广饶的？她很诧异地看着我，说你怎么会知道？我说你爷爷是不是在冬天里戴个破棉帽，用两只夹子经常把裤脚夹起？姑娘笑了，说不知道，又说在广饶老家，会做灯笼的民间艺人不止爷爷一个。

没买到灯笼，一阵失落，感觉城市里想找回记忆很难。一个城市与很多人的过往是割裂的，就像油与水，总是分离而不是融合。出了店门没几步，姑娘追了上来说：叔叔，我的这个送给您，不要钱，回头我让爷爷再给我做一个。那灯笼精致了许多，握把都成了不锈钢的，里面的蜡烛也只是一个造型，顶上是一只用电池的小灯泡，这是再也不会起火的灯笼。

回到自家小区，把车停下，我就那样提了灯笼大摇大摆走着，惹来许多人的艳羡，纷纷问我在哪买的。我知道回到家老婆也会一阵兴奋，因为我把我们的童年买了回来，还有过年的老家。

◎饶乡里的剩虫

听老辈儿说，剩虫是一条长虫，通体洁白，胖乎乎的，甚至长了公鸡那样的冠子。有一天里有这么条长虫躺在马路上，已经被冻僵了，正好被一个饿肚子的光棍汉看见。快过年了，这家伙正夹了米袋四处借粮，没借到粮，却碰到一条快被冻死的虫儿，那该是怎样一番凄凉？这个穷汉感觉这条虫很可怜，自己也很可怜，于是就把那条虫揣在怀里带回了家。放哪儿呢？就放到自己空荡荡的米囤里吧，那里面也算暖和。没想到的是，一觉醒来，这小子家的米囤里居然有了满满的粮食，而且怎么吃也吃不完……

老家广饶那些人对这个故事的真实性似乎从来没有怀疑过。我没见过那样的长虫，我曾经问爷爷见过没有，他也没见过。但他说以前大户人家的米囤一个挨着一个，余粮没有吃完，新粮又压了上去，一层又一层，是多少辈都享用不尽的。那些黄澄澄金灿灿的粮食动不动就往外流，那肯定就是剩虫在底下翻了个身，伸了个懒腰。爷爷说到这里两眼放光，好像一个叫花子面前忽然就堆了金山银山。

剩虫又好像是一个很容易就被得罪的家伙。据说，曾经有户财主太懒惰，拿粮食不当回事儿，一囤囤的粮食不翻晒一下，许多麦粒都发了芽，满院子的麦子谷米吃不完都踩到烂泥里，于是剩虫一气之下就从他们家的米囤里溜走了。从此那位财主家的米囤就再也没满过，最后甚至饿了肚皮，也逃荒去了。

米囤多是大户人家才有的，寻常百姓家少见。在先前的广饶老家，多数人家的米缸都鲜有盛满的时候。小时候的我经常在想，原来这剩虫是势利眼，喜欢被满满的粮食埋着，不喜欢在穷人的米缸里待着。所以许多人家过年只能用白面做几个剩虫，放进米缸里图个吉利。老百姓都讲究个年年有余，有了剩虫压着米缸箱子底，这心里要踏实得多。

农民天生就是制造粮食的，但填不饱肚子的却又大多是农民。“民以食为天”，我感觉“天”这东西太空洞，粮食首先是农民的命，或者说，先前的农民首先是为粮食活着的。我在一个作家的报告文学上看到过，说历史上广饶县是出要饭叫花子最多的地方，就此我向老辈儿求证，他们说那都是久远的事儿了，叫花子最多的是北边，广北那边虽然粮田千亩，但年景收成多半要看老天爷的脸色。老天爷脾气要是不好，就会大涝或大旱，老百姓就会颗粒无收，要是再遇上蝗灾或那条小清河泛滥，这举家就要背井离乡逃荒而去。拖家带口，一条乞讨要饭的路，得走过多少省府州县，跨过多少崇山峻岭，一路奔向那东北的白山黑水，下了关东去了。

广饶县以前叫“乐安”，名字听上去是那样美好，乐业安居的地方，离苦难是那么远。后来改成“广饶”，这名字听上去更气派，鲁北平原那片广袤富饶的沃野上就像躺了一座大粮仓，一定是一个与饥饿无关的地方。但这里的农民食谱曾经是那样复杂，树皮与树叶，野菜与麦糠，甚至有盐土与喂牲口的柴草。我的大姑就说，我们那片就没有她没爬过的树，什么杨树叶子、槐树叶子，都曾经被她捋下来当成饭菜。

老家人祖祖辈辈活在一大片庄稼地里，把汗珠一把把洒进泥土，让日头把身躯锻打成一身古铜。可见这粮食的金贵，一粒麦穗被车辙压进泥土都会把人心疼得直嘬牙花。可能是这种地也需要科技，那年月没有机械化，也没有微量元素更丰富的化肥，产量上不去。从广饶到临沂山区有多远？几百里路，汽车轮子都要丈量一个日头的距离，老少爷们却习惯推着小推车去那里把粮食换成地瓜干。一双铁脚板跑到沂源、沂水，甚至费县、莒县，换满满一车地瓜干回来，一家人将就一年也就够果腹的了。

老家人管生活叫“过日子”，这日子是数着粮食米粒一天天走过来的，一天天地勤勉耕种，一天天地节俭与积攒，总怕吃了上顿没了下顿，总怕那饿肚皮的日子会再回来。三百多个日子走下来，多少顿粗蔬淡饭熬过春夏秋冬，多少风餐露宿满身筋骨酸疼。等那镰锄入库，牛羊归厩，多少场艰辛劳累后迎来了安顿生息，寒冬腊月里一年的高潮，那场过年大戏就要上演了。

过年是最好的日子。平日里多少勤俭持家，就是为了把年过好。年是一道坎儿，年关年关，年过好了，这日子才更有盼头，来年的耕种才更有劲头。你这一年的收成、一年的劳作好与不好，过年也是最好的检阅。

印象里我的广饶老家在腊月二十三这天就开始过年了，浓浓的年味儿泛起来，热热闹闹的温情把冰雪化开去。这天是辞灶日，就是那灶王爷回天界述职的日子，是需要熬糖瓜把灶王爷那张嘴粘上的，以免他到天宫乱说老百姓的坏话。从集上买一张灶王爷的套色年画往灶台后一糊，这就算把他老人家请回来了。几根香烛，一盘水饺供奉一番，那些哄他“上天言好事”的糖瓜，只是给他看的，自然多是便宜了那些顽童的馋嘴。

腊月二十四这一天，据说是“屋”的生日。把房顶的尘灰和墙角的蛛网扫个干干净净，把灶台锅碗瓢盆也擦洗如新。从腊月二十五开始，这一年里最丰盛最诱人的日子就来到了。一锅锅的年糕，摁满了枣儿，热气腾腾出锅了。人们把平日里舍不得吃的那点白面拿出来发上，农家日子里最昂贵的吃食就要开始制作了。那些发酵后的面团和蜂窝一样松软，一遍遍地揉，一遍遍地搓。平日里吃惯了窝头地瓜，做喜馍的这一天总是一年里最灿烂的光景，虽然那些东西现在看来无非是一堆馒头，但在那年月里却是最惹眼球的明星。

一只只喜馍被团好码放得整整齐齐摆在一边，需要继续发一发身量，长一长个头，才能进锅。那些面团必须要剩一点，剩虫剩虫，剩点面筋就够了，它是庄户人家心里最神圣的图腾，就用面团尽情地想象它的样子吧。

剩虫本来是条小蛇，但它也可以长角，可以浑身长满刺，可以是一头胖墩墩的小猪，也可以是两条小蛇依偎在一起，没人会说你做的剩虫样子不对。但相同的是，它们的眼睛和嘴巴都是用红豆和红枣点出来，也可以用各色的果汁与菜浆在上面画出斑纹。

一尊灶台连着土炕，那口大铁锅在三百多个日子里从来没有这么庄重过，它被刷得干干净净，连箅子都换成了崭新的。那些嫩嫩的干苞米皮子被洗了又洗，都能透出亮来，被一层层地铺在上面，松松软软，生怕会硌坏了那胖嘟嘟的喜馍与身板娇嫩的剩虫。把草编的锅盖扣上，生起火，拉起风箱，一阵烟雾升腾，火苗子呼地就从灶膛窜出老高。那烟雾里的灶王爷似乎都被熏得一声咳嗽，但年画上他老人家的模样始终是笑的，因为在这天，所有的农家弥漫的都是最诱人的香气，他看到的是农家最红火的日子。

几炷香的功夫了？那只马蹄表的指针又转了几圈？屋内弥漫的已经分不出是灶膛内飘出的烟雾，还是那口大铁锅升腾出的热气。可以掀锅了吗？还是再等几分钟？好饭不怕晚，一家人围在一起，在屏息静待，等待一场大戏把帷幕拉开……

大锅盖一掀，一团最温情的热气腾空，热气里那一只只喜馍像年画里的胖娃娃降临人间若隐若现，那一只只形态各异的剩虫变得更加丰腴而敦厚，有了生命，甚至有了呼吸。围着锅台的那一声声欢呼，注定是因它们而起，袅袅的烟雾瞬间就把整间屋子漾满了吉祥。

那一锅馒头在那一刻被赋予了太多内容，这是在一年里最富有的符号，走亲访友可以带几个，供奉神灵需要用几个，招待亲朋需要一些，剩下的几个只有在大年初一的那一天一家人才能够分配。

当有人抹不尽垂涎把手伸过去，往往会被老人一巴掌抽回来：着什么急，还没过年呢！而那些剩虫，更是不能动的。

大年三十这天，那破旧的门框柴扉被对联纸涂出一抹抹火红，一切都是崭新的。这天必有一条拦门棍横在门口，这样外面那些孤魂野鬼魑魅魍魉就进不了家门，四野里起伏的鞭炮声已是如开了锅一样沸腾。热气腾腾的饺子出了锅，却不能马上就吃，需要在院子里那条方桌上供奉一番。方桌上还摆了香炉，喜馍一盘，年糕几碗，那些剩虫被码放得整整齐齐，合盘托了摆在桌子中央。然后家中长辈点起钱粮烧纸，火苗纸灰升腾里，一家人换了新衣在地上三拜九叩，这样剩虫就有了灵气，它们会被放进米缸面瓮，甚至钱箱衣柜。有了它们，这日子就会吃穿不尽，年年有余，在一年一年的积攒当中向红火里奔，往富裕里走。在春暖花开的某一天，等熬过去那段青黄不接，新的粮食打下来，剩虫的使命就结束了，它们被一些少年拿在手里喜爱地把玩，倘若嘴馋咬上一口，坚硬无比，不小心会把牙齿硌下一块来。

老百姓是神奇的，也是伟大的。平常的日子与过年慢慢地就被他们凝成了“文化”，成了精神遗产。没人见过真的剩虫，但剩虫却又是结结实实存在于人们心中的。我的广饶老家现在已经没人为了粮食而发愁，正如它的名字，广袤而富饶。剩虫与它的传说已经变得无关紧要，它最终是要从我们的过年舞台上退出的，但它仍然会长在我们的心坎上，连同那些向往美好的故事。

◎光荣人家

历史是一座宝藏，它会埋藏，不会消失。每一次挖掘出来，打磨一下斑斑锈迹，一些东西会重新闪耀出精神的光芒。

一户户人家组成了村子，一个个散落的村子组成了广饶县的版图。听许多老人说，这里多是洪武年间徐达屯兵的地方，所以有些村子叫什么"营"，或是什么"屯"。翻开史书浏览一下那个风起云涌的年代，原来这片大地上是如此不乏铁血精神。

"不，他们首先是一群农民。"老六爷对我的观点不认同。他说，无论是那些"光荣人家"还是普通人家，他们首先是一群"庄稼人"，发生在他们身上的事情，既不奇怪，也不意外。

之一：父子兵

"那中华民国可不是个好世道，兵荒马乱。"老六爷继续说。那时广饶这地界到处在拉队伍，实际上就是土匪。一拉队伍，就有人遭殃。不是大户被绑了票，就是多少人家被抢个精光。那个李青山和燕守才就经常做这些祸害人的事。燕守才那年领人去栖霞绑了一个大户，把地主家的钱粮搜罗了个精光，买了枪就拉起了队伍。再后来，一个叫李寰秋的国民党要员把广饶地面上大大小小的队伍收编了一下，成立了一个"保安十六旅"。这些人名义上成了政府的军队。

共产党成立的"益（益都）寿（寿光）临（临朐）广（广饶）"四边县，也有队伍。八路军山东纵队三支队就是在这里发展起来的，领头的就是大名鼎鼎的杨国夫杨司令。

一根烟卷递过去，耄耋之年的老六爷就打开了话匣子。作为对那段历史为数不多的亲历者之一，老六爷展开了他的讲述。于是我和他，似乎又都进入了昔日那片烽火硝烟与波澜壮阔。

“那年月最不容易的是老百姓，一个劲地交粮纳税，还得担惊受怕。”吸了口烟，老头一口浓重的广饶口音。

淄河水每年都在淌。天高皇帝远，却是连年军阀混战，匪患猖獗。老百姓谁懂那直系奉系，谁懂那北伐与“中央军”，管它这地界的“土皇帝”是张宗昌还是韩复榘，有地的种地，没地的照样给地主当“扛米汉”，这日子再苦，都得挨下去。在先前，肯当兵的都是些游手好闲不想在庄稼地里吃苦的主，再后来不是了，这“当兵”还意味着“吃粮”。

“大兵过后，必有灾年。”那年头哪有那么多粮？地主家要粮，官府也要粮，随便来支队伍就要粮，没有就抢。没活路的人越来越多，吃粮当兵的人也越来越多。有了枪，腰杆子就硬，再穷，也没人敢欺负。

老六爷是为了白面饽饽当的兵，那时候他叫“小六子”。燕守才的营部就驻扎在他们村，营部的人天天白面饽饽，有时候还吆三喝五地划拳。那是上个世纪30年代的白面饽饽，别说吃，小六子见都没见过。他们村那么多石磨，除了地主家，没有一个磨过白花花的白面。营部的那台石磨天天磨，金灿灿的麦子倒在上面，雪一样白的面粉溢出来。

那时小六子个头还没有锄头把儿高，但他想当兵，不为别的，就为了燕营长的大白饽饽。一个镶着大金牙的家伙挎着盒子炮，用手比量了一下小六子的个头，一脚把他踹门外去了：还没只兔子肥盛呢。

保安十六旅也在招兵买马，但他要的是能扛得动枪的，不要白吃饭的。日本鬼子进中国了，他们也要抗日。为什么要抗日？那时村里这些人一塌糊涂，肚子都吃不饱，抗日干什么？小六子家里没几分地，人口又多，肚子就天天瘪着，长这么大似乎没吃过几顿饱饭。

后来那台石磨装上了一些乱七八糟的铁架子，牲口每天都在拉，石磨每天都在转，一根铁钻天天没命地往一根铁管里钻，还得不住地往上淋水。小六子看着惊奇，这是要干啥？多少年后他才明白，那是在加工机枪枪管里的膛线。燕守才本领通天，从济南城绑来工人给他用“土办法”造机枪。

都说日本鬼子打进中国了，但广饶县这地界谁也没见过。该来的终于来了，听说鬼子已经进了山东过了黄河，把韩复榘吓跑了，广饶县的县长也跑了。淄河滩里那年没水，一小队鬼子穿着黄皮在淄河滩里从南往北走，就惊得多少个村子鸦雀无声，一片死寂。小六子清楚地记得村里一阵咋呼——“鬼子来了！”一些丫头片子就吓哭了，有些人往天上看，以为鬼子应该是藏在云彩里的瘟神，一个个东躲西藏，大门紧闭，土围子外面的吊桥也扯了起来。

但有些村人还是好奇，想看看鬼子到底什么样，纷纷猫在土围子上的树棵子里偷偷看。一小队鬼子十来个人从南往北走，排得一溜齐，乍一看，这帮人跟自己没什么两样，个头还没自己高呢。小六子在想，要是摔骨碌，这帮人未必是自己的对手。这时候燕营长骂上了：我还以为什么神仙！抱起他的土制机枪就朝河滩里开火了。

老六爷回忆说，燕守才的机枪只能连发，不能单发，而且射程也近，他这一梭子子弹根本就没打到鬼子头上，鬼子一听枪响，马上把队形散开了，有的趴在地上，有的利用地形隐蔽起来。有人就看见一个鬼子在地上支了个筒子，用手握着，一炮打过来，没响，那么厚的土围子钻出了一个圆溜溜的深坑，往里看，黑洞洞的啥也看不到。紧接着又一小炮打过来，这下不得了，土围子上好几棵小树就被炸断了，尘土飞扬，土围子塌下一大块。于是那些人一声惊叫，都抱头鼠窜了。

可能鬼子听到机枪叫，以为遇到了大部队，就顺着原路撤回去了。据村里很多老人说，鬼子是三个一组背靠背撤离的。但这一闹，燕守才的队伍要撤了，他终于知道了鬼子的厉害，省主席韩复榘济南城都不要了，他还能不跑？村里的人都吓破了胆，知道鬼子肯定要来报复，一个个背了包袱卷了铺盖纷纷出村逃命去了，小六子不想跟爹娘跑，他想跟燕守才跑，他说自己饿着肚子根本跑不动。他爹说：也行，那帮人能跑，保江山不行，但保命行。

有这种想法的不只小六子一个，村里狗五他们也纷纷跟在燕守才的马车后面追。小六子跑得快一些，最后扒上了营部的马车。

小六子他们几个就这样稀里糊涂参加了那支地方武装保安十六旅，扛枪当起了兵。当问到跟鬼子干过仗没有，他说没有。保安十六旅吓唬老百姓还行。小六子当的那几年兵最多的时候都是在跑，遇到鬼子就跑，遇到八路也是跑。小六子是为了吃饭当的兵，目的就是为了保命，所以他一直跟着跑。终于，有一天他把枪栓跑丢了，他知道这坏事了，轻则受一顿毒打，重则被李青山和燕守才枪毙。

小六子回到了家，因为背着枪，还是有人怕他，但底气没那么足了，他知道自己背上是一条废枪。村子里已经没那么多人了，许多人都逃荒要饭去了。他家里空荡荡的，爹娘弟弟妹妹都不知哪去了。后来才知道村里刚收了麦，每年收麦，鬼子就会来抢粮，大家都躲出去了。那时小六子已经长大了，个头也已经比枪杆子高出很多，他开始思考一个问题：这当兵究竟是为了什么？这广饶地面上这么多人和枪，为啥鬼子就能横行呢？

他一个远方亲戚也是在保安十六旅，这时候十六旅已经开始串通鬼子，慢慢成了一支伪军。那个亲戚私下里跟他说过不止一次，他说这么多队伍，就杨司令那一支是真打鬼子的，还从来不欺负穷人。这亲戚想拉小六子一起去投奔杨司令，小六子拿不定主意，亲戚就自己去了，顺便把枪也带走了。但李青山李团长也不是好惹的，把这亲戚的家里人挨个打了个半死，还把房子给烧了。眼下小六子一声叹息：唉，如果自己有支好枪，说不定人家八路还要，但自己背的是一条破枪。他的汉阳造稀里哗啦快要散架了，而且还没有枪栓。但他决定试一试，他想即使八路不要他，也不至于杀他的头。看天已近黄昏，他背了枪就往八路的驻地央上那一带赶。他不走大路，专抄小路和“抗日沟”。这样就能避过鬼子的关卡和据点。

但他在头里走，就感觉后面有两个人影在跟，回头看又看不到，他心里一阵紧张，端着他的破枪战战兢兢往回走，看到一堆蓖麻棵在不停地抖，小六子吆喝一声：出来，不出来开枪了！蓖麻棵里一阵尖叫，继而有了小孩的哭声，本村一块长大的凤兰子领着未成年的弟弟站了起来。如花年纪的凤兰子一脸污垢和锅灰，蓬头垢面，一对眼睛像死鱼，除了呆滞就是惊恐，身材瘦瘦弱弱，大襟褂子被风吹得一会儿像旗一会儿又像鼓。她是故意抹了一脸污垢和锅灰，怕让鬼子糟蹋吗？或许又不是，兵荒马乱烽火连天，一个眼看连命都保不住的女子哪还顾得上容颜。

——别跟着我！小六子一声呵斥，继而快走几步，想把他们甩开。

凤兰子也够可怜的，爹给鬼子修炮楼，耍聪明把锯条反着拉，这样是只出力不出活，鬼子发现后放狼狗活活把他胸膛撕开了。娘一病不起，前些日子刚下了葬。听说自己的哥哥干了八路，她一直要带着弟弟去找。但小六子知道，带着她姐弟俩根本不行，目标太大，况且他还背着枪。

但凤兰子还是尾随在他身后，不远也不近。小六子快走，她也快走，小六子停下来，她也停下来。小六子忽然把枪冲她举了起来：你再跟着我，毙了你！凤兰子"嗷"的一声蹲下去就哭了，抱着弟弟不住地哆嗦，于是小六子趁机撒丫子跑了起来。

凤兰子急了，抱起弟弟追。但她自小裹的小脚，根本跑不快，看着小六子越走越远，前不着村后不着店，一抹夕阳里，她抱着弟弟终于哭起没完：你个六子，庄里庄乡的，你有枪，带俺一程又咋了？小六子心软了，他一下子明白了"枪"和"兵"的力量。但凤兰子哪里知道自己背的是一条打不响的废枪。他这兵当得窝囊，谁也保不了，连自己的命都够呛能保住。无奈中他在附近一个跑没人的村子里找了一辆小推车，拔了些草把自己的破枪藏在小车上盖起来，推着凤兰子和她弟弟往东走。凤兰子破涕为笑：就是，你有枪，怕啥。

那时节刚收了麦，田野里还没有青纱帐，玉米、高粱还没过膝。突然，小六子他们听到了枪响，心里一个激灵，腿肚子忽然就有点抽筋，打眼一望，一群逃难的乡亲向他们涌来，一个个阵阵惊叫：鬼子来了！鬼子杀人了！凤兰子与弟弟连忙从小推车上滚下来，背了包袱跟人群往回跑。小六子两腿一阵筛糠，连忙把小推车一歪，翻身躲在路沟的草丛里。对，他还没忘抽出他那条破枪。

枪声近了。草丛里的小六子终于看清楚，只有一个鬼子和一个伪军，像是被八路打散的溃兵。小六子看得出来，伪军的子弹袋是瘪的，拖拉着大枪垂头丧气，他们十六旅的那些兄弟就经常这副德行。那个鬼子好像弹药充足，在瞄着田野里的老百姓练枪法，一枪一个，看到老百姓扑倒在地，鬼子一阵狰狞的狂笑。小脚的凤兰子拉着弟弟自然跑不快，终于，那个鬼子发现了她，并把枪口对准了她的背影……

小六子很恐惧，当了几年兵，这是他头一次见了鬼子没跑。眼看鬼子把枪口瞄准了凤兰子，他喉咙里像冒起了烟，躲在沟里高声喊——凤兰子，趴下！同时他在数鬼子放了几枪，鬼子的三八大盖只能压五发子弹，打完就要重新装填，好像是已经打了四枪，又好像不是。

砰！一声枪响，远处的凤兰子一个趔趄，扑倒在田地里。小六子这时真急了，他忽然感觉，鬼子的枪口瞄准的不是凤兰子，而是他亲娘。

小六子从路沟里跳了出来，一声高喊："我是八路军武工队，把枪放下！"那个鬼子果然正从腰间的弹药盒里取子弹，一抬头怔住了。那个伪军慌了，把枪一扔掉头跑了。“不许动！放下枪！”小六子一边喊一边举着枪走过去，他只能高喊，因为他太紧张。当他发现那个岁数不大的鬼子两腿也在抖个不停，于是一切紧张感都消失了，看到鬼子的手放下枪正在摸向腰间的刺刀，一股无名火从心头燃起，他用尽所有气力把枪托抡向了鬼子的后脑。

一只钢盔在田野里滴溜溜滚出去老远，被开了瓢的鬼子趴在路边，两腿还在不停地抽搐。小六子忽然明白，鬼子同样是人，没啥了不起的，光脚的不怕穿鞋的，谁也没必要怕谁。

把凤兰子从地里扶起来，凤兰子说她听到枪声就瘫在地里了，子弹是贴着她的头发梢飞过去的。消灭了一个鬼子，缴获了两条三八大盖，小六子如愿以偿，他和凤兰子终于抵达央上，干起了八路。

当了八路的小六子不再胆小了，他感觉过了一道坎。鬼子无非如此，有什么好怕的？每次战斗，小六子都表现得很英勇，没过几年，鬼子投降，他也成了一名英勇的解放军战士。

村里人都说，老六爷本来是能当大领导的，如果跟着部队南下的话。但他在临朐南麻战役中负过伤，而且当时已跟他成亲的凤兰子死活不同意他再回到队伍上，抱着他的大腿苦苦哀求。老六爷那时心软，这当兵，无非是让更多的人不担惊受怕。看着已经出生的两个孩子和一直担惊受怕的凤兰子，老六爷一声叹息，留了下来。

鉴于他保安十六旅的经历，以及自动退伍，后来人民政府奖励和慰问当中的“光荣人家”是没有他的，每年看到政府下来慰问村里其他军属，老六爷心里都一阵失落。但他更大的荣誉和遗憾却被自己的儿子弥补了回来。他给自己的二儿子起名叫“保国”，从小看苗，他说保国天生就是当兵的料，从小喜欢拿着烧火棍当枪。老六爷闲着没事就指导他端枪的姿势。保国长大后果然参军了，并以侦察连长的身份参加了1979年那场对越自卫反击战，荣立个人三等功。后来升了营长、团长，直至转业到地方。

“光荣人家”的牌牌终于贴在了他的门口。老六爷那天特别神气，腰杆倍儿直站在门口，威武得就像站在敌人的碉堡前。老六爷那时候还抽旱烟袋，他咬着烟袋嘴望着小牌牌慈祥地出神，他说这当兵，可不是只为了吃粮。

之二：红花海

在李奶奶眼中，这世道一直是乱的。

她似乎一直不明白电视是个什么玩意。只要一看到电视机里打枪放炮，就用拐棍一个劲地戳地——这世道又乱了！这时她已经快100岁了，惹得满堂子孙一阵哄笑。

大概是，李奶奶出生那年，这世道就不再是大清，而是中华民国了。她是从乱世当中走来的一位世纪老人，从年轻就守寡，但独自一人养活大了两女四男六个孩子。

但她最大的贡献不在于此。

从李奶奶记事起，这广饶地界从来就没消停过，不是兵祸就是匪患，又来了鬼子，天天枪炮连天，四处是刀光和死尸。李奶奶爱哭，许多老头说李奶奶的哭像唱，在出殡那样的白公事上哭起来悠悠扬扬。那年头啥法子呢？李奶奶小脚比粽子大不了多少，但在田里却一直当个男劳力使唤，世道不好，老头子又给她扔下六个未成年的孩子。

担惊受怕一年年，庄稼收了一季季，这鬼子终于投降了。广饶县在1945年解放了。这日子，李奶奶是渐渐看到明影了，天总是要亮的，土改后家里有了地，两个儿子也已经长大，下地干活都已是整劳力。

那时李奶奶听村里人说，这里已经不属于“四边县”，广饶县委已经成立了。李奶奶感觉世道真是变了，当兵成了光荣的事情，家里有人当兵，政府会给送来光荣匾、光荣花，还有猪肉。听说那年过完年后，县里三天就接到三千人的报名。看着那些人把活蹦乱跳的儿子送去当兵，李奶奶这个揪心，这当兵是闹着玩的吗？那是要送命的啊。

消停日子没过多久，就听说一个叫蒋介石的要进攻解放区了。李奶奶从来没听说过这个人，一个劲地问别人，这个姓蒋的是蒋家胡同还是蒋口子啊？人家就笑，她说我孤儿寡母的不怕，我撕他去！

很快，县里的征兵任务就下来了。需要解释的是，那时候这小清河南不比小清河北根据地那一带，那一带群众基础要好得多。小清河南长期受“日伪顽”统治，刚刚解放，自然受到很多老百姓的不理解与抵制，这兵荒马乱，什么时候才是个头？

听说稻庄周边这一片有六七百人的征兵任务。村里接到通知，感觉事情重大，村长几个打上马灯连夜就开上会了。李奶奶不怕，村长老七叔是她本家小叔子。

老七叔在村里敲起了锣，把村民喊到大街石碾子周围开会，号召村里的青壮年当兵。会开完，村里许多青壮年就都跑了，不是躲到亲戚家，就是去淄河沿上的树林子里猫起来。这一拨又一拨不是军阀就是土匪，不是鬼子就是汉奸，消停日子比那大洋都稀罕，谁乐意到战场去当炮灰卖命呢？

没人报名，老七叔的头发一夜就白了，到了晚上还打着马灯走家串户挨门做工作。到了李奶奶家里，李奶奶在剥玉米棒子，三个孩子还在流鼻涕。村长刚叫了一句"三嫂"，就被李奶奶搪回去了：让你侄儿们当兵免谈，一个都没有，我一个人拉扯这几个孩子有多不容易你也知道，你要欺负我孤儿寡母，我就上吊给你看。

村长说了一大堆道理，李奶奶不听，最后一通撒泼哭上了。李奶奶最会哭，把村里的狗都惊吠了，老七叔灰溜溜从家里出来了。

第二天，李奶奶让两个大儿子秋和冬去颜徐西一户亲戚家躲了起来。村长的独苗儿子博山也要跑，被老七叔派民兵给绑了回来。

后来，老七叔一跃跳上石碾子，连日来的动员奔波，喉咙都哑了。他扯着嗓子喊：老少爷们，别犯糊涂，那戏文里都说，王侯将相哪个不是打出来的？眼前这光景大伙要看明白，这天下，共产党是坐定了，参军是为了保家、保田，更是为了保国……河（小清河）北那些爷们个个参军，难道都是傻子吗？庄里庄乡，咱可不能让人把咱看扁了，让人说咱爷们要草鸡……

入夜，一片蛐蛐叫声里，淄河沿上这个小村子渐渐陷入了静谧。李奶奶地里已经有了新熟的玉米棒子，她一个人坐在院子里窸窸窣窣地剥，屋里炕上几个孩子已经睡了过去。隔着爬满扁豆秧的篱笆，她看见一盏马灯飘飘摇摇在篱笆外停下了。

"三嫂，我是老七，你一个人，我也不进去了。"李奶奶看见马灯落在了地上，接着她又听老七叔断断续续在说："我给你跪下了三嫂，我啊，早晨起就去县上送新兵了，我也不回来了，我参加支前大队了，你侄儿博山也当了兵。三嫂，我想跟你说，咱不带头没道理啊，穷了八辈，给人当牲口使唤好几代了，分了地，有了牛，这多少年想都不敢想。对，这打仗是要死人，但都看热闹没人掺和，这天下啥时候能平定啊？咱庄稼人啥年月能安心过日子？三嫂，你四个儿子啊，村东刘大牙家一个儿子已经在队伍上了，这不照样又送了一个？三嫂，咱送孩参军是为了啥，是为了更多后辈孩们不再遭罪。"

"三嫂，三哥走得早，我也做不了你的主。知道你能哭，你一个人拉扯几个孩子不容易，这都是苦日子把你熬的。村长我也不当了，自家人都带不了，别人也会戳我脊梁骨。三嫂，我和博山这一走，家里就剩几个妮儿和他娘了，你孩子大了，种地也帮着她点。别忘了，老七也给你耕过多少年地，给你盘过多少次炕，我和博山要是能回来，一定再帮你盖两间屋。三嫂，兄弟送你一拜。”

篱笆里李奶奶一直没吭声，只是无声地剥着玉米，陷入了沉思，好久好久。最后她拿定了主意站起身，把柴门打开了，但老七叔已经走远，巷子头上一盏昏黄的马灯摇摇晃晃，一闪就没了。

第二天，老七叔赶了马车往广饶县城送新兵，半路却又被马车拉了回来，只是躺着回来的。那些新兵后生说，过了毛王地界，就碰到一个骑洋车的货郎，打了个照面，那家伙问干啥的，老七叔说是往县上送新兵，那个货郎从背后忽然就掏出枪开火了，一枪打在老七叔后背上，一枪打在骡子腚上，骡子受了惊，一阵乱窜，最后翻车了，几个新兵都受了轻伤。

大街上白幡飘飘，泪雨翻飞。博山和一群矮辈的子孙披麻戴孝阵阵失声痛哭，老七叔直挺挺躺在一领破席上，胸前碗口大的一个窟窿，后背却是铜钱大的一个小洞。李奶奶这次哭得不像唱，嗓子都哑了，一边哭一边数落老七叔这辈子受的那些苦：“我的爷啊，你这一走，几个孩子可怎么办啊。你说你这一天好日子都没过，死了连块棺材板都没有，咱这老百姓，什么时候可是个头啊。”李奶奶哭得肝肠寸断，一次次地昏厥过去，被人一次次掐人中救过来，又是止不住地哭。

一领破席一卷把老七叔下了葬。李奶奶改变主意了，跟村里的民兵说，去杜疃他大姑家，把秋和冬那俩畜生绑回来。村里和征兵工作组的人说：“三嫂啊，你出一个孩子就够了。”三嫂啜泣着说，我有四个儿子呢，这俩没了，我不还有俩吗？我出俩，你们把博山留在家里吧，他老七叔，就这一根香火了。

大儿子秋和二儿子冬当兵去县上那天，李奶奶摆弄着兄弟俩胸前的大红花说，娘想明白了，这庄稼人不能老受欺负，老被人不当人看，说枪毙就枪毙，说砍头就砍头。他们不是不让穷人当兵吗？老娘我一送送俩。你们俩到了队伍上，可别让人看不起，多出劲，也得赶点眼色，躲着枪子点儿，最好都能全枝全叶地给娘回来。说着说着，她又开始掉泪，不是一滴滴的，是两条泪线子哗哗地淌。

一片尘土里，车把式赶着马车载着一群后生们又上路了，这次有民兵带了枪在马车上保护。李奶奶忽然又哭了,拐着小脚在马车后边一阵追,她感觉自己把儿子的脑袋放进了铡刀口里。

李奶奶一夜没睡,她忽然想起秋和冬喜欢吃玉米面煎饼,于是让闺女烧火,连夜和了面团在铁鏊子上滚了满满一包袱。她觉得秋和冬在县上还没走,她要再看儿子一眼。

李奶奶领着大女儿坐村里的马车赶到了广饶县城,在县政府大院西看到了满满一场院的新兵,一朵朵大红花把她眼睛都耀疼了,一朵又一朵,场院里人头攒动,就像一片红花海。一片群情激昂人声鼎沸里,李奶奶感觉这场面像自己的庄稼地盛开出了满眼的花朵,随着声浪一波又一波地起伏。人堆里她没找到自己的儿子秋和冬,那个像是,这个也像是,但都不是。人太多了,她感觉这些孩子都是自己的儿子,最后没办法,她把煎饼一张张向他们扬去……

回来的路上,李奶奶跟女儿大妮说:“这么多人打老蒋,老蒋完了。”

李奶奶高寿,广饶人说话,李奶奶有福,是善良积德攒下来的。没过两年,李奶奶收到了好消息,济南城被她两个儿子打下来了,王耀武也被活捉了。两个儿子都没事,虽然都因战斗负过伤,但都全枝全叶的。

二儿子打下济南后就留在了济南,成了省委的一名高级干部。很快,中华人民共和国成立了。大儿子入朝作战负伤后就转业了,安排在烟台工作。一个济南一个烟台,老太太又有了许多子孙。

李奶奶记不起从什么时候起,她不哭了。在老家,她已经安安静静剥了许多年玉米,她一个劲地掐算,剥完这一季,明年还能不能剥,就看老天爷的了。但老天爷很眷顾她,让她过了许多年安生日子,直到99岁寿终正寝。二儿子接她去济南待过,游过大明湖,去的最多的是解放阁。她住不惯,没玉米剥。从纬二路省委大院的家属区里一出门,南头就是英雄山烈士陵园,高高的纪念碑耸立。冲着石碑,二儿子用轮椅推着她徐徐地往那里走,一边走一边告诉她,那里埋的多是济南战役的烈士,并说:我想通了,这当兵,就是为了当娘的不哭。

之三:火与烧

谁也想不到永丰能当兵,他胆子太小了,甚至那么怕狗,一条狗就能撵得他满街乱窜。

那天回到家里，他跟娘说自己报名参军了，娘都不信，说就你这窝囊样，当兵不是累赘，就是去送死。

但永丰的的确确当兵了，而且通过了体检和政审。过不了多少天，永丰就该坐上火车去一个叫朝鲜的地方。那时候满大街是那首歌："雄赳赳，气昂昂，跨过鸭绿江……"

和平已经有些年月了，广饶县境内已经听不到枪炮声。淄河与小清河畔的这些村落开始复苏，希望像遍地嫩绿的芽儿破土而出。永丰没上过学，除了侍弄那点庄稼，也是无事可做。永丰感觉，这个世界有些枯燥，如果说美好本来种植在他心中的话，那早已枯萎了。这竟然与他性格内向无关，也与他缺少朋友无关。有人说，永丰这孩子的木讷是被吓出来的。听人说，别看他已经长大，却是个经常尿裤子的人。

那一年，广饶方圆几十里已经平静下来，解放区已是一片欣欣向荣。许多逃荒的人都回来了，田野里人多起来。庄稼地也是如释重负，一个劲地疯长。一阵卖豆腐的梆子声里，胡同里一阵欢声笑语。莲妮的爹发财了，他与莲妮的哥哥在地里锄草，从泥土里锄出一个宝贝疙瘩。一个圆圆的像鹅蛋却大好多的铁疙瘩，铁锈斑斑，裹满了泥土。其实那个卵形的东西外形更像一个大水滴，这个大水滴的尾部渐渐细成一条尾巴，一圈圆形的尾翼透着冷峻与邪恶。

这是个什么东西呢？村民们谁也没见过。莲妮的哥哥把这东西咚的一声扔在地上，把泥土砸了个坑。老少爷们用脚踢来踢去，再用锄头敲打几下，发出铁器叮咚的脆响，一些泥土脱落了，斑驳透出军绿，永丰在上面依稀看到几个洋文——"USA"！

有人说，这是个什么宝贝？看样子里边不少好东西，不会是地主家埋在地里的储钱罐吧，里边满满一下子大洋？要不就是土地爷送的金银财宝。莲妮爹说，管它呢，这铁疙瘩起码能打把好锄头。

也有人心里打鼓，说：要不要让民兵连长来看看？莲妮爹急了：我家地里刨出来的东西，告诉政府干什么？

莲妮她爹搬起那个铁疙瘩扔进草筐，一溜小跑回家去了，顺便把栅栏门掩上。不一会儿，他家院子里传出来叮当的敲打声。

永丰清晰地记得莲妮的大辫子起伏跳跃着走进了他家的门，身后是一胡同的欢快。每次看到莲妮，永丰就感觉这日头特别明媚与艳丽，莲妮红底的褂子上布满了白色的小花，像晚霞里落下的一片云彩。永丰那时候见到莲妮老是感觉局促，有时甚至紧张得说不出话来。莲妮说：永丰哥，俺爹让俺来借你们家榔头和钢锉。永丰答应一声，就把榔头和钢锉递给了莲妮。莲妮又说，去俺家吃吧！俺娘做的麻婆豆腐。永丰红着脸说：中。

永丰洗了手和脸，跟娘说了一声。趁娘不注意，从咸菜缸里捞了两个咸蛋藏进袖口里，出了家门顺着胡同就往莲妮家走。

突然，民兵连长带了几个人疯了一样往这边跑，边跑边喊：莲妮，让你爹停下！接下来，永丰感觉脚下大地一阵剧烈地起伏，永丰没听到巨响，两只耳朵却一阵麻木，一团火光和烟雾腾空而起，他看到飞舞在空中的还有树枝和人体的断肢。继而不知什么力量让他倒退了几步，一屁股坐在地上。

莲妮家的院子里平地出现了一个大坑，几间草房全塌了，一口铁锅破碎在烟火里。树杈上飘摇着一块红色的花布，阳光里，小白花像星星一样耀眼……

许多人站在那个大坑前不知所措，不知道这些是因为什么，一个个表情呆滞面如死灰。永丰一屁股坐在地上，他的两耳还在溢着鲜血，低头一看，尿裤子了。

没人知道永丰为什么要当兵。人们知道的是自莲妮出事后，他再也不愿开口说话，再也感觉不到日头的明媚与娇艳，他的世界早已索然无味。他经常做噩梦，一片火光和一块花布老在梦里闪飘。他已经长大了，却又开始尿炕，一夜醒来身子底下湿漉漉的。他时常坐在炕沿上垂头丧气，他娘一个劲恶狠狠地骂，却又羞于启齿让别人知道。

后来听人说，从威力看，莲妮家爷俩从地里带回来的很可能是一枚美制迫击炮弹，是王耀武的部队清乡时留在地里的哑弹。

那天，永丰离开家走了，娘一个劲在家里哭，说呆头呆脑的他上了战场纯粹送死。老爹一个劲咬着旱烟袋，也是不语。

广饶县那一年出去当兵的真不少，四围八庄的，他都认识。他们在张店受过简单集训，然后坐了火车一路向北去，在一个叫“丹东”的地方停了下来。过了友谊桥就是战场了，在火车站，永丰都能听到远处的炮声像阵阵滚雷。从鸭绿江那边过来的列车下来许多伤兵被转运，有的还缺胳膊少腿，满眼是血淋淋的绷带。永丰和邻村的牛圈惊得目瞪口呆，换装和分发粮食弹药时，牛圈不见了。永丰四处找，到处喊，还是没找到。后来连队的指导员说不用找了，肯定是吓跑了，逃兵！坐了列车穿过鸭绿江，一幕又一幕让永丰逐渐明白了什么是战场：到处是燃烧的汽车与飞机残骸，残骸里有烧成焦炭的尸骨；高射炮对着天空在不断喷火，村庄在燃烧，山坡也在燃烧。他终于看到了地狱是什么模样，但他摸了一把自己裆下，没尿，他感觉自己没白来。

那种被老兵们称为“油挑子”的飞机，两颗炸弹扔下来，一片山坡成了火海。永丰就呆呆地站在那里看，班长老杠头上来就把他扑倒了，那么粗的松树枝噼里啪啦就被子弹打断落在他们身上，连石头都被打得粉碎。分班的时候，哪个班都不乐意要永丰，他们感觉迟钝的永丰脸上也就比木头多了几个窟窿。老杠头要了，很巧，老杠头也是来自广饶。

看着木头一样的永丰，连长排长只摇头叹气：一点机灵劲没有，早晚是个死。背上30斤炒面，再加上枪支弹药，夜间急行军穿插迂回，冰天雪地里雪窝子都能没膝，手里的冲锋枪又凉又沉，两手冰冷都快端不住了。不能停，若停下脚步，被汗水打湿的棉袄瞬间就会成为冰疙瘩。老杠头一个劲地叮嘱永丰跟着他，行军千万别找平整的雪地，越是平整的雪地，往往雪窝子越深，陷进去，身子就拔不出来了。

每当军号一吹，他的战友们就从山石间跃起，一片排山倒海，喊杀声震天，美军的排子炮就打了过来，火光此起彼伏，火海漫山遍野。老杠头一个劲地嘱咐他，在冲锋的时候专跳炮弹坑，因为敌人的炮弹不会落到一个坑里。但也有例外，战友大田在跳进一个炮弹坑的时候，一颗炮弹又落了进去，把他炸飞了。

美军的炮火厉害，永丰他们在挖战壕的时候必须还要挖坑道。战壕再深，鬼子一通炮火就削平了。不知为什么，永丰忽然习惯了看炮火，不管是我军的还是美军的，尤其是炮火划过夜空，绚丽得就像过年的烟花。炮弹落在人群中，火海把所有都吞噬了，烟雾升腾里，永丰看到了死神的狰狞。

永丰受够了坑道，几百人躲在里边吃喝拉撒，那种恶心味就别提了。美军的炮弹每天都落在坑道顶上，轰隆隆声声闷雷连续不断地传到坑道里，像低沉的嘶吼。支撑坑道的粗木头“咯吱咯吱”直响，尘土不断落下来，坑道似乎都被扭曲了，不住地颤抖晃动，似乎随时会塌陷，他们会葬身在大山底下。永丰感觉每天就像活在坟墓里，炮弹一个劲地在上面炸响，让他觉得脑袋也像一颗炮弹会炸开，胸腔也像个炸药包。恐惧与压抑中，永丰的心跳一个劲地加速，他不止一次地抱着脑袋在地上滚，有几次忍受不住抓了枪就想窜进坑道外那片火海，但都被老杠头拉了回来。

“安心坐下，从袄里揪块棉花把耳朵堵上，把嘴张开就没事了。”老杠头跟他说。

炮火终于停了。这时候连长一声命令：敌人要进攻，进入阵地！跑出坑道的他们像被困久了的一头头野兽，此时永丰才发现这个世界已经变了，进坑道前还是一片浓荫遮蔽的青山，出来却是满目的焦土和正在燃烧的木桩子。一声声怪叫里，永丰抱着波波沙冲锋枪就搂上了火。

永丰忽然感觉自己不是永丰了，而是成了一条乱咬的疯狗。他所有的压抑与恐惧都释放了出来，把子弹泼向敌人，把手雷一颗颗扔进敌群当中，动作无比敏捷。打退敌人一次冲锋，连里的老兵们都不解地望着他。他终于像一个炸药包被点燃了……

那场阻击战把永丰劈成了两个人，一个是好斗的野兽，一个是木讷的懦夫。永丰觉着，自己这一生就出过那一次彩，在打退敌人多次冲锋后，他们的连队人越来越少，越来越少的还有弹药与水。

这时候无论在坑道里还是战壕中，他与战友们都鸦雀无声，一个个满脸焦黑，眼球却是愈发得白，目光也越来越凶悍。他们大概都知道了自己的结局。

还有十个人，然后是八个人。连长牺牲了，指导员牺牲了，接下来是排长和班长，到最后只剩了老杠头在指挥，他的兵也只剩了永丰和另外一个战友。三人目光时常对接一下，眼神像钢铁一样坚硬。老杠头问永丰，怕死吗？永丰感觉永丰已经死了，他这身躯壳已经与永丰毫无关系。

机枪子弹没了，冲锋枪子弹也没了，手雷也已经用完。老杠头从坍塌的泥土里只扒出一箱迫击炮弹，而迫击炮早已被美军的炮火炸到山顶上，那种水滴形的炮弹永丰曾经见过，一辈子刻骨铭心。

老杠头把绑腿解下来，系成一个绳兜，他把炮弹放进绳兜，甩动胳膊抡圆，炮弹倏地就飞进山下进攻的人群当中，有的能炸响，有的只是像一块石头砸在敌人的脑袋上。

永丰看呆了，他是那样崇拜这个更像老农民的家伙。他一时竟然忘了开枪，痴痴地望着潇洒的老杠头，这时候一阵砂石腾飞，他被一阵冲击波掀了出去。永丰醒来的时候，他已经被老杠头拖到一块隐蔽的巨石后边，血一个劲地淌过自己眼睑，把他能看到的世界变成一片猩红，他看到老杠头还在往山下扔着东西，只是变成了石块……

须臾，老杠头的身体被子弹穿透，他一个趔趄坐在了战壕里，久久起不了身。他从上衣兜里掏出一根烟卷，叼在嘴里在一棵冒烟的焦木上点燃，一口就吸掉了半截。这时候永丰才发现他的左手已经少了三根手指，而右手正在把引信拧到最后一颗迫击炮弹上。老杠头一阵咳嗽，嗽的一声，忽然嘶哑着嗓子唱了起来：

家住广饶县啊
自小学种田
出来干革命
老娘泪涟涟
家中妮和娃
给爹多烧钱
……

老杠头突然笑了，紧接着是哭，最后他掐着那颗炮弹忽然一跃，翻出了战壕，向山坡下滚去。

一声炸响，永丰看到山坡下飞起几只钢盔。两股滚烫的液体忽然冲开了他眼前的血帘，他终于哭了出来，眼泪哗啦啦冲掉脸上的泥土。

遍野硝烟里，夜幕也降临了。永丰感觉很冷，他感觉自己身上能动的只有右臂，他把冲锋枪架在膝盖上，瞄向战壕的沿儿。他想用仅有的几发子弹给自己和老杠头再捞个够本，无奈他的眼帘一个劲地要合上，他只得用尽所有的力气去睁开……

那一刻永丰很后悔忘了写信告诉娘：这么大的场面，他没尿。

忽然阵阵啸响，天空被一道道焰火划开。永丰看到山坡下火光升腾，山峦在阵阵闪烁中变幻着五彩。那是我军的炮火，一片地动山摇，援军似乎就要上来了。

望着漫天火光绚烂，永丰似乎看到了一块飘摇的红布，小白花像星辰闪耀着眼睛。他笑了，继而眼前一黑，睡了过去。

广饶县那个村子里，永丰的娘一直在磕头烧香，祈祷她的永丰平安无事。晚上睡不好，白天吃不好，永丰出去的这些日子，她快瘦成干柴了。望着村口,一趟趟看不到她的永丰,不是捶胸顿足就是泪水涟涟,多少次梦到她的儿子血肉模糊,哭着就从炕上爬了起来。

那天,一个身影一晃就走进了院子。一身铜色的军装,斜挎着一个军用书包,红五星在帽顶上闪闪发亮。是她的永丰吗?像,又不像,她的永丰哪有这么精神?哪有这么威武?一身的铁打钢锻。

但一声娘就喊了过来,一阵喜极而泣,又一阵晕厥……

复员的永丰在家务农大半生,随着年岁增加,他又开始怕狗。上谁家串门,先问有狗没有。他把“光荣人家”那个小牌牌结结实实钉在了他家大门上,每年公社或镇上都来慰问,每年都会有一本月份牌或挂历。晚年的永丰已经住进了高大宽敞的红瓦房,雪白的墙面上挂满了单页慰问信与挂历,花团锦簇,倒像是新娘子的洞房。永丰往往会啜上几小口酒,拉起京胡,再摇头晃脑地唱上几句《奇袭白虎团》:

美帝野心实狂妄
梦想世界逞霸强
失败时它笑里藏刀把“和平”讲
一旦间缓过劲来张牙舞爪又发疯狂
任凭它假谈真打施伎俩
狼披羊皮总是狼
……

一曲唱罢,他老泪纵横,他肯定又回到了几十年前硝烟弥漫的那处半岛,想起了老杠头,想起了一个个战友目光坚硬如铁……

投稿的男孩

◎投稿的男孩

那个男孩在80年代的那一年经常是百无聊赖的。他只是一个临时工，在那么大的一个国营单位，他经常是孤独的，没有女孩子陪这样一个来自农村的他花前月下，看看电影，或者是走进录像厅。他也没有多余的钱去跟同龄人走进一家饭馆，粗野地吞咽着啤酒。

这个男孩好像在这家单位不存在一样。他长得瘦小而黝黑，虽然他并不算太丑。

他是一个临时工，他的家在离这里很远的山里面，在那个小山村里，竟然多数人都没吃过酱油，他在过年回家的时候，手里提了一塑料桶黑黝黝的液体。这引来了那家单位很多人的嘲笑。

男孩不明白为什么在这里他是如此缺少朋友，在很多时候他的心里很怅惘。在不上工的时候，他一个人走在大街上，百无聊赖地踢着一只易拉罐。那种易拉罐里的液体是什么滋味，他从没品尝过。或许，他感觉那只易拉罐在他脚下发出"叮叮咚咚"的声音很好玩，他就这样边走边踢，看着那只东西在他的脚下变换着各种形状，全然忘了这时已经有很多路人在注视着他。忽然，他一不小心把那只易拉罐踢进了一辆自行车的轱辘当中，那辆自行车正在行走，辐条都弯了。那个大汉把自行车支下来就追，但他哪追得上跟猴一样灵巧的男孩。最后男孩一跃翻过一排紧锁的铁栅栏，看着外面气喘吁吁的大汉一个鬼脸，扬长而去。

那个城市在80年代的某一年里，已经有了很多的娱乐方式，但男孩能光顾的却只有旧书摊。男孩是什么文化程度没人知道，但他却经常在书摊上流连忘返。他最喜欢的是一本《鲁滨逊漂流记》，但摊主要价太高，无奈，他只能每天都在旧书摊边蹲上一两个小时。当他快知道鲁滨逊最后的命运的时候，摊主从他手中一把把书夺走了，横眉冷目地问他：你到底买不买？顺手把那本书扔进了身后那辆三轮车里。

男孩很失落。男孩感觉在十八九岁的很多晨曦里，他看不到自己的未来。男孩心底的理想里，他最好能成为一个英雄，成为一个能受到很多人敬仰和倾慕的人物，会有很多漂亮女孩把火辣的目光投放在他的脸上，起码比在主席台上作报告的经理还要厉害，厉害上一千倍。

终于，他找到了能实现这种梦想的一种方式，对他而言，那也可能是唯一的一种方式。

宿舍里，他翻着从旧书摊上讨来的旧书，他发誓要成为“作者”这样一个人物。那些书快被他翻烂了，有丽莲·伏尼契的《牛虻》，有柯南·道尔的《福尔摩斯探案》，有司·汤达的《红与黑》，有冯骥才的《义和拳》……

他认为，只要有一丝成为他们那种人物的机会，都是值得他付出努力的。于是，他买来一大摞厚厚的稿纸，那些方格稿纸一行行像极了他爬行过的农村地畦。

于是在休班的白天和下班的晚上，他握了钢笔在稿纸上飞快地行走。对了，筒子楼的顶层，一间狭小的格子间就是他的住处。那间小屋夏天很热，一只老旧的吊扇像一头老牛气喘吁吁，骨架子咯吱作响。墙角时有楼顶的积水渍洇下来，一会儿流成山峦，一会儿又淌成河流。男孩没感觉这间小房子有什么不好，起码，这比他老家那些破旧的土房子要好得多。那些土房子里连水泥地面都没有，老鼠经常在墙角与门后把成堆的土翻出来。刚开始写作的男孩是很迫切的，他期待自己的第一篇作品尽快地诞生。

终于，他写成了一篇叫“小说”的东西。那篇小说很单薄，一个十八九岁的孩子肯定不知道什么写作技巧。他在那篇作品里写了一个男孩，那个男孩有异常伟岸的外表，有神通广大的本领，完全不像他自己卑微而寒酸。

他把一摞厚厚的稿纸装在一个自制的信封里面，不然哪有信封能装得下如此多的稿纸呢？他在上面写了一个南方杂志社的地址，那是他在旧书摊的一本杂志上抄来的。贴上邮票，他一身轻松地走到街上，把邮件扔进那个跟他一样落寞的铁邮筒里。那个邮筒比他要高一点，绿幽幽的身躯上铁锈斑斑。

接下来的日子,他的生活变了。他不再迷惘,因为他身躯里多了一种叫“希望”的东西,从此他感觉生活前景异常光明。他终于感觉到青春是有颜色的,譬如朝霞原来是这样绚丽,白云苍狗是如此曼妙无常。他走在街上的时候,再也不会踢打易拉罐,也不再顺手就把刚贴上的电影海报撕去一角。他的步伐沉稳了许多,眼神似乎也坚定了。

那封厚厚的邮件此刻已经到达那家杂志社了吧?或许,正躺在案头静静地等待编辑的拆封与阅读。那应该是一个什么样的编辑?是否带了老花镜?是否两臂上套着布袖?他是否在一边读一边默默地点头……

从此,男孩开始期盼有一种惊喜会改变他的某一天。每次路过收发室门口的时候,他都会不由自主地往里面望上一眼。那里面有一个岁数跟他差不多的女孩。那个女孩每天都坐在一张办公桌的后面,把身子侧对着门口的方向,嘴里经常吞吐着各种零食。男孩最大的希望是,这个女孩会叫住他,说谁谁谁,有你的信……如果那样,男孩肯定会欣喜若狂。但没有,女孩只是简单地往他这边侧一侧目。很显然,她那里没有任何与男孩有关的信息。

一天过去了。

两天过去了。

三天四天过去了。

一个星期,或者是一个月都过去了。

那个女孩始终没叫住他,说有他的邮件。他的邮件如泥牛入海,杳无音讯。但他每一次的张望都让那个女孩很不自在。开始的时候,女孩会冷冷地看他一眼。后来,女孩会瞪他。但是再往后,女孩变了。一看到他迫切的目光,女孩脸上开始泛起红晕……

一个女孩怎知道一个男孩在经历一场场失望,直至失落。男孩的信件杳无音讯,男孩的心情也越来越沉重。宿舍里的男孩躺在床上,把双手枕在脑后,静静地望着顶棚的壁虎爬来爬去。他在反思自己的作品有什么缺陷,是什么原因导致它如此沉落。

他得尽快再赶一篇东西,再投出去。他是上过中学的,大的道理他也懂很多。“皇天不负有心人”,他觉得,自己除了努力,别无其他的方式可以选择。

从此他更经常地走在街上去寻找旧书摊。他的策略变了，为了让摊主高兴，他往往会先买上一本便宜的杂志。这样摊主对他在书摊上的免费浏览就不再有什么意见。直至落日已经西沉，摊主收摊完毕，他才爱不释手地把那书本放下。

男孩的又一部作品投递了出去，他又开始了漫无尽头的期盼。路过收发室的门口，他还是会往里面投一眼期待的目光……

收发室的女孩瘦了，开始留起了长发，也摒弃了让她身材显得懒散的夹克衫。她穿上了裙子，这样显得她不那么胖，腿也没那么粗。女孩知道男孩每次从她的门口路过都要往里瞄上一眼，这让女孩很娇羞。她会深深地把头埋入胸口，甚至更低。但这些变化男孩似乎毫无察觉，他需要的只是她叫住他，说某某某，有你的信。哪怕是退稿也行。

男孩变了，是什么时候变的，那家单位的人无从得知。男孩变得很孤僻，在食堂打了饭默默地回宿舍去吃，一路上谁也不理。“那个男孩有点怪……”会有一群同样青春的姑娘趴在玻璃后面看他。因为此时那个男孩正在痴痴地对着一棵树若有所思。无缘无故，那个男孩不知道走进了什么世界，偷偷地笑了。

男孩那间小宿舍的灯光往往亮到很晚。这让单位里的很多领导同事莫名其妙，甚至有点忐忑不安。领导会经常找他谈话，但谈着谈着，那个男孩却坐在椅子上睡了过去。

男孩到底走进了一个什么样的世界，这无从得知。一个老实本分的农村男孩能做出什么呢？由他去吧。这个男孩有什么样的梦想，对很多人来说都不重要。

男孩夹着信封又走出了大门，去寻找一个能到达杂志社的绿邮筒。

男孩在一个冬日里投出一个信封的时候，那个女孩已经蓄起了长发，一条马尾辫悠闲地扎在脑后，耳根后面和脖颈上的皮肤竟然是那么细腻，脸蛋上的雀斑也不那么明显了。路过门口，男孩依旧会往里面望上一眼，但眼神中却多了一层无奈又失落的雾气。

可能，女孩会期盼男孩手里攥着两张电影票，走进来问她：晚上有空？

男孩住在顶楼一间小屋里，他能独自拥有这一间小屋的原因，可能是这间小屋的暖气不热，而且还毗邻一间厕所，有难闻的味道会飘进来。男孩手中的钢笔在稿纸上静静地行走的时候，那间厕所里忽然传来一阵水声，男孩这时望一下闹钟，原来已是凌晨。他站起来，搓一搓冰冷的双手，打个哈欠，伸一下懒腰，一把扯开破旧的窗帘，外面却是一片白茫茫的世界。树木和楼房棱角变得很柔软，这种画面很圣洁，从楼上望下去他已经找不到几眼昏黄的灯光，那一刻男孩的心地跟雪野一样洁净。

男孩在那个雪夜里听到了雪花簌簌落在地上的声音。他觉得这个世界本来就是天堂，自己本无需为了心中的理想而做许多。但现在的男孩变了。男孩感觉他在稿纸上的疾笔行走就像雪落在地上一样，都是有什么要倾吐，只不过一个是大地，一个是稿纸。

这个一直沉默的男孩又走了出去，夹着信封。他的身后是许多不解的神情。一个男孩腋下夹的是什么心思抑或什么秘密，这让很多人揣测难安——架线队那个小子不正常，这不是办法。

没有男孩的信件，他没有收到过来自任何杂志社的信息。一直没有，从来也都没有过。

昏黄的灯泡下，男孩又在静静地写。他全然不知道，收发室那个女孩已经走到门口在往里静静地张望，甚至，女孩走进房间他也浑然不觉。女孩对男孩的世界很好奇，四处很凌乱，但到处是书。穿了裙子的女孩蹑手蹑脚，直至闻到女孩身上甜甜的味道，男孩才察觉女孩的到来。他慌不迭用双手捂住稿纸，但还是被女孩抢了过去，大声地读出来。男孩在抢，女孩在躲，女孩最后抢了一摞他的稿纸跑了出去，伴随着一声声清脆的笑声。

“那个男孩在投稿！”“是吗？”似乎所有的人都长出一口气。男孩的心思终于有人看得懂了，很多人都知道了原来他是个“文学青年”。到食堂打菜的时候，橱窗里那些女孩也会多看他一眼，他的碗里往往会多一点别人没有的东西。

一天，男孩在收发室的一大堆报纸信件里寻找与他有关的一种东西。但焦虑和绝望还是爬上了他的面庞，那里的肌肉似乎都在痉挛，他的身躯略微有一点摇晃，继而拖着沉重的脚步消失在通往楼顶的楼道里。

男孩变得更孤独，更不爱说话了，时常坐在某一个角落里发呆。看着他魂不守舍，他的队长终于发火了，劈头盖脸把他一通臭骂。男孩蹲下去哭了，哭得很伤心。他说他要回家，不想再待在这个没有朋友的地方。

回到宿舍，发了疯的男孩把他用许多心思凝成的稿纸撕了个粉碎，从窗子扔了出去。风起了，白纸片纷纷扬扬。这时那个经理终于知道了有这么一个男孩的存在，他皱了皱眉——怎么回事，把整个大院弄得跟出殡似的。

那一天对男孩来说可能是个灾难，在他上级领导的办公室。他的领导告诉他更上级的决定，他被辞退了。

男孩走的时候除了行李，身上还背了一大堆沉重的书。似乎没人记得他是怎样走的，是怎样一个单薄而又失落的身影。

没了一个投稿男孩的单位当然看不出有什么变化。只是收发室那个女孩似乎又回到了从前，经常把下颌支在办公桌上，静静地出神。她又开始吃起了零食。

在邮递员送来一大堆报纸与信件的时候，女孩从里面发现了一个来自南方杂志社的信封。她好奇地打开来，里面竟然是一本装帧精美的杂志。翻来翻去，她忽然发现一个与那个男孩一样的署名。她竟然痴痴地读了下去……

读到最后，女孩的泪珠滴下来，窸窸窣窣在文本上溅开花朵。因为她读到文章的结尾有这样的句子：

> 最大的寒冷不是在一个雪夜，而是在雪夜的尽头永远看不到你的身影……

◎最后的麦子

斗笠是母亲的斗笠，镰刀是母亲的镰刀，只是母亲已经不在了。我站在金黄的麦浪面前，准备收割母亲留给我的遗产，这最后的麦浪。

母亲喜欢麦子，五谷杂粮中，只有麦子的丰收能让她喜上眉梢。母亲在三年自然灾害的时候吃过树叶，吃过树皮，那时的她还小，只是向往有一屋子的窝头吃不完，而麦子，则在她心中永远是黄金的颜色了。芒种对她似乎是一种节日，“芒种三日见麦茬”。迫不及待的母亲会全副武装起来，就像现在的我这样子，头戴斗笠，手握镰刀，在手臂上套上两条布袖，腰间扎上一把捆麦个的草绳。母亲就这样在金黄的麦浪中穿行，乘风破浪。麦浪被她割出一条条峡谷，在她身后留下喜人的麦堆和闪亮的麦茬。

割麦子怎么会累呢？母亲时时扭过头来，嘲笑落在后面一个劲捶着腰眼的我。麦子，多好的麦子，黄澄澄地彰显出一种富足的日子，沉甸甸地堆积出一种香喷喷的生活。母亲俯下身继续在麦浪里前行，只留给你一个飞快的背影，只让你看到麦浪中她起伏的斗笠。

镰刀霍霍，麦子的仪仗在被我成片成片地放倒。母亲的声音还在耳边唠叨：“把掉了的麦穗顺手拣起来，踩进土里就糟蹋了。”多少年没割麦子，现在好像又回到了从前，母亲远远地把我落在身后，我在后面踯躅不前。镰刀在麦子的身躯上发出一种清脆的声响，一种有节奏而欢快的吟唱。我不能抬头，我不能偷懒，不能蹲下身来玩弄好看的七星瓢虫，不能用镰刀把那长有很多只脚的虫子切成数段。那样母亲会骂：好好的麦子不割，麦粒会掉进泥土里的！母亲似乎没走，还在我的前方，还在麦浪的那头，别去想她已经去世，麦浪里，母亲永远不会伤感，我也不能……

母亲是那么珍惜每一棵麦穗，她不能容忍一颗麦穗被遗忘在土地里而发芽，不能容忍一颗麦穗在车轮下被碾碎。每块被收割后的麦地她都要仔细地寻找上几遍，对粮食的浪费是她不能容忍的。虽然现在早已不是那个勒紧裤腰带的年代，但如果我们把没吃完的馒头扔掉，她仍会大为光火。麦子，粮食，是她心底最神圣的图腾，容不得践踏，容不得亵渎。你喝完每一碗稀饭，都不能在碗里残留哪怕一粒米。我们很小，需要吃多少麦子才能长大呢？没有麦子，就没有她的孩子，在她心里，珍惜麦子就是疼惜自己的孩子。

现在终于理解，我把母亲的责任田强行退掉她为什么会那么生气。我们都进城务工，谁还有时间帮她打理麦子呢？当城里人与乡下人的界限日益变得模糊，谁还需要在烈日底下收割麦子来果腹呢？失去土地的母亲是彷徨的，失去麦子的母亲是失落的。以后在麦收的季节，母亲只能落寞地坐在村口路边，拣起别人遗落的麦穗。母亲病了，麦收的季节母亲却躺在医院里。病房里的母亲是惆怅的，她无法再像一个诗人继续陶醉在麦浪里，远离了那个金黄而又充实的原野，就像一个能征善战的战士忽然离开了战场，就像蜜蜂和蝴蝶忽然失去了鲜花烂漫的花园。很多次她都失神地望着远方，经常嗫嚅着："麦子，麦子……"

路过一片麦地，终于为病榻上的母亲采摘了一束麦子。母亲在手里搓一搓，把饱满的麦粒填进嘴里，嘴角咀嚼出一种洁白的乳汁，那是一种久违的思念，一种贪婪的梦想。

母亲不能没有土地，不能没有麦子。出院后的母亲想明白了。母亲看中了河岸的一块坡地，她早起晚归，锄去了那里的杂草，再用镢头用铁锨沿坡整理出了梯田一样的几个麦畦，又种上了她心爱的麦子。

从此，母亲每天都顶着晨曦早起，在地头默默地注视着那些可爱的麦苗，微风中那些麦苗频频向她颔首致意：好久不见了，老朋友……母亲在听它们诉说。母亲在想，这已经是我这一生缔造的多少季麦子？一个人的生命是多少垄麦子的长度？我还能收获多少畦这样的麦子？母亲感觉她这一生是充实的，因为有麦子，有青油油的麦苗，有黄灿灿的麦浪。收获每一茬麦子，对她来说都是一次胜利，母亲在静静地等待。

癌细胞在母亲的身体里又一次扩散，母亲像一堵饱受风雨侵蚀的土墙终于颓塌。“麦子,麦子,我的麦子……”弥留之际的母亲似乎看到了一轮朝阳迸发出绚丽的光辉,田野一片金黄,麦浪像一匹匹华丽的绸缎在浮动,在飘摇。母亲戴上斗笠,在胳膊上套上布袖,臂弯里挽着镰刀草绳,顶着灿烂的阳光,大步流星向着那一片金黄走去……

麦子割完了,母亲最后的麦子被装上了汽车,梯田也裸露在了河岸上。闪亮的麦茬中,我拣起了最后一颗麦穗,蓝天白云下我站起身,田野里依旧满眼金黄的麦浪,依旧有许多的身影在穿梭奔忙,我在寻找哪个才是我的母亲。

(原刊于 2006 年 6 月 14 日《齐鲁晚报·青未了》。有改动)

◎村庄里的冬天

对村庄而言，冬天无疑是个悠闲的假期。虽然麦田仍汪着青绿，但田野里早已一马平川，看不见耕牛，也寻不见人影。这样的村庄在原野上显得很突兀，沉浸在四野的一片静谧里，萦绕着一种慵懒懈怠，哈欠都懒得打一个。

树木的落叶已经褪尽，村庄就不再掩盖在绿色里。树的枝丫在冷空气里瑟瑟发抖，罗织在一起，这密密麻麻的黑色线条是村庄上空缜密的网。日头看着暖暖的，但镀在红瓦院落上却是一层清冷的光辉。屋脊上的残雪泛着光，却懒得融化，凌锥在屋檐上闪耀着晶莹。街巷里人影稀疏，只有草垛堆积在每个角落，冻土的路面自然坚硬了许多，泛着白，偶尔也会龟裂出几道脉络。人懒得出门，麻雀们便不时地飞下电线或树来，在胡同里大摇大摆上几步。顽童们被赶进学校，壮年们大多打工未归。街头的背风处一直贮留着阳光的热量，所以老头老太们便拿了马扎子坐在墙边，晒着太阳，闲话着家常，偶尔闹个笑话，古铜色的脸皱成一堆沟壑，嘴里的牙齿原来也不剩几颗了。

灰白的炉烟不时从院落里飘起，倏忽间就被冷风吹散。家家已经烧起了煤炉，而且也学城里人在屋里装上了暖气片，这样屋子里便不再邋遢，也少了灰尘。地里没了农活，主妇们终于可以像经营庄稼那样来拾掇自己的小窝，自然是窗明几净，整整齐齐。院子里也是井井有条，农具早已封存，土地面被扫得锃亮。一些玉米仍盘绕在树干周围，这似乎跟那串串红辣椒一样，故意被女主人留在院落里点缀一番，灿灿的金黄，飘红的火焰，村庄的冬天，依然有这花朵般惹眼的颜色。

夜晚的村庄一片漆黑，但夜空却是一种沉沉的靛蓝，在这一穹深色的帷幕上，星星自然十分清楚，繁花般瑟缩着眼睛。电灯是舍不得开的，因为屋里有电视机闪烁的荧光。火炉通红，一家人看着电视，围炉剥着花生，搓着玉米，听一听外面的世界，树的枝条在寒风里呼啸，才感觉出这种安逸有点幸福。天气愈冷，煤炉更旺，开水也就丰盈。品着茶，邻居几个坐在沙发里天南海北，闲话官家或民间的，懂的或不懂的，新闻或杜撰的，来一通海阔天空，就是皇帝也管不着，更体会不到这农家人才有的惬意。酽酽的茶水倒来倒去，氤氲的热气在玻璃上慢慢凝成霜花。

有雪的夜晚，村庄自然更加静谧安详。你想，撕棉扯絮般的雪花漫天而下，给这田野给这村庄盖上臃肿的白被，你就发现村庄再没有锐角与生硬的线条。屋顶是白的，院落是白的，田野也是白的，一个浸泡在牛乳里的世界。夜虽如是，但不再一片漆黑，雪的白光能耀出天上翻滚的云团，黑的空，白的野，静的夜，雪花落地的那种声音用文字形容不出来。村庄只剩下模糊的轮廓，但还是有几许灯光若有若无闪烁其间。偶尔有几声狗吠，年关将近，想必是出外打工的人儿雪夜归来。

那样，村外的雪野里就会踏出一排漆黑的、归心似箭的脚印。

（原刊于2004年12月17日《齐鲁晚报·青未了》。有改动）

◎贫贱的白菜

我想要是写一篇关于白菜的散文，是一定要对它称颂一番的。

可左想右想，又确实想不起白菜有什么能让人称颂的优点来。写它的风格怎样朴实，样子多么可爱，几个月长成身子填饱了我们的肚皮，风格是多么高尚，这样写好吗？它就是一颗大白菜，普通得不能再普通了，它生来就不是官宦富贵人家的东西，出身卑贱着呢。所以，很多人在调侃某些人的无知和不值钱的时候，往往会来一句：啥也不懂，简直就是一棵大白菜。

更何况，这白菜的地位也在下降着呢。现在已经很少看见单位里到这个季节就成堆成堆地分白菜了。还是前几年，家家户户的阳台上堆了、晒了，每每就有白菜干不拉唧的身影。家庭主妇们对它是那么苛刻，一层一层地剥着它们的衣服，非到露出那雪白的一层才肯罢休。几块钱就买一大堆呢，还要一棵棵扛到楼上，生气它的卑贱，可没它又不行。

可现在呢？公路上已经很少能看见单位里满载白菜而归的大卡车了。这个不用说也知道，现在的蔬菜已经不是按节令上市的那个年代了，只要想吃，萝卜黄瓜西红柿茄子有公害的无公害的争先恐后在那里排着队呢。这时候的大白菜，往往被剥得利利索索甚至套了塑料纸躺在超市的角落里。当然也有哪位抠门的女掌柜拨楞几下，总免不了啧啧后的那一声：破烂白菜也值那么多钱？那样子，你不要钱白给她扛楼上也免不了她对白菜的轻贱。就是在农贸市场上，这些难谈的主儿也是总嫌对不住自己的钞票恶狠狠地撕着白菜帮子。而那些小贩们对自己已经变得赤条条的白菜却无动于衷，这就是白菜的不幸。

其实话又说回来，在北方，懂得居家过日子的又有几位不是吃白菜长大呢？更不用说农村长大的我。“民以食为天”，断然没有“民以菜为天”的道理，所以白菜只有在麦子收割完后，才会有占用一小块地头或一畦的机会。好在白菜高产，生长期也短，嫩嫩的小芽芽冷不丁就成了绿油油的一墩墩。那时候每年下雪前，人们就把大白菜堆到地头上了。那些从城市里来的大卡车停在路边，从车上下来的城里人摸摸这堆敲敲那堆，一分一分地杀价，还不过瘾，到最后还要让老百姓帮忙装到车上。于是一棵棵白菜就像母鸡一样飞到车上去，老高的一堆。在车上码放的那位工人师傅每每还要再让白菜脱几层皮，要有个不结实的，顺手就丢沟里去了。大卡车扬长而去，自然就堆了一大堆白菜帮子在那里。这些东西在老百姓手里也不会浪费，推回家猪能吃，洗洗涮涮人也不嫌弃。

这些人当中当然也包括我们家。好的白菜被挑走以后，我们家里就只剩下那些软儿吧唧没发育好的了。但这里面还是要留出一部分在地窖里存好，冬天长着呢，地里长东西还早。其实也并不只是我们家，家家都一样。有一年过年走亲戚，午饭招待我们的全是白菜。只不过有炖丸子的，有炒猪肉的，有切丝的，有切丁的，但最后却是一盘嫩嫩的白菜芽儿拌了白糖，总算让我吃出白菜少有的甜滋味来。

所以说，我不喜欢白菜，甚至讨厌它。现在在家每每看见妻子端上白菜来，脸就像一棵大白菜。于是妻子就经常教育我：才过了几天好日子呀，就这么腻歪？没有大白菜哪有你这么大？

其实道理我也懂，仔细一想，如果有人说我是一棵大白菜，竟也不算骂我。

（原刊于 2004 年 12 月 20 日《齐鲁晚报·青未了》。有改动）

◎爱情与吸烟

曾经认为，一个男子在吸烟的时候很潇洒。那是在一个流行霹雳舞的年代，我裤线笔直，一条腿与另一条腿交叠成一个“4”，倚在收发室的小窗口旁边，悠闲而熟练地吐一串烟圈。我感觉，这么周润发的形象打动一个女孩子的比率应该是很高的。我问收发室里面那个扎着马尾辫的女孩：“晚上有空吗？我请你看电影。”

这就是我在对爱情懵懂之间的第一次求爱。听说这个女孩子在私下里曾表示过对我的好感，于是我认为我应该主动一点。现在，如果窗子里面的她会做出一种积极的反应，我想我们马上会进入一种闪电式或马拉松式的恋爱。但很遗憾，她要么是鼻炎过敏，要么就是夸张造作，缭绕的烟雾引起她的一阵咳嗽加喷嚏，一瞬间，我看到了一对白眼。她在一手掏出手帕揉搓着鼻梁的时候，另一只手迅速推上了那扇小窗，也把我的爱情萌芽扼杀在铝合金的那一下咯嚓碰撞声里。

窗外是面红耳赤的我，我之所以现在还印象深刻，是因为那是一种极度的尴尬。

随着年龄的增长，烟龄也在增长，这时我已经完全成了“尼古丁”的俘虏。到了谈婚论嫁的年龄，在别人的介绍下，我迎来了一位有可能成为我恋人的姑娘。那天，我们约好一块去郊游。大客车刚启动，我就燃上了一根烟，这引来了旁边的她一阵强烈的抗议，我不以为然，开着车窗呢，再说车内还有其他的男人也在吞云吐雾。见劝说无效，面有愠色的她把脸扭向了窗外。那是一个明媚的春天，我们一路前行，我想等到了那春意盎然的田野，我的浪漫爱情也会随着鲜花绽放吧？但历史却定格在了我叼上第二只烟卷的时候，没等我揿燃火机，我嘴上的烟卷不见了，被旁边那个女孩愤怒地扔出了窗外……

我记得丘吉尔有一幅表情凛然不可侵犯的照片，那是因为摄影师突然从他嘴上夺下了雪茄后拍下的。作为一个男人，尤其是在众目睽睽之下，我想当时我脸上的气急败坏肯定比英国首相更有过之而无不及。随后，那个女孩起身离开座椅走到前面："师傅，麻烦到前面停一下车。"我无法阻拦，爱情往往在这样的局面下无可挽救。随着女孩的下车，我的爱情又一次宣告夭折。

爱情尚未成功，同志仍需努力，但我对香烟的依赖却越来越强烈。这是因为我认为，吸烟并不是决定爱情成败的先决条件，因为很多和我一样的烟民都已经行走在恋爱或婚姻的阳光大道上。我也没有例外，很快也进入了恋爱状态。这位姑娘似乎对香烟的反应没那么敏感，虽然厌恶，但也会忍受。她是在一家加工天然气的单位上班，据她说，如果单位有一点火星引发爆炸，相当于一个多少当量的原子弹。在我看来，这当然是有点耸人听闻了。那天，我照常接她下夜班，可能她出去巡视了吧，在值班室等了好久她也没回来。就在这时我的烟瘾犯了，虽然我知道在她的单位严禁吸烟，但我觉得一切安全措施都是防患于未然的，只要小心，意外完全不可能发生。于是，我偷偷吸了一支烟，事后还把那只烟蒂狠狠地摁进了花盆的湿土里。

现在的我已过而立之年，业已封妻荫子。作为一个"过来人"，说这些无非是想告诉现在很多正在热恋或尚未恋爱的年轻人，吸烟有时并不只是危害健康，还危害着你的爱情。爱情往往比身体更需要珍惜和呵护，也更需要尊重。很多东西在你明白珍贵的时候，你已经失去了。

我那只摁进花盆里的烟蒂让我的爱情又一次夭折。因为那只烟蒂，我的恋人在单位受了一次处分，还扣发了奖金。她在给我的最后一封情书里写道：你说过是多么多么爱我，但我发现，你对香烟的依恋胜过你对爱情的追求，我想把一生的幸福系于一个在尼古丁面前缺乏毅力的男人是危险的，因为那是一种意志软弱的表现……

（原刊于 2005 年 5 月 21 日《齐鲁晚报·青未了》。有改动）

◎夜路

城市的路似乎不是路,它更像一条条河流。在这条流动着金属的河流里,汽车的灯光汹涌澎湃,它们同样浩浩荡荡,看不到头,望不见尾。夜幕活生生地被它们切割开来,像钢炉里的红流汩汩流淌,像天穹的银河坠落凡间。

行走在人行道整洁的水泥花砖上,感觉像行走在河的岸边,只不过听不到聒噪的蛙鸣,听不到潺潺的水声,耳畔充斥的是车轮咬着柏油路面的咝咝呻吟。头顶自然没有了皎洁的月光,也寻不见灿烂的星斗,披一身路灯的昏黄,再让各色的霓虹在肩头变幻着妖艳的迷彩。你的夜路,就在绚烂里穿行,在喧嚣里奔走。

或许是你厌倦了城市里的养尊处优,或许是你不想再让腰间的赘肉肥厚地堆积,从单位到家几华里,你会选择步行。在每一个相同的夜晚,走在相同路上,你会发现再简单不过的重复里也会有不同的精彩。昨天那堵墙上的牵牛花还在枝叶里藏着毛茸茸的蕾,今天路过墙下已是满地的落英;绿化带里月季不知又开了几朵,肯定那堵墙头的灵霄已经被人折去了几枝……

走夜路,不要太急,应该像闲庭信步,汽车的喧嚣里如果思绪沉不下来,干脆就让眼睛去学会欣赏。哪家的霓虹灯忽然坏了一半,于是光棍鸡变成了“光棍鸟”,你会心一笑。哪家的门脸上贴着清仓处理大甩卖,老板却在窗内幸福地点起了钞票,看到他的眼角都笑出了褶子,你也会心一笑。

巨幅广告牌下,你会变得很渺小,你见过那么大的葛优?你看到过那么大的周杰伦?你会发现蔚蓝的大海上了墙,你会发现北方长出了椰子树,你会看到成龙大哥卖起了洗发水，你会看到哪个美女明星卖起了方便面……一切很平常而正常，驻足观望，城市独有的幽默与神奇等着你细细品味与欣赏。

又路过那家大酒店，今天少了辆宝马，却多了辆奔驰，你也许会唏嘘尾号都是相同的数字。又经过那家火锅城，门口照样会有几个醉汉呕吐不止，或许会有一只脏兮兮的野狗跟着一路舔食，于是很快也醉步扶摇，直至跌倒。又经过那家桑拿中心，没再看到几个幽灵一样的身影闪进豪华的自动门，却发现多了一个悍妇拍着一辆小汽车的引擎盖在破口大骂。又经过那个烟雾腾腾的烧烤摊，看不出今天的人多了，还是少了。或许又多了几个戴金表的款爷，或许又多了几个娉婷妖娆的美女，或许，赤膊文身的凶神少了，或许，囊中羞涩借酒浇愁的少了，但一如既往，这里平民与贵族离得最近，西装革履与坦腹膀爷的享受是相同的。

夜路也不会一如既往的灯火辉煌，也有匮乏着光明的窄巷胡同，那里面很深很深的黑。或许会有洗头房里的灯光吞吐着粉红的暧昧，会有摩登到极点的妙龄女郎坦背露胸地站在门口，正对每一个路过的行人搔首弄姿，张开红唇："干洗吗？按摩吗？"在这些地方，你的眼睛不要张望，脚步不要停留。或许在哪个更黑暗的角落里有两只幽幽的眼睛正盯着你，一明一暗的香烟火光会隐隐映出一张不怀好意的脸庞。再往前，或许还会有一个更神秘的身影在你的身边停下脚步，低声耳语：要不要假发票？要不要软件光碟？要不要来历不明的名牌服装手表……不要说话，你只需微微地摇摇头，跟许多面孔一样，一脸的冷漠。也不要慌张，不要显出匆匆的样子，黑暗不会太长，一条宽敞明亮的大道就横在前方。

出了胡同往右拐，路灯下你又会踩上自己重叠的影子，擦肩而过的面庞或许有的会很姣好，你会回眸一望，但如同蜻蜓点水，它很快就会在脑海里消失，弥散，没有任何涟漪。你的前方或许会有一对恋人在拥抱在亲吻，或许会勾起你的许多回忆。看到你的到来，路灯下可能还会有一个麻衣僧人两眼放光，起身双手合十：这位先生天庭饱满，印堂发亮，马上就要转运了，恶有恶果，善有善报……一通动听的言辞会让你云里雾里，一种心旷神怡。他会拿出一个小包，但一定是在什么寺什么庙开过光的，而且不要钱，只要与你结个善缘。于是你很爽快地掏出了腰包。这年头，连和尚都耐不住寂寞，你会更理解城市的魅力，城市的纸醉金迷。

走啊走，看啊看，或许你会累了。高楼丛林中属于你的那盏灯火还远，于是你停下了，站在一家店的橱窗前，静静地注视着里面的自己。或许你会发现身躯正在消瘦，或许你会对着玻璃挤出脸上的暗疮，于是你看到自己的背后夜上海夜香港一样大片绚丽的繁华，你的身影很伟岸，根本不像城市里随波逐流的一粒沙子。

（原刊于2007年1月24日《齐鲁晚报·青未了》。有改动）

◎说驴

它很羡慕骏马伟岸的身姿，似乎总是以骏马为偶像。或许，它认为自己跟马是同类。难道不是吗？瞧它的脸庞，瞧它的身形，虽然它的个头要小很多，然而它却长了一条老牛的尾巴，大概它自以为跟老牛一样朴实和健壮吧。可它又觉得自己比这两个大腕活泼可爱，于是，它把兔子一样的两只耳朵支棱在脑袋上。它用事实告诉人们，美永远是不可模仿的，东施效颦只会跟它的相貌一样如此滑稽与不伦不类。

笑不露齿为美，但在它的笑声里，那肥厚的双唇很难掩盖它的牙齿。它爱唱歌，总爱高唱自己特有的那种曲调，虽然它的主人们对此并不欣赏，而且经常感到刺耳。

它也很纳闷，人类为什么给它起这样一个名字——驴。

从柳宗元的一篇《黔之驴》开始，它的身份里就有了太多的喜剧色彩。一个故事演绎了近千年，它用一场滑稽的演出告诉了世人，它不是一个担当大任的角色，它在历史和戏剧中永远是一个小丑。

在马的身上，总是充满着太多的传奇，它有那么多轰轰烈烈的故事被撰写在历史与戏剧里，楚霸王的乌骓、关云长的赤兔、唐太宗的昭陵六骏……"想当年金戈铁马，气吞万里如虎"，"夜阑卧听风吹雨，铁马冰河入梦来"，马与波澜壮阔的历史是紧紧联系在一起的，它在历史的舞台上总是有着举足轻重的地位。而牛也一样，牛留给人类的印象总是令人感动的。"风吹遍体无毛动，雨打浑身有汗流。"连鲁迅先生也赞叹过它："吃的是草，挤出来的是奶……"

这就让驴子很委屈了，它也经常流汗，吃的绝大多数也是草，虽然没人挤它的奶。但它自以为是个全能选手，除了上战场，马儿的活它全会，老牛的活它也会，拉车、犁地、驮人……而且，有两项活计是骏马与老牛力所不能及的，一是拉磨，二是推碾，但它会。虽然它比骏马与老牛的个头要小得多，速度与力气也逊色不少。但它认为，灵巧也是一种本领，它是集马和牛之大成而诞生的，不需要消耗太多的草料，却能担当大部分工作，它是个务实主义者，也是个聪明的学习者。

飞鸟尽，良弓藏。和平年代，马儿自然不再有那么显赫的价值，而且，现代战争已经没有了骑兵的一席之地。但马儿是幸运的，它们又走进了赛场，走进了奥运会。但老牛就凄惨得多了，在一个高速发展的信息时代与工业时代，渐渐的不再有老牛施展的舞台，虽然在西班牙的斗牛场上，它们仍在勇敢地与斗牛士们战斗，但依然摆脱不了任人宰割、进入餐桌的命运。

老牛太窝囊了，而且它们是那么爱流泪，在屠刀割断它动脉的那一刻，老牛在绝望的一声长哞中完成了它悲哀的宿命，只有凄凉，没有壮美。

但驴子认为自己是有个性的，或许它会因自己仍没退出现代的舞台而骄傲，虽然这只局限于乡村。在乡村，在田间，仍有它的一席之地。不可否认，它对主人是服从的，它的命运依然受他们主宰，但它仍有发脾气的权力，它时常会“尥蹶子”。我会干，我肯干，我会尽我的职责，但请别忘了我也是血肉之躯，我可以承受许多繁重的劳作，但面对你们过多的鞭挞，我会反击。是的，这就是它，什么都不怕的驴子。

它是个小丑，想必它对此也是知天命的。它认为，如果能给人类带来欢乐与收获，不管用什么方式，不管付出的是什么，都是它所欣慰的。毕竟，在一出戏剧里，小丑虽然不重要，但却是为缔造欢乐而存在的。它明白它不是马那样的贵族，它也不如牛那样温良恭俭让。它是平凡的，而且很中庸，但它深深地明白它的使命在田间地头，它是属于农民的，或者它天生也等同于一个农民。

它很乐意成为那一个个农村家庭里的一员。毕竟，马儿们要昂贵很多，老牛又太愚钝。它很担心有一天自己也会退出人类的世界，因为人们确实越来越钟爱装有内燃机的各种机械。所以它们也时常有危机感，从而任劳任怨。为什么要这样敬业？为什么这么勤于职守？驴子并不一定明白，但它知道，驴子是它的名字，也是它的职业。

它也是累过的，也有撂挑子的时候。曾经在某一处乡村，在地里一天的农活干完以后，那个大爷丝毫不在意它也需要休息，继续把它套上车去窑厂拉砖头。它不干，它真的累了。它的四条腿已经在发软在颤抖，不管怎样驱赶它就是原地不动。驴子都是有性格的，虽然是奴隶，但奴隶的心中也需要一点尊重。任凭你呼喊与驱赶，驴子实在已经毫无气力，要杀要剐你就来吧，知道你们从来不把驴子当人看。于是鞭子呼啸着落了下来……

火辣辣的疼，渗出了血印，皮开肉绽了吧？但驴子是不会流眼泪的。它甚至懒得长啸一声。它是有脾气的，就跟它的主人那个老头一样倔强。鞭子抽在它身上，它的主人也是心疼的，主人会爱抚地抚摸着它的伤口，说老伙计，知道你累，但我也累啊，不停地拉，不停地奔，这就是咱们的命……那一刻想必驴子也感到了温暖，它被感动了。是的，它们的命运是一样的，它不是贵族，它不属于官宦人家，它也是个农民，生命不止，劳作不息。于是它心甘情愿地把劳累放在脑后，又踏上了征途。主人夸它是头“顺毛驴”，它很得意。

它可能永远没有远大的理想，或者是什么像样的抱负，它一直认为自己是一个小人物，它最美的理想大概就是一只异性驴子会喜欢它的歌声吧？它的快乐来的也很简单，一把新鲜的野草，一把主人奖励的黄豆，都会让它感觉到无比的幸福。于是它很甘心做一只踏实的驴子，做一只快乐的驴子。它也许知道，并不是所有人都不理解它的心境与它的付出，曾经就有个叫艾青的诗人为它写下那么美的句子：你灰色的眼瞳/瞌睡的眼瞳/映照着北方的广漠的土地的忧郁……

一头驴子也会老去，它也会有离开的那一天，离开那些它熟悉得没法再熟悉的乡村，那开满鲜花的原野，那诗意的乡间小路与袅袅的炊烟升起在绚丽的晚霞里。它用最后一丝力气完成最后一次劳作之后，它的肌肉与骨骼是那么放松，它进入了梦境，它认为自己是完全有资格进入天堂的，它没有愧对造物主和上帝，它完成了自己的使命，虽然并不一定完美。

它依稀听见那个老大爷哭得是如此号啕：老伙计，你走了，我可怎么活啊。那是它的主人，也是把它养大陪伴它走过多少风风雨雨的伙伴，它的倔强它的坚强有很多都是来自于对他的耳濡目染。主人的老爹死了他没哭，老伴死了他也没哭，但它的离去，却让他如此哀伤……

于是，驴子满意地合上了它的双眸。那个它所钟爱的世界，如同一部影片终结在漆黑里。

◎一碗凉皮和一座城市

一方地域总有一种小吃做名片，譬如北京的冰糖葫芦、天津的“狗不理”、兰州的牛肉拉面，山东境内有潍坊的朝天锅、周村的烧饼、单县与临朐的全羊汤……

一种小吃是一方居民生活方式的注脚，也注定会承载着他们的历史积淀成某种文化。

东营这个城市是没有历史的，它这张名片也是如此卑贱而简单——凉皮。虽然它并不是本地的特产，它的故乡应该在陕西，但陕西的小吃是有多张名片的，如岐山的肉夹馍、西安的羊肉泡馍，凉皮就如同一个其貌不扬的姑娘远嫁来到了东营。

东营是个新兴城市，它的诞生完全是因为这里的地下蕴藏着石油。这里的人也多与石油有关，想必在发现之初，很多人都来自于陕西玉门那个老油田。于是，凉皮随着那些人的钟爱在这个地方开始生芽开花。

凉皮在这个地方的历史甚至比这座城市都悠久，因为这里称得上城市的那一年只是并不遥远的1983年。权且把那时的这里叫做城市吧，盐碱滩芦苇荡里矮趴趴散落着几堆水泥与砖瓦的砌体，没有任何华丽的海拔。

构筑成这个城市的那群人主体是一群石油工人，本地人调侃他们是一群“石油鬼子”。据说是在60年代初的某天夜里，一辆辆重型机械轰隆隆就开进了这片广袤而荒芜的处女地，几天就竖起了高高的钻塔，跟鬼子的炮楼一样，吓得本地“土著”都不敢出门。此外，那群人往往都脏兮兮的，风餐露宿，污渍满脸，睡窝铺，住帐篷。谁也没想到因为有他们，这片沉睡了多少年的土地会变成城市。

当初那代人即便还在世，恐怕现在也多成了耄耋老者，那帮人多数来自部队，再有就是来自农村。李存葆在他的小说《山中，那十九座坟茔》中就多次提到这个地方，那时这里叫“九二三”厂。他在小说里描写一位战士的梦想就是转业来到这个地方，所以现在这里许多单位还都残存着部队的建制，比如多数领导是队长、大队长、指导员、教导员……

一群当兵的人与农民和他们的孩子在这里扎根繁衍，所以这个城市的子民多是线条粗犷风格泼辣的。这帮人大大咧咧地行走在那时的大街上，挂一身风尘与油泥。一些女工也不例外，连满是油污的工作服也懒得换，看到卖凉皮的小摊，找个马扎子就坐下来，大嗓门喊上一声：来碗凉皮，要多放辣椒。

那年月东营这个地方楼房还很稀罕，连街道的经纬也不是很清晰，一片矮趴趴的平房里，街巷中四处是贩卖凉皮的地摊，一群又一群的人在路边坐了马扎子或蹲下来，等老板在那些乳白又透亮的面皮上浇上火红的辣椒油，再辅以嫩绿的黄瓜丝与青菜，这样色香味俱佳的凉皮端上来，食欲也就上来了。伴着不需要太文雅的一些声响，一通饕餮吞吃，一碗不够，那就再来上一碗，反正不贵。清清凉凉的面皮下了肠胃，额头与鼻尖却被火辣的辣油催出了汗珠。

便宜、快捷，味道清爽，却又有火热的感觉，就像在这样一个空气清澈的沿海小城，却能感受到大西北边塞的裹沙雄风。简简单单的一通吃，风风火火地上工去一通忙，生活如同一碗又凉又辣的凉皮，不怕简单，有味道就好。

这座城市的海拔慢慢的高了，它在成长，它的身影华丽了起来，就如同一碗凉皮的身价也不再今昔可比。一幢幢高楼拔地而起，天空都变得破碎和拥挤了。那群漫步在街道上满是油污的亲切而可爱的“石油鬼子”不见了，取而代之的是一些时尚而又光鲜的身影。那些贩卖凉皮的棚户区也找不到了，曾经摆满长条桌与马扎子的地方该被埋葬在哪座高楼下面？想吃凉皮？仔细地寻找吧，可能仍会有一只孤零零的小桌和一只马扎躲在街角和巷尾，落寞的一声叫卖气若游丝，瞬间就淹没在汽车的洪流中。

这个城市在成长，如同一个豆蔻年华的少女，她的子民在老去也在成长，他们是否会怀念这个城市的粗陋与自己当年的生活如同一碗凉皮那样鄙薄？凉皮简单但有味道，日子也是，光阴荏苒，有多少热情奔涌，有多少繁华落寞，世界在变，自己再变，不变的是那一碗低廉的凉皮味道依然清凉。

即便当下的那碗凉皮已形成了产业加入了连锁，但走进那一间间装修整洁而典雅的连锁店，里面的招牌上往往都书写着“正宗东营凉皮”。一个与凉皮有关的城市，一个因凉皮而冠名的小吃，其身价依然低廉，而宠爱者的身影却不再卑微。

一个远嫁而来的小吃，一个漂泊者集聚而成的城市，留心你会发现，简单到繁华不要太多复杂的程式，留给岁月，就能缔造一切。

（原刊于2013年10月7日《齐鲁晚报·青未了》。有改动）

◎腊月里的母亲

新月份牌撕上没几页，母亲就开始数算离腊月还有几天，腊月一交，就意味着年快来到了。

腊月里的母亲是忙碌的，该为一家几口置换怎样的新衣呢？老早起床，厚厚地穿戴起来，扎上围巾，挎了篮子，上集去了。

看上眼的衣料贵，便宜点的又经不住她的挑剔。那点用手绢包裹的纸币都被攥出汗来了，数算来数算去，怎么算她都是穷得要命。往往是白跑一趟，在一匹匹布料面前瞥一眼艳羡又无奈的目光，篮子空空如也回家来了。

回到家先往鸡窝里瞅上一眼，要是蛋儿太少，肯定会骂的：你们这群不下蛋的鸡……再到仓屋转一转，摸摸这袋子，掀掀那个瓮子。这袋不能动，来年的种子，那些也不行，是麦前的口粮。还有多少花生能卖呢？还有多少绿豆能粜呢？那点黍子，该自己留多少蒸年糕呢？日子再难，也得让孩子过年穿上新衣裳。

又一个集来到了。天没放亮，母亲就起来，大包小包，鸡蛋红枣，那年月的母亲不光是个农民，还是个商人。母亲穿戴得臃肿而邋遢，临走跟被窝里的我们说一声：饭在锅里，吃了快上学，别耽搁了。

外面的寒风很“杀实”。什么叫“杀实”呢？她自己也说不清，庄里庄乡都这么说，可能就像小刀一遍遍在身上刮，像鞭子一道道在身上抽。到了集上天也亮透了，母亲才发现围巾上落了一层霜。找个角落蹲下来，等着置办年货的人来跟她讨价还价。想赚她的钱不容易，同样，想让她的东西便宜点也不容易，一毛一毛地谈，一分一分地降……

手中的货出了手，于是母亲底气就足了。这样她在布摊那些布上摸上几把，人家也不会一阵白眼问她到底买不买了。要挑仔细了，看是不是残品，看有没有跳线，明明爱不释手，却说这儿不好，那儿也不行。就是截上了，还撂下一句：你可量好了，少半寸让俺孩他爸来找你。

大儿子的，二儿子的，他爸的，都有了。自己怎么办呢？那时的母亲不算老，三十出头，供销社那件成品褂子售货员说母亲穿了很好看，但舍不得。怎么会舍得呢？一件褂子自己截一身便宜的布料也够了。从供销社门口走，母亲还会往里瞥上一眼，看看那件褂子还在不在。她总是摇摇头，叹口气：人老了，不要扮相了，好歹做一身穿着就行。等兔崽子们长大能挣钱了，让他们给买，说不定还能给老娘弄双皮鞋。想到这里母亲很得意，差点笑出声来。

衣料有了，母亲更忙了。得剪，得做，还得熨，完成了，母亲把衣服提起来左看右看，觉着自己的作品很完美，也很满足。最后边钉着扣儿边说，这小子长得太快了，一年比一年费布，去年钉四个扣儿，今年要钉五个了。但后来等衣服上的扣儿换了拉锁，孩子们再也不肯穿她做的衣服了。夹克，西装，一件件成百上千，一听吓她一跳，直咋舌。

衣服有了，鞋子也都上了帮了。腊月眼看就过去了一半，再赶年集就要买菜了。白菜萝卜家里都有，缺的是什么呢？猪肉？咸鱼？粉皮？豆腐？母亲要一样样记好了。这集太贵，那就下一个集再说，大包小包，满载而归的母亲很满足，年货抱在怀里，喜气挂在脸上，感觉得出来，日子慢慢的好过了。但这时的母亲也明显变老了，皱纹爬上了眼角，爬上了额头，真成"老娘"了，也变得更絮叨了。

忙年忙年，过年有啥好？比下地都累人。过年过年，原来是过的孩子的年。过了腊月二十，就快要摸到年的鼻子尖了。仔细一掐算，还缺这个呢，还缺那样呢。年三十晚上的饺子该包什么馅的？大年初一该吃什么样的午饭？正月初二初三有哪些客人来？初三初四该走哪家亲戚？准备什么拿得出手的东西？不行，还得赶集。天冷点，冷点就冷点吧，腊月里的天冷，但心里却是热乎乎的……

一年一年过去了，又到了腊月里，二十四这天，该打扫房子了，就母亲一个人在家——你们都进城了，农村的房子这么大，房顶也那么高，知道有多累人吗？不扫怎么行呢？儿媳妇们是城里人，都爱干净。要扫，要抹，打扫得一尘不染，抹得能照出人影来，免得媳妇们嫌乡下脏。炉子电热毯要提前准备好，被子需要提前拿出来晒。对了，都忘了，还有孙子呢，让孙子们睡哪呢？被窝也不够盖，老被子倒有几床，哪能让俺的宝贝孙子盖旧被子呢？做！再去赶集，截被面，买棉花，不就是晚上熬个夜吗？

今天都腊月二十五了，孩子们怎么还不回来呢？打个电话问问。

——很忙？忙也不能不过年了呀！

——不就过个年嘛？有啥需要忙的？

——有啥需要忙的？你们这些没良心的，自小张嘴吃惯了，没有老娘让你们试试！

气嘟嘟放了电话，说不管了，都累死老娘了。躺床上歇一会儿，但就是睡不着，不能不蒸年糕吧？年糕年糕，一年比一年高。不能不蒸豆包吧？豆包豆包，一家人都饱。叹一声气，还得从床上爬起来，盆里的是鱼，需要炸，锅里的是肉，还需要剁。命苦呀，为什么要过年呢？母亲也不明白。

这年像啥呢？这年就像放风筝的线穗子，一圈圈缠下来，才能把天上飘的风筝拽下来；这年就像一口锅，满满的才没有凄凉。一年一年过的是年，一年一年过的也是日子。一年一年，人都会老的，白发笼上了两鬓，皱纹爬上了额头，人就懂了岁月的无坚不摧，就懂了关怀像一种液体，流淌在年的每一个角落里。

一年是一垄庄稼地，一个腊月是这垄庄稼地的尽头。一年一年里，母亲在庄稼地里走了一遍一遍；一个腊月一个腊月中，母亲由壮年走向了暮年，头发白了，身板也佝偻了。母亲似乎欠下了很多，需要用一年一年去还，用一个腊月一个腊月去补。渐渐的，母亲觉得，这个腊月里她会腰疼，她会腿疼，于是她知道自己老了，这是以前的母亲没有过的。腊月里彰显的是富足，盈满的是喜庆，忙在身上，渴望却在心里。去医院？母亲才不，万一住了院怎么办？一家人在医院里过年成什么了呢？先忍着，不告诉他们，一家人过个好年再说。我还能过几个年呢？我还能为你们忙几个腊月呢？

明天就是大年三十了，年糕蒸好了，豆包蒸好了，鱼炸好了，饺子馅也都剁了……看着这些，母亲很累，也很满足，母亲看到的是一个盈足的丰年，是一段路程她又走了下来。眼下的母亲似乎不明白这个年是她最后一个年，也是她最后一个腊月。她还不知道癌细胞已经在自己身体里扩散。腊月里的母亲永远是胜利者。

该有的都有了,该回来的都回来了。一个腊月里的忙碌,似乎就为了年三十晚上这顿饺子,一家人乐融融围着热气腾腾的饺子坐在一起,子孙堂前,儿女膝下,虽然母亲感到身体里某个部位在疼,以至于脸上渗出汗珠来,但她依然说,过年真好……

屋外爆竹声像开了锅,烟花此起彼伏,忽明忽灭的火光里母亲的笑容依然很灿烂。

◎一年像一部小说

日历越翻越薄，到最后，一年眼看就这么结束了。没觉出什么，三百多天就像流水从你身边无声地滑过，抓抓不着，留留不住。一掐算，年龄又要跳动一下数字，可能都有点恐慌，人的一辈子能有多少个年？不觉中又少了一个，无论你是壮志未酬还是浑浑噩噩，离终点总算近了一步。想起来，不管这一年收获与否，你总归投入了资本。

总结一下已经成为过去的这个年，你会发现它竟像一部小说。未雨绸缪，在这一年的开始，无论你对这一年怎样规划怎样设计，它都像这部小说里的“伏笔”。围绕着你的计划，你会投入运作与实施，显然这时候结果还是未知的。无论开出什么样的花朵或结出什么样的果实，它就像埋进泥土里的一粒种子。于是在这一年的发展里，都有一些出乎意料或不出乎意料的东西，或让你惊喜，或让你失望。比方说，单位给你涨工资了，或者你提干了，再或者，你被免职或生意赔本了。说的小一点，上班的路上车胎扎了或者钱包被人偷了都算作一个花絮或者插曲，这种描写令你的生活润色不少。像小说一样，我们的生活都是在一种因果关系中循序渐进，计划周密，结局大多会完美，计划不周，结局有时就会不尽如人意，不同的计划有不同结果，或者失败，或者成功。

回过头来一琢磨，这一年逝去的日子里竟有很多悬念，比如希望会不会成真？彩票会不会中奖？股票是涨还是停？悬念的揭开或事态的发展就是小说里所需要的情节。但生活又与小说有很多不同，一本小说在你感到乏味的情况下，你可以翻一下最后几页而知道结局。而我们的这一年，无论开始的序曲怎样枯燥，你都无法翻动结局的页面。在一年这部小说结尾的时候，你也许会慨叹，如果某些时候或某件事情你采取不同的态度或措施，结果也许会是另一种情况。作为小说，就像那武松不喝十八碗也许就不会到景阳冈上打虎，也就成不了阳谷县的英雄一样，生活中也不缺乏这样的戏剧因素。比如因为你不小心把钥匙锁屋里，你就会爬阳台，这时有人就可能怀疑你是小偷；哪个女同事的长头发无意飘落在你身上，回家就会引起老婆的猜疑；工作出差错，领导就会扣你的奖金；考试没及格，该晋的级就没晋上，该评的职称也没评上……诸多连锁反应，诸多写实虚构。从一年像一部小说而言，你自己就是这部小说的主人公，但左右小说结局的是你自己，而不是作家。

当然小说中也常常有配角，配角往往影响主人公的命运。实际上在现实的人际关系中，你的领导或同事，或者你的家人，就是你的生活这部小说的配角，而且这种配角比作家笔下的更具性格更鲜活。这些配角往往是左右你幸福与痛苦的砝码，所以为了你的生活不沿着你不希望的轨道运行，在为人处事中，你会寻找最完善的切入点。这是对生活或者对小说而言的一种塑造和描写。但不管怎样，在小说里，配角的表演总是围绕主角来进行的，它不会喧宾夺主。生活也一样，如果你有足够的自信或谋略，配角也只会锦上添花；相反，也许会落井下石。

一年的生活像小说，它是你和你的配角表演的舞台，你或者幸运或者失意，随着你的喜怒哀乐，小说变得跌宕起伏，充满着曲折的情节。在这部小说结束的句号后面，你会仔细回味一下这部已完成的小说是平淡还是精彩。但很快，你会摊开纸笔筹划构思一下，新的一篇小说要粉墨登场了，主人公是你自己，作家也是你自己。

（原刊于2004年12月21日《齐鲁晚报·青未了》。有改动）

◎落单的燕子

那两只燕子已经在窗外盘旋了好久。

你追我赶，它们是快乐的。这从它们轻盈蹁跹的翅膀上就看得出来。它们有时落在电线上互相依偎，有时在枝杈间低头私语。城市很喧嚣，下面就是嘈杂的大马路，但对它们而言，世界只属于它们，属于两只热恋的鸟儿。

它们是什么时候邂逅的，又是什么时候相识的？没人知道。可能是在冰冷的雨幕里，可能是在迁徙的路途中。莫非它们携手闯过了羁绊，莫非它们互相蕴藉过伤口？是不是其中有个燕子在说，你的羽毛真漂亮，另一只说，你飞行的姿势真潇洒。但有一点是肯定的，这两只燕子相爱了。

它们可能在说，咱们结婚吧，咱们筑巢吧。于是它们开始了选址，终于看到在那扇窗子的下面，在那台空调压缩机的底下，有只锈迹斑斑的膨胀螺栓裸露在外边。一只燕子欢快地拍打着翅膀说，就这里吧，用这个铁家伙做支点，我们的巢儿一定会很牢固的。

"燕子在咱们这儿筑巢了。"工作间里一阵欢呼，写字楼里的那些女孩子们突然激动了起来，她们把键盘一推，把鼠标一扔，争相把脸儿贴在窗户上，玻璃上挤满了压扁的鼻尖与变形的脸蛋。大家动情地望着窗外忙碌的这一对恋人，这两只幸福的鸟儿。

"干什么呢？"老板出现了。女孩子们又回归了各自的格子间，一通清脆的键盘声响起，工作间里又恢复了单调与乏味。

老板也被窗外所发生的故事吸引了，他也静静地站在窗前，那些女孩子又蹑手蹑脚地围过来。一个女孩子说，那只是男的。另一个说，那一只才是女的。

两只燕子好忙碌啊，不知从哪儿衔来那么多草根和泥巴，围着那只螺栓，很快就搭起月牙状的一弯鸟巢，那是它们家的雏形，是它们温暖的小窝。家有了，爱不再飘零，新的生命很快就要诞生了。

女孩子们都拿出了手机，她们想把两只鸟儿的浪漫记录下来。恋爱是幸福的，青春总是充满憧憬的。一个女孩子拿出了相机，“咔嚓”一声，闪光灯一闪，两只燕子慌乱地飞走了。

老板一脸愠色——你吓着它们了，你看你的相机，镜头跟枪筒子似的。好在燕子们又回来了，站在窗台上，透过玻璃怯生生地往里看，也许，从那些纯净的眼睛里，它们并没发现危险。

那就继续忙碌吧，爱的小窝尽快地搭起来，再也不怕风雨，再也不担心曝晒。

窗外两只辛勤的鸟儿，屋里几颗春心在萌动，键盘声此起彼伏，很欢快。

但让人担心的情况出现了，一只鸟儿回来把草根泥在小窝上的时候，另一只鸟儿却迟迟没有出现。是的，没有，已经好长时间。

这只燕子在焦急地等待了许久以后，又焦急地飞走了。它一定是寻找热恋中的伴侣去了。但等它飞回来的时候，看到的依然只是它们残缺的小窝，它的情人还是没有出现。它茫然地站在窗台，满眼焦虑地望望里面，没有，那里面没有猎人冰冷的目光，满是善意的眸子一样充满了焦急，它又飞到了空中，消失在太阳的光斑里。它一定在呼喊，呼喊那个让它倾注了所有情感的名字。

太阳马上要落山了，它一身疲惫地飞回来，落在空调的压缩机上，茫然无措地伫立着。夕阳的余晖下，它在写字楼的外墙上涂下孤独的影子。

工作间里乱了。那些姑娘们再也无心手头的工作，有的说，肯定是让可恶的捕鸟人捕去了；也有的说，一定是吃了带农药的草根；还有的说，说不定，走的是一只男燕子，它遇到了羽毛更漂亮的伴侣，它违背了誓约，把伴侣抛弃了……

第二天，那只燕子又飞来了。但它再也无心搭建它们的小窝，它在等，它坚信，如果它还在，那它的伴侣一定会回来。等待是痛苦的，但许诺是庄严的。它终于合上了眼帘，站在电线上睡着了。

第三天，它又来了，它还在等，望着它们未完工的小窝，黯然神伤。

第四天……

第五天……

第六天，它像往常一样出现了，风起了，乌云近了。

工作间里的键盘声无精打采，很显然，很多心思，很多牵挂，都被窗外那个凄美的爱情故事伤感地带走了。就连她们的老板，也一脸迷茫地望着窗外，一对燕子可能会给他带来好运，带来吉祥，但这么快就消失了。

那只燕子的羽毛被风吹了起来，有些凌乱，它就那样静静地伫立着，眼神凝固了，蜷缩的身影也凝固了。继而它用眼帘掩上了那满眼的凄苦，去回忆那段曾经美好的故事。

雨突然就飘落了下来……

终于，办公室里一个女孩子哭了，另一个女孩子在屏幕上敲下：无论完美与残缺，爱情永远值得坚守……

◎黄河在这里入海

东营人没去过黄河口，不知道这是不是意味着泰安人没爬过泰山、北京人没去过故宫。在这一方我们安身立命的热土，除了地底下那点石油，便再没有值得夸耀的地方。但实际上，那条从巴颜喀拉山一路奔流几千公里，在大半个中国版图上画了一个大大的“几”字的河流从这里入海，才是我们最响亮的名片。所以今天这次成行，除了一点闲情逸致外，再有似乎就是对黄河的朝圣了。

平时喜欢信手涂鸦，也总喜欢在落款处题上“某年某月于黄河口”，但黄河口离我们尚远。追逐着黄河一路向北走，驶进了那片熟悉得不能再熟悉的大荒原，四野没有什么特别的景色，都是白花花盐碱滩的重复，好在天地一片寥廓，视野与心绪也少了在城里那份拥堵，公路在芦苇荡红柳丛中蜿蜒曲折，驱车载着几个同伴，目标河海相接的地方，向着地平线一阵追赶。

窗外那片莽原还在刷刷地掠去，这种辽阔已经显得很漫长了。不得不去佩服黄河的力量，这片广袤的处女地，都是它老人家驱退海水而冲积出来的，包括身后已经消失在地平线上的那座城市，都没有太久远的历史可考。如果荒凉也是一种美，那这种雄浑的荒凉与萧瑟对我们来说也不存在任何一种魅力，相比于别人地域上的山清水秀，不知这是不是一种自卑，我们这里有什么好看的呢？相信到了黄河口也不会有九寨沟、张家界那样的新奇，你看窗外这片荒凉哟！

很意外，感觉离黄河口越近，荒凉却逐渐稀少了，一些伟岸的乔木多了起来，尤其是那片绵延的柳林，正在这个季节里变换出迷人的色彩。秋风就像一个顽皮的孩子拿着油画笔在它们的发髻上来回涂抹，一笔黄的、一笔橙的，再添一笔，却又夹杂着绿和紫，于是那些树儿就妖娆得如同美妇人，一个个搔首弄姿起来，偶尔婀娜地扭动一下腰肢，树叶“刷拉拉”就落了下来，原来地面早就铺了厚厚的一层。不，那上面却不时泛起了水花，有鱼儿忽然探出了半个脑袋。细一看，这些树木都是生长在水中，浓密葳蕤着，粗粗细细。那些肥肥瘦瘦的鱼儿正在粗细相间的树干之间自在地穿行，这就很叫人惊讶了。感觉有点不对头，莫非走错了路？濒海之地，应该越发荒凉才对，幸好有两个渔家女子路过，下车相问：入海口怎么走？没想到却引来一阵哄笑：这不就是黄河口嘛！

喜悦来得很意外也很突然，刚知道这里被称作“自然柳林”。插柳成荫，而这里的柳树却是自然生长出来的，大概是黄河从上游带下来的种子生成的吧。见有浮桥向树林深处延伸，遂迤逦而进，脚下是清澈见底的流水，头顶额前是不断伸拂过来的柳枝。置身水上，栖身柳下，越往里走，越有曲径通幽的深邃，连阳光都是银币般碎碎的。见有一高塔，拾级而到顶端，把脚下这片茂密浓郁尽收眼底，顶着阳光，手搭凉棚四处张望，仍不见河海的影子，于是出得柳林，驱车继续前行。

东营人见得最多的就是芦苇荡，而接下来的芦苇荡却让我们叹为观止了。公路两侧这漫天遍野简直是芦苇的海，眼下芦花正飞，撕棉扯絮如漫大大雪纷纷扬扬，于是这一望无垠简直如玉皇顶下浩瀚的云海，随风起伏，阳光下连绵的芦花泛着缎面般的光泽。几声唳鸣，一行雁阵忽然就斜刺向天空。同行的不知哪位忽然惊叫出来：“我的妈呀，这能编多少领苇席呀！”于是引来一阵哄笑。

能感觉到芦苇荡的稀少，估计海也就近了，因为零落的水泊也多了起来，能看到那条大河横亘在远处无声地流淌。沙渚上密密麻麻布满了一层层被称作“红地毯”的褐红色的植物，学名叫作“赤碱蓬”。它们如同水波荡漾，苍茫无际，只有在地平线处才被湛蓝止住红色的尽头，真的像给大地铺了一层红地毯。而更加意外的是看到了许多珍稀的鸟儿，有一些还叫不上名字。想必丹顶鹤与天鹅们因为稀少，大概是都聚集到这里的缘故吧？而且它们不怎么怕人,似乎没意识到我们的到来,旁若无人,径直在水洼中大摇大摆自顾觅食。离我们最近的一只把嘴巴掖在翅膀里,一只眼睛时而睨着我们,时而合上,仿佛它才是这里的主人,但对我们这些客人就显得冷淡了一点。一个女孩子刚说完:“它是不是病了?”它却扑棱棱飞到了空中,顽皮地把一把把水珠溅在我们脸上。一个男同伴不服气地仰天喊:“牛什么牛,我要带了弹弓把你打下来炖了下酒!”于是我们把脸都转向了他,感到失言,他于是就轻轻地抽起了嘴巴。其实正是因为有他这样残忍而嘴馋的人类,把异类的生命当作山珍海味,人家才一度不拿我们当朋友,而离我们远去了。原来黄河真的像母亲,养育了祖祖辈辈,现在还庇护着这么多娇小的生命。

那几只落到我们车顶上的鸟儿直到汽车发动才离开,嘴巴长长的、尖尖的,头顶还竖着冠子一样的几只羽毛。我们不认识它们,但它们对我们却似乎不陌生,谨祝愿它们永远见不到猎枪吧,如果拿我们当朋友的话。前面,海已经近了。

这条蜿蜒的公路原来是防波的海堤,这是在我们驶进一片汪洋中的时候才明白的,在海天一色中间,它像一条带子,连着河海相接的一个人工岛,这就是黄河的入海口了。可实在分不出哪是白云间流淌过来的那条河,哪是包容一切的那片沧海,望这边烟波浩渺,望那边浩浩荡荡。黄河入海口没有给我们带来想象中的浪潮翻滚,激流澎湃,相反却异样的静谧安详,想必是一路下雪山、穿高原、越王屋、走太行,它已经累了。漫漶的土黄缥缈地融合在天际,连波光都看不出来,看到有穿了防水服的人在河里行走,才知道水并不深。而稀少的渔船如同海市蜃楼一般在海天相接处时隐时现,看不到蔚然。在这一片浩瀚而凝重的暗黄中,我发现在沉思的并不只是自己,同行的几位也在注视着脚下这默默的流淌,注视着这静静的积淀。是失望于它没有气吞万里如虎,还是沉湎于它这片恣意的横流?看到的只是它卸下一身沉重的随意张扬和那无私的融入与大海气度非凡的接纳。不知谁长吁一声,黄河走得壮观,走得豁达!

海风起了,海鸥们轻巧地从我们面前翩翩掠过……

我们是奔着那轮逐渐膨胀的夕阳往回返的,它已经收敛了所有的光芒,轮廓也就清晰起来。随着那上面的橘黄熟成橘红,黄河也波光粼粼起来,天地间的那片黄,也被它烤红了许多,“红地毯”也愈发鲜艳,等有几只漆黑的芦苇开始抚摩它的面庞，那片水似乎也沸腾起来。真遗憾，“长河落日”不是我们第一个看到。是谁说了声，“我再照最后一张像”，于是停下车，下来后我们对着黄河振臂高呼：“黄河，一路走好！”

惊飞了芦苇荡中的飞鸟，又一片芦花纷扬……

（原刊于2018年1月26日《大众日报·丰收》。有改动）

◎蜀葵花开六月间

面对这种花，小区里的绿化工不知所措。不知道是该把它当杂草处理掉，还是该留下来。与那些昂贵的观赏性花草在一起，它显得太卑微了，虽然它开花的样子同样好看。

它的学名应该叫“蜀葵”，既普遍又普通的一种花，就像我们中的许多人一样，都来自于农村的茅檐屋舍。没人采集它的种子，也不会有人刻意栽种它们，是风把它们从乡间带到了城市里的高档社区。从农家的房前屋后，到城市里的楼宇之间，那么容易就看到了它们的身影。它绽放在都市里，于是许多人的乡愁就一缕缕地泛起了，似乎它是踩着你的足迹一路寻找你到了这个城市，看到它就像又回到了老家。在我的广饶老家，人们习惯称它“光光花”。在我的理解中，这是因为它的身躯太像一挂鞭炮了，一朵朵花苞串在一起，每一朵的绽放就像一只鞭炮炸响的火光，红彤彤里似乎都能听到炸响——“咣！咣！”

而在我的母亲那里就不是这样了，母亲说这种花之所以叫“光光花”，是因为它正开在青黄不接的时候，这时候家家的余粮都已经吃光，粮囤米瓮里都已经空空如也。但好在光光花一开，就到了芒种时节，新麦子就要下来了。这时候农人们开始磨起了镰刀，把捆麦个的草绳准备好，把场院的土都翻起来，泼上水，拌上往年的麦穰麦糠，用碌碡压得精光，像镜面一样平整。

光光花开里充满了期待，期待一个满场谷米金灿灿的日子。

光光花开在六月，阳光在六月里从来就不吝啬。热辣的风滚烫滚烫，吹出了天空的清澈，把麦浪吹成了华丽的锦缎，金黄的毯子铺满了大平原，起伏波动着延伸到天边，那里是刀切一样的地平线。白云像悠闲的羊群漫步在湛蓝的天空上，我们的世界像一场丰盛的瑶池盛宴，就要隆重地拉开大幕……

在田间与地头，往往都有几株光光花亭亭玉立，还有许多的燕子尾花像星辰点缀绿野。光光花开放得毫不羞涩，喇叭样的花形大大方方神气十足，绿叶间似乎都能听到一声声哓哓作响。

镰刀霍霍，起伏的麦浪就被一条条峡谷齐刷刷地分割开来，像喜人的蛋糕被刀切成一块块一垄垄。闪亮的麦茬里许多身影是那样熟悉，一张张古铜色的面庞充满了喜悦，恍惚还在眼前。一个瘦弱的少年头戴斗笠，拿着镰刀，背后腰际栓了一捆草绳，手臂上套着布袖，生怕被麦芒扎出红斑，脖子上缠了毛巾，生怕黑黑的“麦毒”飞进衣领，那会让他奇痒难忍，他的身后躺满了麦个。那是谁呢？像自己，又不像。真是遗憾此生没有留下一张割麦子的照片，问过妻子——你记得我割麦子的样子吗？妻子说记得，你割麦子的步伐太快，身后麦穗掉得乱七八糟，腰累得都直不起来。

“你怎么忽然想起了麦子?”这似乎也勾起了这位半老徐娘的许多往事，她说那时候她特别喜欢麦浪，喜欢在麦浪里奔跑，让层层麦芒划过手心，就感觉像银针一样的阳光穿透肌肤。那时的我们都年轻，那些年华就像麦浪一样金灿灿的。我的眼前忽然就浮过一幅画面，一个好看的倩影穿行在麦浪里，奔走在蓝天底下，那团火红是她手中挥舞的头巾。

六月是沉甸甸的。看到了蜀葵花开，儿子心里也是一阵异样。让他刻骨铭心的自然是高考，他说那年满怀忐忑走进考场，在临近窗户的一张课桌前坐下来。窗外一簇蜀葵开得正艳，像一只只眼睛热辣辣地望着他，让他由衷地感到热情与亲切，心绪自然就平整了许多。光光花就像一群友好的玩伴在陪伴着他，让他感觉阳光是那样绚烂与明媚，他很怀念那段紧张又兴奋的日子。他说是那种绽放给了他力量与自信。光光花虽然有气魄，但是种寒酸的花，像许多寒窗苦读的学子。

“光光花之所以叫光光花，是因为总开在阳光明媚的日子里。”儿子这样说。

妻子不认同，她说光光花是时光的花，一朵花就像一个日子的光阴。

一夜雨后，晨起漫步在河边，许多光光花仍在节节绽放，红的粉的白的，单瓣重瓣还有含苞待放的，一朵朵像焰火在河岸上闪烁，又像层层燃烧的彤云。从来没有一种花会开得如此汹涌，以至于让人惊心动魄。它们的花期是这样长，能贯穿整个六月的光阴。没人栽种它们，随便一个角落它们就若无其事地绽放了。它们的种子会随风飘出很远很远。到明年，它们的身躯会在这条河沿上更加茂密，一朵朵花会把河岸点缀成连绵的花海，它们会把流水打扮成华丽的布匹……

小区里那位岁数已很大的绿化工还是没有把光光花处理掉，虽然这些东西是他们计划外的生长。他拿着剪刀也经常望着它们出神，他决定还是把这些东西留下来，想必在那些绰约的花影里他也看到了许多，包括他自己。一季季的花开里，光光花是不变的，变的只有我们，但我们依然能在花丛里找到那一个个绚烂的日子。

◎垂钓者

那个垂钓者一定感谢这条河。

河向来是给予的，是河让他找到了自己的舞台，让他的生活变得如此充实。

晚风吹拂下，他浸没在荡漾的水声里，包围他的还有芦苇丛沙沙的细语。天上一轮明月，河上波光粼粼，不远处都市的夜生活还在沸腾，那些妖艳的霓虹灯影让河面更加妩媚绚丽。城市是喧嚣的，但喧嚣总与垂钓者无关，垂钓者希望自己的世界永远是安静的，连那些起伏的蛙鸣都显得多余。手擎钓竿静坐在岸边，他感觉自己已经融化在天籁里，像一颗芦苇那样卑微，似乎除了鱼儿咬钩，这个世界再与他没有任何关系。他是岸边的一块雕塑，或者说是一块时光的化石。

夕阳还没有被吞没，他就来到河边。他把装备一盒盒打开来，像武装一个战士那样把自己武装起来，似乎他面对的不是一条河，而是一块要拼杀的阵地。马甲，护膝，带灯的帽具，他手中的钓竿就是他的武器。那些装备一定价值不菲，没有一两个月的工资肯定换不来。他是为了鱼吗？一定不是，光置办这些工具的金钱就能够买很多鱼了。垂钓者细心地把鱼线顺好，把鱼饵裹上鱼钩，手中一挥，鱼钩落入水下，那只彩色的浮漂就立在水面上。别担心日暮西下，整个世界都会暗淡在漆黑里，他的帽檐上有灯，在身边还安装了有三脚架的灯具，光柱和他的目光都会盯住水中的浮漂，那只彩色的小灯柱就像一点希望的心火。垂钓者总希望它会动一下，那一定是鱼儿咬钩了，一条条鱼会带着水花被他从水里拽起，那是他的收获，也是他的胜利。只是他早已习惯了喜悦，再大的鱼儿，他内心也是波澜不惊。

他会点上一支烟，不吭声，默默地等待。与其说他等待的是鱼，倒不如说他在享受希望与期待的魅力。

人生最大的幸福莫过于拥有看得到的希望与期待。钓鱼会让希望与期待频繁地获得实现，那是一种美妙的感觉。他会为消费这种感觉而成瘾，就像消费一盒香烟，消费一瓶美酒。每当他把鱼钩放进水面，那么这种消费就开始了。

其实一个垂钓者也时常经历失望，往往一个晚上都没有鱼儿咬钩。披了一身的星光与月辉，他的水桶里还是空空如也，他把鱼钩撩上来一遍一遍裹上鱼饵，到最后斗转星移，他不得不直起腰身准备回家去。一个没有收获的晚上注定是一个失败的晚上，但这有什么呢？他已经享受了过程，收获已经变得不重要。

那个垂钓者不像一个显贵人士，钓鱼是最平民的一项运动。都市生活总是忙碌的，会有很多人对这种行为不屑一顾，惋惜他们把大把的时光随流水付之东去。但垂钓者有自己的快乐，他依然会静坐在岸边，目不转睛地盯着浮漂。或许，一次意外的喜悦就在下一秒诞生，他和家人将享受一顿鲜美的珍馐。他明白，生活无非如此，只要耐心等待，惊喜总会出现，又何必穷于奔波落个精疲力竭，身体上又寅吃卯粮呢？

起风了，垂钓者依然无动于衷。他似乎天生就是属于河边的一块顽石。下雨了，垂钓者早已备好雨伞，撑起来，他总有属于自己的天空。雨点淅淅沥沥，平镜一样的水面忽然就像一张长满麻窝的脸，水窝密布里，荷叶就像被捶响的鼓，水线斜划一层又一层，荷花的瓣儿也更加娇嫩婀娜了。雨点敲击着伞盖噼啪作响，像铜钹儿声声清脆，水线像琴弦，在河面又溅起朵朵的铃铛叮咚。不是垂钓者，谁又能听得到这大自然的吟啸与清唱呢？

他一定可惜没有一叶孤舟，不能独钓诗里的寒江雪。

数九严寒的天气，想必垂钓者是寂寞的。河面已经封冻，寒冬雪霁，河边没了芦苇、没了蛙鸣，也没了垂钓者。有月亮的夜晚也只剩了寂寥，积雪未化，洒上月光更显凄冷。总有东西是残雪盖不住的，河岸上遍野的斑驳，一派肃杀索味。河边健身的人都少得可怜了。结了冰的河面上，残雪里突然就有了几行脚窝，一条成了路的河就像没了琴弦，再也奏不出曼妙的曲子，水声消失了，波光也消失了。一条河死寂地躺在都市中间，没了扭捏的腰身，城市也没了动人的妆容。

但是一段河面上出现了一个个冰窟窿，不知是谁用洋镐开出来的，只是那些冰窟窿很快就重新被冻上，像一眼一眼结痂的疮疤。在一个清晨，一阵“咚咚”的斧凿声在河面上传出很远，似乎是要把一条睡过去的河唤醒。垂钓者耐不住寂寞，用尖厉的洋镐把冰面凿开，一眼冰窟窿里突然就升腾出了清流的热气。垂钓者在冰窟窿边上坐下来，他又把鱼钩放入水中，新的希望与期待让他绽开了笑容。

寒风在河面上尖厉异常，一些浮雪呼啸着扑在垂钓者的脸上，他呼出的热气很快就在帽檐的绒毛上凝成了霜，眉毛上也是。但他的面容依然红润，兴奋得就像一个离家已久的游子终于见到了亲人，水面很快就会冻上，好在洋镐就在他的身边。

寒风中天空变成了一尘不染的瓦蓝，冬日的阳光毫不吝啬正哗啦啦洒下来。浮雪被吹走，冰面上泛着凄厉的光，一些经络一样罗织的冰纹底下，隐约看到许多鱼儿在亲吻着冰层，外面的世界想必它们也已经期待好久。旷野间一片静谧，在隆冬里，冰面上的垂钓者渺小得只是一个黑点，他用鱼饵欺骗鱼儿，自己何尝不是被诱惑的一条？好在他不会感到孤独。他能把冰下那些游鱼收入囊中吗？

一个垂钓者想必习惯了胜利与失败，对于热爱者而言，生活无非就是这样，幸福与失意俯拾皆是。

（原刊于2018年6月22日《大众日报·丰收》。有改动）

◎储钱罐

——节俭是种美德。

在微信群里我这样为自己辩解。因为我总是抢红包,而从不发红包,但我依然受到众多朋友的讨伐,一个群主用恶狠狠的表情@我说——你这只可恶的不锈钢公鸡!

其实我不认可我是铁公鸡还是不锈钢公鸡,我觉得自己更像一只瓷公鸡,那样的瓷公鸡在我的书橱里就有一个,是一只储钱罐。作为和“布老虎”一种形式上的图腾,这种瓷公鸡在我们的童年里很常见,父亲曾经为我买过一只,也买过布老虎形状的。小时候看着那些色彩斑斓的粗糙玩具很是喜欢,但没玩多久它们就全掉在地上摔碎了,为此我好一阵伤心地哭。

儿子小的时候,我也给他买过两只储钱罐:一只是哆啦A梦,一只是奥特曼。儿子喜欢这两个家伙比喜欢那些硬币要多得多,家里的硬币很快就被他搜集起来,把那两只储钱罐填满了。后来,他把那些面额小的都取了出来,先是1角的,再是5角的,只留那些面额最大1元的。填满后,他也就不再往里塞硬币了。直到上了大学,两只储钱罐还放在卧室的电脑桌上,没事擦得锃亮。

为了他不要的那些小面额硬币有容身之所,我又给他买了两只储钱罐,一只是我们小时候喜欢的布老虎,一只是瓷公鸡,我在一个陶瓷博览会上看到这俩玩意毫不犹豫就买了下来。没想到儿子毫无兴趣,更不能容忍将其与他的哆啦A梦和奥特曼放在一起,说它们的样子“好土气”。于是我只得摆在自己的书橱里,用那些儿子不要的小硬币装填起来。我无数次打过儿子储钱罐的主意,我想背着老婆把里面的硬币换成我最需要的香烟,但被儿子严词拒绝了，他说那是他的“不动产”，装的是他满满两罐子童年。一代人有一代人的童年，泾渭分明，没想到竟然水火不容。

忽然想起，作为上一代，我的母亲也有自己的储钱罐。她的储钱罐要寒酸得多，那只是一只玻璃罐头瓶子。母亲总是把意外捡来的纽扣放在里边，还有一些家用不太急需的硬币。每当小时候的我们需要铅笔或作业本，或者是村里来了卖冰棍的，她都会把手伸进那个瓶子，用手指把硬币夹出来，姿态像王母娘娘那样赐予我们。

上初中的那一年暑假，想帮母亲干点活，于是钻进了玉米地去拔草，三伏天里的玉米地就像个大笼屉，玉米叶子像刀刃划得脖子和肩膀火辣辣地疼。没拔了两垄，却热得中暑了，回到家上吐下泻，好几天水米未尽。母亲看着自己瘦弱的儿子像条快断气的黄狗躺在床上，自然心疼得要命，一个劲地问我想吃点啥。但她能为我准备啥呢？家里才盖了房子，欠了一屁股债，而且她刚刚借钱买了一袋子叫“碳氨”的化肥。

她肯定知道在炎炎夏日里能为儿子抱回一个大西瓜最为美好。于是她又把手伸向了自己那只储钱罐瓶子，但她扒拉了好久也没夹出硬币。到最后，她把里面的东西“哗啦”一声全倒桌子上，一桌子的纽扣儿，一个硬币都没有……

一脸茫然的母亲开始四处打量她家徒四壁的房子，看看到底有什么可以到集上卖，最后她看到窗台上挂了几串晒干的蓖麻子，眼睛亮了起来，开始用鞋底搓那些玩意，她准备去赶集。

从集上回来，母亲的篮子里空空如也，但她手里却攥了两个大桃子，兴冲冲地站在我面前，她又一次扮演了拯救我的天神。那是我吃过的最甜的桃子，几乎定义了我对桃子的最高标准。

那晚躺沙发上玩微信，在一个老板群里我一会儿就抢了200多元。一群富人在发红包，更像是在炫耀自己的身价。但我连句“谢谢”都懒得说，我觉着红包还是越“小”越好，似乎能听到钢镚儿那种叮当脆响。那个群里多是一帮牛皮哄哄要改变世界的人，实际上在我眼里，他们改变的只有自己。他们哪里都去过，甚至周游世界，只是不知道他们有没有办法买一趟回到过去的旅行，再听一听那首儿歌：“我在马路边，捡到一分钱……”

那些老板们见我只是抢红包却毫无动静，纷纷@我让我也来一个，于是我发了10个1分的，群里顿时鸦雀无声。我从群里被踢出来了。

我把“抢”来的钱全捐给了一个患白血病的小女孩。筹款方把那个小女孩的照片贴在APP上，一双枯陷的大眼睛令人不忍直视。作为精明人，我也怀疑过这是否是骗局。在许多时候我们总是在怀疑，我想最大的魔莫过于我们把所有都看成邪恶，包括苦难与悲情。我这样一个资深“老抠”竟然对那次捐献毫不心疼，我自己都感到诧异。一想钱本来就是别人的，再说我喜欢的是钢镚儿，不是钞票。

这么说似乎很虚伪。上初中那年，为了凑足10元钱的学费，我背了足足半书包的钢镚儿去上学，那是我的母亲与爷爷还有姥爷、二叔费尽心思凑齐的。这件事我多次写进文章里。我背着半书包钢镚儿走在上学的路上，既有欣喜又有忐忑，以至于到现在心里还感觉沉甸甸的。交完学费后我还剩了几个钢镚儿，就在校门口买了一个“二蔓”西瓜，才5分钱。

终究是人情，我决定再也不抢红包了，虽然我这种人见到钱就有捡的冲动，但这样我也就更有理由不发红包了。如果实在按捺不住，我想我应该把书橱打开，把布老虎与瓷公鸡里的硬币全倒出来，用手捧起，再“哗啦啦”撒下去，听一听那种丁零清脆，一些岁月就又像银子闪出了光……

（原刊于2018年7月27日《大众日报·丰收》。有改动）

◎书摊儿

那时我与这座城市都还年轻，阳光正从泡桐树的缝隙里哗啦啦泼下来，我披了一身晃动的光斑蹲在旧书摊前，捧着一本书走进了另外一个世界，身后沸腾着喧嚣的马路与我无关，头顶高楼大厦的阴影也与我无关，与我无关的还有旧书摊的主人。在旧书摊，那些书可以随便翻，三三两两的人围在旧书摊前，更显得有人气。我往往在旧书摊前蹲到很晚，直到夜幕降临，书摊的主人开始收摊，把我手中的书收走。

旧书摊实在算不上城市的风景。马路牙子上一地的凌乱，风把满地的书页翻起来，哗哗作响。那些盗版的武侠与野史堆积码放在一起，像一处粗陋的舞台正在上演蹩脚的杂剧。但我觉得，一个有旧书摊的城市愈发显得亲切，因为那时我对这座城市还很陌生，就当年打工的我来说，肯接纳我的除了旧书摊，似乎没有其他更合适的场所了。

我有满满几大橱子书，却从没觉着自己是有学问的人。对我来说，阅读与其说是一种精神追求，倒不如说是消磨孤独的方式。我的阅读太寒酸了，那些被我从旧书摊上买来的书本来就破碎不堪，又被我用胶水和胶布粘了又粘，补了又补。它们摆放在书橱里，更像一截卑微而破旧的时光躺在那儿，蒙满了岁月与往事的尘埃。

我的大学生儿子从来不动我的那些书，你不得不承认，书是有时代期限的。“90后”理解不了“山药蛋派”的乡村，也很难接受“伤痕文学”里的悲情。可能是基因遗传，儿子也喜欢书，但他却从不逛旧书摊，他逛的是书店和豪华超市里的书架。在儿子小时候，每当找不到他，去超市或书店里找就是了，他一个人坐在漂亮的地砖上，低着小脑袋捧着书谁都不理。卖书的阿姨都认识他了。

我总是毫不犹豫地把儿子喜欢的书买下来，从全套的格林童话到哈利·波特，再到东野圭吾与阿加莎·克里斯蒂，儿子卧室的书橱里一片色彩斑斓。但我依然喜欢逛旧书摊，我从没觉着旧书有什么不好。当年在农村，我们村除了《毛泽东选集》，只有一本叫《林海雪原》的书。那本书连封面都没有，甚至缺了好多页，据说村支书上厕所或者卷旱烟的时候经常想起这本书。后来，这本书被村里识字多的人“拯救”了，不知是谁用水泥袋子那种牛皮纸给这本书做了个封面，上面布满了全村人的手印与唾液，甚至苍蝇屎。但这丝毫没有妨碍我与父亲在小油灯底下看得津津有味。

我经常跟儿子说：“书犹药也，善读可以医愚。”我感觉书更像感冒药，贵的、包装好的未必比几毛一包的小药片疗效更好。旧书有旧书的好处，它们就像被人遗忘的一摞摞信件，散落在角落里，当你揭开蒙尘，便可看到许多动情的诉说。书摊就像退潮后的沙滩，经常徘徊在书摊边上的人会发现许多贝壳，从中挑一枚最好看的，清洗一下泥沙，静静地欣赏那份精彩。谁会在意一本旧书最初的主人是谁呢？一些隽秀的字迹遗留在字里行间，像许多神秘的故事把你带入时间的幽邃。同样一本书，会有不同的双手与情怀在抚摸，书成了漂流在人海中的心情密码，你能解读的只有书籍本身，而不知道书与主人们有什么样的情愫。

我在书摊上找到了陀思妥·耶夫斯基，找到了司汤达，找到了王小波与戴望舒，我用极其便宜的价格把他们请到我家里，就像用粗茶淡饭招待高贵的客人。我把他们像“神灵”一样摆放在书橱里，有旧书摊上请来的这些“大神”撑腰，我觉得自己越来越有底气。我感觉书橱里那些作家都是好朋友，他们一直在试图拯救我，坚持不懈地告诉我应该这样做，而不是那样去对待。是他们让卑微的我逐渐有了坚强与自尊，甚至走上写作之路。

那次我在旧书摊上无意间发现了两本小破书，出版与印刷年代都够久远的了，一本是清人笪重光的《画筌》，另一本是当代山水画大师钱松嵒的《砚边点滴》。这两本书我只是听说过名字，在网上和书店里都没有看到过。需要说的是，现在的书店里热销的都是让人发财与发迹的书，不是考试的教材就是成功人士的“秘籍”，而那些人文类的书籍则静静地躺在角落里，无人问津。

我在旧书摊上发现这两本书的时候，激动得心脏砰砰直跳，我努力让自己表现得不动声色，漫不经心地翻动着一本文学杂志。我在想怎样才能避免书摊老板宰我，于是我一个劲地跟他砍这本杂志的价格，到最后实在砍不下，我跟老板说“不便宜也行，你再给我搭两本小破书”。书摊老板看到我拿起的两本小破书，满脸的不解，痛快地说了句：拿走。

那一刻我在想我的这份狡黠到底是来自于长期的阅读，还是多少次与书摊老板的交锋？我想我的人生当中第一应该感谢书，同时也应该感谢书摊老板们。

不知从什么时候起，书摊在我们这个城市变得很少，甚至完全不见了。我也好久没逛过书摊了，只要我需要书，基本没有儿子从网上买不到的，无论是新书还是旧书，你只需提供一个书名。

有天晚上，在我们小区的广场上，一对年轻的夫妇摆起了书摊。我不由得一阵兴奋，上前扒拉一阵却又是莫名地失望，那些装帧豪华的都是一堆畅销书，不是商业奇才讲他的财富帝国，就是地产大亨讲他的创业王朝。据说，现在看纸质书的人越来越少。书摊前一片冷清，门可罗雀，闲聊几句才得知，这对夫妇本来是开了一家书店，却因各种形势变化又加经营不善，书店变成了书摊。

我基本没在书摊买过新书，但我依旧胡乱挑了几本，没有跟小两口讲价。那一刻我真心希望小两口把书摊摆下去，摆下去就有重新变成书店的可能。往家走去，回头又望了一眼书摊，两盏枯黄的充电灯就像两只失望的眼睛，一对瘦弱的身影伶仃伫立，秋风一起，又是满地的凌乱，纸张哗哗作响……

我忽然想把自己那些旧书全捐给他们，因为我知道，我那堆书里埋藏了很多，包括一些岁月与精彩的故事，我很愿意他们把那些故事传递与延续下去。